Katrin Bongard

Oetinger Taschenbuch

Außerdem bei Oetinger Taschenbuch erschienen:

Schattenzwilling

Die Arbeit an diesem Buch wurde vom Ministerium für Wirtschaft, Forschung und Kultur des Landes Brandenburg mit einem Aufenthaltsstipendium auf Schloss Wiepersdorf gefördert.

**Für meine Geschwister
Hannes, Philipp und Ulrike**

1. Auflage 2016
Originalausgabe
© Oetinger Taschenbuch GmbH, Hamburg
Mai 2016
Alle Rechte vorbehalten
Umschlaggestaltung: Zero Werbeagentur
Kapitelvignetten: Katrin Bongard
Vincents Gedichte auf den Seiten 39, 93, 175
und 229 von Amber Bongard
Zitat von Rainald Goetz auf Seite 5
mit freundlicher Genehmigung des Suhrkamp Verlags, Berlin
Druck: GGP Media GmbH, Pößneck
ISBN 978-3-8415-0416-6

www.oetinger-taschenbuch.de

»Einpfiff, Einwurf, Ende, Abfahrt«
Rainald Goetz *Celebration*

NEUANFANG

Paulina

Ich sitze auf einem blauen Sessel und halte mich an den Armlehnen fest, als könnte ich davongeweht werden, dabei ist genau das Gegenteil der Fall. Ich bin gefangen.

»Deine Noten waren immer überdurchschnittlich, Paulina, ich würde mir also wegen der Fehlzeiten keine Sorgen machen.«

Frau Berger, unsere Oberstufenkoordinatorin, blättert durch eine Akte, von der ich bis zu diesem Zeitpunkt noch nicht einmal wusste, dass sie überhaupt existiert.

»Das Wichtigste ist, dass du dich wieder stark genug fühlst, zur Schule zu gehen.«

Stark genug? Ich bin mir nicht sicher, ob das die richtige Beschreibung ist. Es ist eher so, dass ich es zu Hause in dem großen, leeren Haus nicht mehr aushalte. Und natürlich war der Wiedereinstieg nach den Osterferien geplant, ich habe ihn nie infrage gestellt.

»Das mit der Arbeit von zu Hause aus hat auch perfekt geklappt. Ich bin sehr zufrieden. Ich denke, dein Einser-Abitur hast du nicht in Gefahr gebracht.« Frau Berger lächelt. »Und du weißt, dass du jederzeit zu mir kommen kannst?«

Ich nicke, obwohl ich keine Ahnung habe, was das bedeutet. Frau Berger ist nett, aber sie wird mir kaum bei dem Gossip helfen können, der über mich im Umlauf ist. Nervenzusammenbruch, Alkoholabsturz, Selbstmordversuch. Nichts von dem stimmt. Oder alles, weil ich an alles schon gedacht habe. Ich presse meine Handflächen zwischen meine Oberschenkel, die weiße Jeans, mein Markenzeichen. Etwas, das nicht mehr zu mir passt, ohne dass ich wüsste, was ich jetzt bin und wo ich hinwill. Erst einmal raus aus diesem Sessel, diesem Zimmer.

Frau Berger nickt mir zu, lächelt – mitleidig. Der Blick. Wenn ich jeden zu mir einladen würde, der mir in den letzten Monaten diesen Blick geschenkt hat, könnte ich eine Riesenparty feiern. Ich weiß, sie meint es nett, anteilnehmend, aber ich weiß auch, sie hat keine Ahnung, was in mir vorgeht. *Zeit heilt alle Wunden*, sagt man, aber niemand sagt, wie viel Zeit das sein wird. Gerade habe ich das Gefühl, es könnte mein ganzes Leben lang dauern.

»Wir dachten, du fängst mit wenigen Stunden an. Ein ganzer Schultag ist vielleicht zu lang?«

Ich habe keine Ahnung.

»Du entscheidest.«

Ich nicke und sehe auf die Uhr im Besprechungszimmer. Die dritte Stunde hat längst begonnen.

Frau Berger folgt meinem Blick zur Uhr. »Soll ich dich in den Unterricht begleiten? Es wissen alle, dass du kommst, also sollte eine Verspätung kein Problem sein.«

»Nein, schon in Ordnung.« Ich ziehe meine Strickjacke enger um mich, obwohl es warm im Raum ist, und starre durch das Fenster, halte mich an den kahlen Ästen fest und hoffe, dass ich nicht im letzten Moment noch anfange zu weinen. Bisher lief es doch so gut.

Es klopft, und wir sehen beide zur Tür.

Frau Berger zögert, steht dann aber doch auf und öffnet sie einen Spalt.

»Ja, Vincent?«

»Ich sollte zu Ihnen kommen?«

»Aber doch nicht jetzt, hast du nicht Unterricht?«

»Bio fällt aus.«

»Ja, also ...« Sie sieht sich unentschlossen zu mir um.

»Ich kann gehen«, sage ich und bin erleichtert, dass mein Körper mir beim Aufstehen folgt.

Frau Berger öffnet jetzt die Tür, immer noch unentschlossen, ob sie mich gehen lassen kann. Aber die Alternative wäre nur, dass ich ein Zelt im Lehrerzimmer aufschlage, da dies derzeit mein Normalzustand ist. Immerhin weine ich nicht.

Ich löse meine Fingerspitzen von den Sessellehnen und stehe. *Hurra!*

Vincent schlenzt ins Zimmer. Er trägt einen grauen Hoodie mit dem Logo irgendeiner Skateboardmarke, seine Jeans hängt wie immer irgendwo unterhalb seiner Taille, die Turnschuhe sind offen. Ich vermute, er ist bekifft. Vor ihm werde ich keine Schwäche zeigen.

Ich reiche Frau Berger die Hand. »Danke für das Gespräch.«

»Es hat mich sehr gefreut, Paulina. Ich wünsche dir heute und für die nächste Zeit alles Gute. Und mein Angebot steht.«

Aus einem Augenwinkel sehe ich, wie sich Vincent in den blauen Sessel wirft, auf dem ich gerade noch gesessen habe, nach unten sinkt und seine Beine ausstreckt. *Mr. Oberrelaxed.*

Frau Berger lächelt und nickt mir aufmunternd zu. Die Tür schließt mit einem leisen Klicken.

Okay, das wäre geschafft, denke ich, stehe im leeren und extrem stillen Schulflur und fange sofort an zu weinen.

Vincent

»David Foster Wallace, Thomas Pynchon, Salinger, Jack London, Raymond Chandler, Henry Miller und so weiter ...« Die Berger sieht auf. »Das ist eine beeindruckende Liste von Autoren, die mir deine Deutschlehrerin da gegeben hat.«

Sie sieht mich an, und ich hebe fragend eine Augenbraue. *Keine Ahnung, was das hier wird.*

»Hast du die alle gelesen?«

»Nicht alles von allen.«

»Aber so ziemlich?«

»So ziemlich.«

Sie schaut wieder auf ihren Zettel. »*Unendlicher Spaß* hat tausendfünfhundert Seiten!«

»Ich bin noch mittendrin.«

»Okay.« Sie setzt sich auf und legt den Zettel zurück in die Schulakte. »Du weißt vermutlich, warum du hier bist, oder?«

»Nein?«

»Du solltest eigentlich wissen, dass deine Versetzung gefährdet ist.« Sie deutet auf die Schulakte. »Frau Krämer ist die einzige Lehrerin, die noch der Meinung ist, dass du das Abitur machen solltest.«

Ich zucke mit den Achseln. »Ich könnte auch nach der Elften abgehen.«

»Vincent, hör mal. Frau Krämer empfiehlt es sogar sehr. Ich meine, ich muss zugeben, dass ich mich in der modernen amerikanischen Literatur nicht so besonders gut auskenne, aber ich finde es beachtlich, wofür du dich mit sechzehn interessierst. Aber neben deinem offensichtlichen Interesse an amerikanischer Literatur haben wir leider auch große Ausfälle in anderen Fächern.«

»Kann sein.«

»Vincent!«

»Ja?«

»Interessiert dich das alles gar nicht? Das ist jetzt das dritte Gespräch in diesem Schuljahr. Du bist nicht dumm, du liest, du machst dir Gedanken, jedenfalls wenn ich den Hymnen deiner Deutschlehrerin vertrauen kann.« Sie steht auf. »Warte hier.«

Ich sinke zurück in den Sessel und schließe kurz die Augen. Es war vielleicht keine so gute Idee, die ganze Nacht hindurch zu lesen. Als ich die Augen wieder öffne, fällt mein Blick auf die Akten auf dem Tisch. Da wäre meine gut drei Zentimeter dicke Akte, die mich drei Schulwechsel hindurch begleitet hat. Und nach jedem Schulwechsel offenbar mit einem Haufen von sinnlosen Aufzeichnungen gefüllt wurde, da ich mir absolut nicht vorstellen kann, was es über mich zu sagen gibt, das dieses Volumen rechtfertigt. Und dann gibt es eine hauchdünne Akte daneben, die, wie ich vermute, von Paulina ist. Musterschülerin und Schulqueen, die aber nach den Winterferien mysteriöserweise nicht mehr aufgetaucht ist und die ich nach all den Wochen heute zum ersten Mal wieder an der Schule gesehen habe. *Mann, sah sie fertig aus.* Ich beuge mich vor, hebe den Aktendeckel ihrer Schulakte ein wenig an und sehe ein Zeugnis. Wie kann man so viele Einsen haben? Vielleicht sollte ich ihr einen Deal anbieten. Ein paar ihrer Einsen gegen ... ja, was? Wenn ich an den Laserblick denke, den sie mir zugeworfen hat, dann würde ich sagen, ich bin kein Kandidat für irgendeinen Deal. Wobei, hey, sie hat mich immerhin wahrgenommen. Und ich sie. *Yeaho.*

Ich höre Bergers Schritte und lasse die Schulakte schnell wieder zuflippen.

Sie fegt in den Raum, setzt sich und öffnet einen weiteren Aktendeckel. Wieso ist hier nicht schon alles digitalisiert?

Sie sieht mich strahlend an. »Du, weißt ja, dass die Schule im Sommer ihr fünfundsiebzigjähriges Jubiläum feiert.«

»Ja?«

Berger hebt kurz und kritisch ihre Augenbrauen. Verstehe, das war eine rhetorische Frage. Okay, zugegeben, alle Lehrer reden von dem Jubiläum, als wäre es sonst wie wichtig. Das habe ich schon mitbekommen.

»Nun jedenfalls wird die Schule fünfundsiebzig. Und wir haben dafür etwas Besonderes vor. Wir wollen ein Buch herausgeben. Bilder und Texte von Schülern. Frau Krämer bekommt eine Referendarin, die dies sowohl innerhalb als auch außerhalb des Unterrichts in einer AG organisieren wird.« Sie strahlt. »Was sagst du?«

»Ich?«

Berger seufzt. »Vincent, ich winke hier gerade heftig mit einem riesigen Zaunpfahl. Ich ... wir wollen dir helfen. Wenn du etwas mehr Sondereinsatz zeigen würdest, dann könnte man die Ausfälle in den Naturwissenschaften damit vermutlich ausgleichen.«

»Kein Interesse.«

Sie wirft die Hände hoch und lässt sie resigniert wieder auf den Schreibtisch fallen. »Okay, ich habe hier wirklich mein Bestes gegeben. Frau Krämer wird enttäuscht sein.«

Und ich lebe nicht, um Lehrer glücklich zu machen.

»War das alles?«

»Vincent ...« Sie bricht ab und sieht mich mitfühlend an. »Eine gute Schulbildung ist wichtig. Die Autoren, die du liest, haben auch die Schule besucht. Studiert.«

»Und das Studium abgebrochen.«
»Nun ...«
»Und gekifft.«
»Was?«
»Und sich umgebracht.«
»Wie bitte?«
»Ich sag ja nur.«

Ich stehe auf. Berger sieht mich mit ihren Kulleraugen an und seufzt dann, als wäre das die einzig sinnvolle Reaktion auf mich. Ein Fall für Seufzer. Wenn ich bekifft wäre, würde ich über den Joke lachen.

Zurück im Schulflur, lehne ich mich gegen die Wand und schließe die Augen. Wie war das mit dem Sekundenschlaf? Und weil mein Gehör nun offenbar besonders geschärft ist, nehme ich alle Geräusche doppelt intensiv wahr. Ziemlich weit weg und trotzdem gut hörbar. Ein Schluchzen. Ich schiele den wirklich langen Flur entlang und sehe Paulina vor dem Mädchenklo auf dem Boden sitzen. Die Beine angezogen, den Kopf auf den Knien abgelegt. *Mann, und ich dachte, ich habe Probleme!*

Paulina

Ich habe mich auf die Toilette verkrochen, den Zufluchtsort aller Schulen. Irgendjemand hat das mal gesagt oder geschrieben, aber so richtig hat mir das nicht eingeleuchtet. Bis heute. Auf das Klo flüchten diejenigen, die keine Freunde habe, die keiner mag, die gehänselt werden. Aber ich gehörte nie zu diesen Typen. Bisher.

Bea, stell dir vor, ich bin auf dem Schulklo, verstecke mich, weil ich Angst habe, mitten im Unterricht zurück in den Kurs zu gehen. Dann warte ich lieber. Du weißt das sicher. Und gleich ist Pause, und ich habe Angst, da rauszugehen.

Ich hole mein Handy aus der Tasche, logge mich bei Twitter ein. Erstaunlich guter Empfang, ich überlege, ob ich hier dauerhaft einziehe. *Ein Scherz, Bea, ein Scherz.*

Frozengirl@Bea einsam, eingeschlossen, eingefroren. warte auf das ende der eiszeit.

Das Schulklo hat Vorteile. Hier kann man sich einschließen und verstecken. Damit das nicht zur Gewohnheit wird, hat man offensichtlich alle Klodeckel entfernen lassen oder, noch besser, sie werden bei Schulklos von vornherein gar nicht hergestellt. *Nein, lassen wir die Deckel weg, sonst stellt sich noch jemand darauf und kann so unbemerkt schwänzen. Oder jemand sitzt die ganzen Pausen lang bequem auf dem Klo, obwohl wir doch wollen, dass alle Schüler auf den Hof gehen und die gute Luft genießen.* Wer auch immer sich mit der Einrichtung von Schulklos beschäftigt, hat offenbar kein Herz für die Menschen, die sich hier länger aufhalten müssen.

Ich sehe in den Spiegel, kontrolliere meine verheulten Augen, die blasse Haut. Auch eine zweite Schicht Make-up kann nicht verbergen, dass es mir in der letzten Zeit nicht gut gegangen ist. Mir immer noch nicht gut geht. Ich lächele mein Spiegelbild an, suche nach der Maske, die ich vorher immer so selbstverständlich getragen habe. Die coole Pauli. Die perfekte Paulina, die nie Schwäche zeigt.

Und denke an die Clique, meine Gruppe. Cool, stark, selbstbewusst. Alle sehr gut in der Schule. Ist es überhaupt noch meine Gruppe? Wollen sie mich überhaupt noch dabeihaben? Alisa, Eva, Nora. Am meisten Angst habe ich, Alisa zu treffen. Die strenge Alisa. French Nails, lange, glatte braune Haare, grüne Katzenaugen. Sie weiß genau, was man trägt, wie man es trägt. Sie weiß über jedes Gerücht an der Schule Bescheid, sie folgt fünf Stilblogs und kann genau sagen, was in und out ist, jedenfalls in diesem parallelen Universum, zu dem ich offensichtlich nicht mehr gehöre.

Und Eva. Die laute Eva. Eva, der es egal ist, dass sie keine Modelmaße hat, weder in der Länge noch in der Breite. Die Schulsprecherin ist und jede Versammlung mit »Hört mal her, Leute!« beginnt. Auf ihre Weise ist auch Eva perfekt. Sicher. Sie weiß, was sie will, sie hat zu allem und jeder Sache eine klare Meinung. »Vielleicht« gibt es bei ihr nicht. Aber gerade bin ich *vielleicht*. Vielleicht schon wieder gesund genug, um zur Schule zu gehen. Vielleicht gar nicht richtig krank, normal krank, sondern erschöpft oder verrückt oder lebensmüde. Lebensmüde. Das Wort gefällt mir. Zu müde, um aufzustehen und am Leben teilzunehmen. Aber schlafen kann ich auch nicht.

Und dann Nora. Meine beste Freundin und die Einzige, zu der ich in der letzten Zeit noch Kontakt hatte. Nora, die uns alle immer wieder runterholt, wenn wir abheben. Die wenig redet, aber wenn sie etwas sagt, immer richtig liegt. Die mir gesagt hat: Du musst dich nur ausruhen. Sie versteht am ehesten, wie ich mich fühle, einfach, weil sie mich mag, nicht nur die coole Pauli, auch die andere, die ich selber kaum kenne, die manchmal unsicher ist. Sie hat mir schon zwei SMS geschickt, gefragt, wo ich bleibe. *Ich verstecke mich im Schulklo. Sag es bitte Alisa nicht.*

Aber im Grunde verstecke ich mich sogar vor Nora. Ich schwitze, die Angst kommt wieder, und ich suche in meiner Tasche nach den Pillen. Verschreibungspflichtig. Zur Beruhigung, hat der Arzt gesagt. Wenn es zu schlimm wird. Ist das jetzt schlimm? Ist das der Moment, in dem ich mich betäuben sollte? Weil ich mich danach immer wie in Watte eingewickelt fühle, seltsam stumpf. Ist das besser?

Ich nehme eine Tablette, beuge mich zum Wasserhahn hinunter und schöpfe etwas Wasser in meine Hand, von dort in den Mund, schlucke, spüre die Pille die Speiseröhre heruntergleiten.

Dann sehe ich wieder in den Spiegel. Ich weiß, die Pille kann noch nicht wirken, vollkommen unmöglich, sie hat den Magen kaum erreicht. Aber allein, dass sie irgendwo in meinem Körper unterwegs ist und sich um mich kümmert, gibt mir etwas Kraft.

Du verstehst das, Bea, oder?

Mit der Pille kann ich den Schultag überstehen. Dafür ist sie gedacht, dafür ist sie gemacht, das ist ihr Job.

Noch zehn Minuten bis zur großen Pause. Hier bin ich nicht mehr lange sicher.

Bea, bleib bei mir.

Auf dem Flur ist es ruhig, hinter den geschlossenen Klassentüren ist es ruhig, nur manchmal höre ich einen Lehrer sprechen. Ich beschließe, zum ersten Stock hochzugehen und mich vor die Tür des Englischkurses zu stellen und auf Nora zu warten. Warten ist einfach.

Als ich oben auf den Gang komme, sitzt Vincent auf dem Boden und liest. Ich gehe an ihm vorbei, wende kurz den Kopf, falls er mir Hallo sagen will, aber er sieht gar nicht auf von seinem Buch. Das Ding ist so dick wie ein Lexikon. *Freak*. Er ist bei mir im LK Deutsch und ist der Liebling von Frau Küster, weil er dicke Bücher liest und alle Fragen und Themen stundenlang ausdiskutiert. Dabei ist das meiste doch ganz einfach. Ja oder nein, schwarz oder weiß, richtig oder falsch. Eva war mal in ihn verliebt. Aber das war in der Achten und nur, weil sie sich gerne in schräge Typen verliebt, die über Umweltschutz diskutieren.

Ich lehne mich an die Wand, lasse mich schließlich nach unten auf den Boden gleiten und atme auf. Die Pille fängt an zu wirken, die Luft wird dicker um mich, schützt mich. Und dann fällt es mir auf. Ich bin ein Freak. Genau wie Vincent. Ab jetzt gehöre ich auch zu den Leuten, über die hinter vorgehaltener Hand gesprochen wird. Aber nichts Gutes, wie über Alisa oder Eva. Ich lasse den Kopf zurück an die Wand fallen und atme tief durch. Wie macht Vincent das? Wie hält man das durch?

Vincent

Ich habe nicht aufgesehen, als sie an mir vorbeigegangen ist, obwohl ich bemerkt habe, dass sie zu mir hingesehen hat. Stattdessen habe ich fünfmal den gleichen Satz gelesen. Warum bringt sie mich überhaupt durcheinander?

Ich stehe auf und klappe *Unendlicher Spaß* zu, was kein Spaß zu lesen ist, wirklich nicht, aber darum geht es nicht. Das Buch ist gut, es rockt. Und obwohl es fast eineinhalb Kilo wiegt – ja, ich habe es tatsächlich gewogen –, trage ich es mit mir herum. Hendrik macht sich darüber lustig, aber er versteht das nicht. Dieses Gewicht ist mein kleinstes Problem. Es zieht mich jedenfalls nicht nach unten, also auch im übertragenen Sinn. Im Gegenteil. Es ist gut, etwas zu haben, in das man sich jederzeit zurückziehen kann. An einen Ort zu gehen, an dem noch ein anderer leidet. Kifft. Weil alles nicht so einfach ist, weil das Leben so nicht funktioniert, weil man irgendwo Ruhe finden muss. Jemand, der noch ein wenig mehr leidet als man selbst. Geschrieben von einem Autor, der sich sogar umgebracht hat, weil er es nicht länger ausgehalten hat. Da fühle ich mich direkt gut, weil ich noch lebe. Es immer noch hinkriege, aufzustehen, rumzulaufen. Sogar am Unterricht teilzunehmen.

Es klingelt zur Pause, und ich laufe zu meinem Schulschließfach und schließe das Buch ein. Ein Ort, wo es sich ausruhen kann. Schlafen. Und, ja: Bücher atmen. Bücher leben.

Auf dem Hof treffe ich Hendrik. Er wirkt hibbelig, die Schultern hochgezogen, die Hände in den Taschen, trotzdem vibriert er. Er sollte echt weniger kiffen.

Er nickt mir zu. »Hey, Alter, wie war es bei der Berger?«

Ich zucke mit den Achseln. Dazu gibt es nicht wirklich viel zu sagen. »Sie wollen ein Buch rausbringen.«

»Wer?«

»Die Schule. Zum Jubiläum.«

»Und was sollst du da machen?«

»Es gibt eine AG, da können Schüler mitmachen und Texte schreiben und so.«

Hendrik reißt die Augen auf. »Geil, Alter. Du kannst selber was schreiben. Vielleicht wirst du entdeckt.« Er reißt eine Hand aus der Tasche und seine Faust hoch. »Vincent Anders, der berühmte Schriftsteller, der jedes seiner Bücher seinem besten Freund, seiner Muse, seiner fucking Inspirationsquelle widmet. Yo, man!«

»Wer sagt, dass ich was schreiben will?«

Hendrik legt den Kopf schief, sein Kiffergrinsen. »Hey, Alter, man kann nicht nur aufsaugen. Texte und Stuff. Irgendwann muss man mal was zurückgeben, das bist du der Welt schuldig. Und irgendwann kommt es sowieso aus dir raus. Dein Kopf explodiert, und alle Worte landen wie Schmeißfliegen auf der Scheiße auf dem Papier. Es ist nicht deine Wahl, Alter. Das ist ein Naturgesetz.«

»Ich wette, die wollen nur Lobgesänge auf die Schule hören.«

»Ich wette, du machst einfach, was du willst!«

Wenn Hendrik es sagt, hört sich immer alles so einfach an. Als könnte ich machen, was ich will, als wäre das Leben eine riesige Party, an der man sofort teilnehmen kann, dabei schaffe ich vielleicht noch nicht mal dieses verdammte Schulhalbjahr.

»Kaffee?«, frage ich.

»Ist ja leider zu früh für Dope«, sagt Hendrik, den die Uhrzeit noch nie von was abgehalten hat. Er grinst. »Oder zu spät. Wie man's nimmt.«

»Das ist das Problem mit der Zeit«, sage ich. »Sie läuft einfach immer im Kreis. Läuft bei zwölf los und denkt bei sechs, es wird alles ganz anders, alles ist auf den Kopf gestellt, und dann ... ist es doch wieder zwölf, und alles geht von vorne los.«

»Was, Alter? Wirst du jetzt depressiv, oder was?«

Nein. Ich denke an meinen Vater und seine Versuche, sein Leben zu ändern und damit auch mein Leben. Jedes Mal ist er sicher, dass alles ganz anders wird, und dann ... Aber darüber rede ich nur sehr selten mit Hendrik und ansonsten mit niemandem. Mein Vater steckt fest. Obwohl er immer davon geredet hat, dass er die Freiheit braucht, keine Grenzen, alles easy, ist er jetzt gefangen.

»Ich will nur, dass sich bald mal was ändert an diesem Leben«, sage ich, ohne zu wissen, was das sein könnte.

»Wir können ja heute mal Tee trinken«, sagt Hendrik und grinst. »Wäre 'ne Änderung.«

Das Schulcafé ist voll mit Schülern, wie immer in der Pause.

»Wer stellt sich an?«, fragt Hendrik und streckt mir seine Faust hin. Okay, normalerweise losen wir das mit Schere, Stein, Papier aus, aber da ich mir sicher bin, dass ich heute verliere, kann ich auch gleich gehen.

»Also Tee?«, sage ich und grinse, und Hendrik boxt mich auf die Schulter.

»Kaffee. Eine Badewanne voll.«

Erst als ich nach vorne gehe, fällt mir auf, dass Paulina auch ansteht. Sie steht sogar genau vor mir in der Schlange, und zwar ohne ihre Clique. Die sitzt an einem Tisch.

»Hey, Pauli, ich will doch lieber Ingwertee!«, ruft Alisa vom Tisch aus.

Heute ist es echt voll, von hinten drängen die Leute, drängen mich an Paulina, und ich falle leicht gegen ihren Rücken.

Sie dreht sich kurz um, ich reiße beide Hände hoch.

»Sorry!«

Sie lächelt nicht. Ich sehe, dass sie geweint hat, außerdem weiß ich es ja. Und sie duftet nach Vanille, so unschuldig, dass ich meinen Kopf am liebsten auf ihre Schulter legen würde und nie wieder wegnehmen. *Verdammt.*

»Zwei Kaffee, zwei Tee, macht sechs Euro.«

Paulina kramt in einem großen Portemonnaie, legt schließlich vier Euro sechzig in Kleingeld auf den Tisch.

»Mehr hab ich nicht.« Sie sagt es, als wäre sie selber überrascht. Ein Blick zum Tisch, an dem die anderen reden, dann zurück zu dem Häufchen Geld, das zwischen ihr und den vier Pappbechern mit Tee und Kaffee liegt.

»Reicht für drei«, sagt Anton an der Kasse. Für das Schulcafé haben sie extra eine Schülerfirma gegründet, sie wollen hier Geld machen, und wie ich Anton kenne, wird das auch klappen.

»Ist doch okay«, sage ich, weil ein Euro fünfzig für einen Becher heißes Wasser mit einem Teebeutel drin Wucher ist. Und zufällig weiß ich, dass Anton mit dem Tee hier sowieso kein Geld verdienen muss. »Mengenrabatt«, füge ich hinzu, weil das ein Geschäftsargument ist.

Paulinas Kopf schießt nach hinten zu mir, Vanilleduft weht über mich hinweg. Aber sie sagt nichts.

»Ich kann dir eins fünfzig leihen«, sage ich zu Paulina und bemühe mich, nicht schleimig zu klingen oder wie jemand, der sie anmachen will. »Geht schneller.«

Und dann passiert etwas, womit ich nicht rechne. Sie lächelt. Einfach so. Kein breites, sicheres Lächeln, nur ein ganz winziges Lächeln. Für mich.

Ich lege die eins fünfzig auf den Tisch.

»Danke. Du bekommst es wieder«, sagt sie leise, nimmt die ersten zwei Becher und geht damit an den Tisch. Anton schiebt die Münzen zusammen, als wären es Kekskrümel, aber ich sage: »Stopp!« Denn hier läuft was falsch. Ich nehme zehn Cent aus dem Haufen, denn der Typ hat kein Trinkgeld verdient.

»Hier«, sage ich und halte Paulina die zehn Cent hin, als sie zurück nach vorne kommt, um die anderen zwei Becher zu holen. Ihr Blick ist jetzt anders und wieder eher so, als wäre ich der Freak und hätte keine Ahnung, was abgeht.

»Der gehört dir«, sage ich und lege die zehn Cent auf den Tisch und Ende. Mission accomplished.

Vielleicht klingt das seltsam, aber diese zehn Cent sind nicht nur zehn Cent. Es ist das letzte Geld, das Paulina hat, und sie sollte es nicht Anton, dem Geier, geben, der ihr nie einen Becher Tee umsonst geben würde. Meine Meinung. Diese zehn Cent sind eine Botschaft an alle Antons in der Welt: Ihr könnt euch nicht einfach alles nehmen. Und nichts dafür geben, außer heißes, übertreuertes Wasser in Plastikbechern. So läuft das nicht. Aber Paulina lässt das Geld liegen, nimmt die zwei Becher und geht. Anton grinst nur blöde und schnappt sich die Münze. Manchmal verstehe ich die Welt echt nicht.

Paulina

»Ich bin so froh, dass du wieder da bist!«, sagt Nora und schlürft an ihrem Tee.

Alisa hält ihren leicht verbeulten Becher hoch. »Ich glaube, diese verdammten Plastikbecher lösen sich auf, wenn man kochendes Wasser reinschüttet. Billigste Qualität.«

»Beschwer dich«, sagt Nora und nickt zur Theke, oder besser gesagt, dem quer gestellten Tisch mit den drei großen Thermoskannen.

Aus einem Augenwinkel sehe ich Vincent, der mit zwei Bechern Kaffee rüber an einen anderen Tisch geht, wo Hendrik sitzt. Es war nett, dass er mir Geld geliehen hat. Fast hätte ich losgeheult, mitten unter allen Schülern, bloß weil jemand nett zu mir ist. Was ist nur los mit mir?

»Pauli?«

»Was?«

Ich habe Schwierigkeiten, mich auf die Gruppe zu konzentrieren. Das ist der Nachteil an der Pille. Wattezustand. Konzentration auf eine Person geht, zwei, und dann verschwimmt alles. Ich atme tief durch. Eigentlich mache ich die Sprüche, mein Job in der Gruppe, jetzt bekomme ich noch nicht einmal mit, worum es geht.

»Wie geht es Ken?«, fragt Eva.

»Jan«, verbessere ich, obwohl ich weiß, dass sie mich nur aufziehen will. Barbie und Ken sind ihre Spitznamen für Jan und mich, das perfekte Paar. »Es geht ihm gut.«

Eva legt den Kopf schief und schaut zum Nachbartisch. »Ist Hendrik nicht süß?« Sie verdreht die Augen, als ob sie ihn anschmachten würde.

Alle lachen. Ich habe den Witz nicht so genau mitbekommen.

»Und was hat Vincent gerade zu dir gesagt?«, fragt Eva.

Alle lehnen sich vor.

»Gar nichts.«

Ich nehme meinen Becher, trinke von dem Kaffee, der lauwarm ist, und sehe bewusst in eine andere Richtung.

»Pauli, was denkst du? Wer ist süßer, Vincent oder Hendrik?«

»Antworte nicht«, sagt Alisa. »Die beiden sind auf keiner Liste, ignorier Eva einfach.«

Eva lehnt sich an mich. »Ihr würdet mich also einfach so verstoßen, wenn ich mit Hendrik zusammen wäre?«

Alisa nickt. »Denk gar nicht dran, er passt weder zu deinen Schuhen noch zu deinen Haaren, noch zu deinen ganzen anderen Sachen.«

Alle lachen. Ich spüre den Nebel, als würde eine Wand zwischen ihnen und mir stehen.

Nora lehnt sich über den Tisch. »Hey, Alisa, für welche Jubiläums AG hast du dich denn entschieden?«

Alisa schiebt ihre Brille mit einem Finger zurück auf ihre Nasenwurzel. Ein Vintage-RayBan-Modell mit schwarzem Gestell und eine Aussage. Sie trägt ihre Brille mit Stolz und immer passend zu ihrem sonstigen Look; heute ist es eine enge schwarze Jeans und ein überweiter, taubengrauer Pullover mit überlangen Ärmeln.

»Sie haben gefragt, ob ich in der Theater AG mitmache. Kostüme.«

Eva grinst. »Ich habe ihnen einen Tipp gegeben. Wir sollten alle in die Theater AG gehen, dann wird es richtig lustig.«

Nora sieht zu mir. »Pauli kann Schauspiel machen. Du machst doch auch Ballett.«

Die Theaterbühne ist ganz sicher der letzte Ort, auf dem ich mich gerade gut fühlen würde, aber ich lache mit den anderen.

Bleib normal. Tu so, als wäre alles in Ordnung.

»Ich führe Regie, und Nora schreibt das Stück«, sagt Eva und sieht zufrieden in die Runde. »Bloß keine alten Klassiker.«

Als es klingelt, stehen wir auf und laufen zurück in die Schulhalle. Dort trennen wir uns, jeder geht in seinen Kurs, ich habe Chemie, zusammen mit Nora. »Du siehst fertig aus«, sagt sie, als wir zusammen zum Chemieraum laufen. Sie legt einen Arm um mich, zieht mich kurz an sich. »Geh doch nach Hause.«

Ich kann doch nicht ewig zu Hause hocken? Was ist, wenn das nie wieder aufhört? Sonst rede ich über alles, aber jetzt habe ich auf einmal Angst, über meine Gefühle zu sprechen. Und Angst vor ihrer Reaktion, dass ich vielleicht wirklich krank bin. Depressiv oder manisch oder schizophren. Irgendeine Sache, die man nicht in den Griff bekommt. Nie mehr.

»Geht schon.«

ES GIBT EINE KRAFT, DIE IST STÄRKER ALS WIR.

Vincent

Skaten ist Selbstzerstörung. Das sage nicht ich. Das könnte mein Körper sagen, das gebrochene Schlüsselbein, die Kniescheiben, die Bänderrisse, die verstauchten Knöchel, die gebrochenen Rippen. Der Körper, der auf einem Holzbrett über den Asphalt fährt. In Wahrheit rettet mich das Board jeden verdammten Tag. Das Gefühl, zu gleiten, die Sprünge, einen Trick perfekt zu stehen – unglaublich.

Der Himmel ist blau. Hendrik und ich liegen auf der Wiese neben dem Skateplatz und starren in die Wolken. Die verdiente Pause nach vier Stunden auf dem Platz, und irgendwann kann ich den Frontside Flip. Hendrik hebt die Hände, streckt sie Richtung Himmel.

»Siehst du das Monster?«

»Ich sehe ein Schloss.«

»Wo?«

Ich halte den Joint, schaue auf die verglimmende Spitze.

Verdammt, ich müsste längst zu Hause sein.

»Hey, Vinz, der Himmel biegt sich, siehst du das? Diese ganze Wahnsinnsatmosphäre verbeugt sich vor uns. Die Wolken werden herunterfallen, die Sonne trifft uns mit ihren Laserstrahlen, und wir werden so was von verbrennen.« Hendrik grinst und legt den Kopf zur Seite, schaut auf den Joint. »Lässt du den etwa einfach so abdampfen, Banause?« Er schnappt nach meiner Hand, aber ich ziehe sie weg.

»Ich kann mit meinem Anteil machen, was ich will.«

Ich bin schon zugedröhnt. So kann ich nicht nach Hause kommen. So nicht. Ich lache. »Da musst du durch!«

»Da steht einer hinter dir, der findet das gar nicht lustig.«

Ich drehe den Kopf, aber da ist niemand. Na klar, Hendrik wieder.

»Er zeigt mit dem Finger auf dich, so!«

Hendrik bohrt seinen Finger in meine Schulter und spricht mit tiefer Stimme: »Das Jüngste Gericht, der Schamane der Dunkelheit, das Höllenfeuer. So zeigt er auf dich, und die Engel neben ihm applaudieren.« Er wechselt zu einem hohen Singsang: »Vincent, Vincent ... wir warten auf dich. Wir wollen dich in den Garten der Lüste führen, wir wollen dir Liebe schenken, wir wollen, dass du glücklich wirst, wir sind immer für dich da!«

Ich frage mich, ob wir denselben Joint rauchen. Allerdings rauche ich nur jeden dritten Zug mit. Hendrik ist da anders. Er ist regelmäßiger Kunde bei unserem Schuldealer.

»Ich muss los«, sage ich und ziehe mich hoch. Manchmal schlägt die Stimmung um, wenn ich an zu Hause denke. Ich taste nach meinem Skateboard. Undenkbar, mich da jetzt draufzustellen.

»Oh, sagen die Engel, da will er also schon gehen, warum will er das denn? Es ist doch noch nicht so weit, die Sterne leuchten noch gar nicht, Hoffnung ist auch nicht in Sicht, und dort warten doch nur Stumpfsinn und Routine, das immer gleiche Einerlei des Alltags, Abendessen, ins Bett und morgens wieder zur Schule, pünktlich um acht.«

Ich reiche ihm den Joint. »Bleibst du?«

»Und sehe zu, wie du die Engel mitnimmst? Was denkst du denn?«

»Denken ist schon lange nicht mehr.«

Paulina

»Un, deux, trois und plié! Gestrecktes Bein und tiefer, Paulina.«

Der Schweiß läuft mir den Rücken herunter, mein Trikot klebt an meinem Körper, und ich frage mich, ob Jan, der hinter der verspiegelten Zuschauerscheibe sitzt, zusieht oder *Clash of Clans* auf seinem Handy spielt. Immerhin ist er mitgekommen, obwohl er weder versteht, warum ich das mache, noch, warum es mir so wichtig ist. Ich bin es nicht gewöhnt, mich dafür zu rechtfertigen. Und ich habe zwei Monate gefehlt, also muss ich aufholen. Es zumindest versuchen. Dreimal die Woche. Extratraining.

Ich denke an Kaylee Quinn oder Maddie Ziegler. Ihre Körper sind wie Gummibänder. Aber ich habe keine ehrgeizige Mutter, die ihre Träume durch mich verwirklicht, sie hat eigene Träume. Keine Oma, die mich jemals zum Ballett begleitet hätte. Nur Bea natürlich. Sie war eine sehr gute Tänzerin, wegen ihr tanze ich.

Frau Jefimova legt mir die Hand zwischen die Schulterblätter. Ein leichter Druck, an dem ich mich weiter hochziehe, aufrichte. Haltung einnehmen.

»Bauch einziehen. Gut so!«, sagt sie mit einem harten russischen Akzent.

Obwohl sie mich zurechtweist, freue ich mich, dass sie zu

mir kommt. Mich bemerkt, immerhin sind wir fast zwanzig im Raum.

Wir machen die Freiübungen ohne Stange. Die Armpositionen. Ich sehe mich im Spiegel, kontrolliere die Hände, die Fingerhaltung. Bea. Ich sehe ihr ähnlich, ich weiß das. Besonders, wenn ich tanze.

»In die Diagonale!«

Die Jefimova mit ihrem Kommandoton. Wir stellen uns in der Ecke in Zweiergruppen auf.

»Die Arme, Bea!«

Ich korrigiere die Jefimova nicht, das wäre unangebracht. Ein paar der Mädchen sehen mich ängstlich an, sie haben einmal erlebt, wie ich in der Umkleidekabine losgeheult habe, ein kleiner Ausrutscher, seitdem bin ich eine tickende Zeitbombe, niemand von ihnen hat Bea jemals erwähnt.

Jetzt die Sprünge, und danach dürfen wir endlich zum Rand und in die Spitzenschuhe wechseln. Für mich ist es immer die Belohnung, erst auf der Spitze fühlt es sich echt an, dann ist es perfekt. Ich hole meine Tasche, setze mich auf eine der Matten am Rand, sortiere die rosafarbenen Bänder und schlüpfe in die Schuhe. Jetzt, wo sie schön weich sind, sind sie auch schon wieder kaputt, die Spitze durchgetanzt, verdammt. Ich muss daran denken, mir neue zu holen.

Die Jefimova klatscht in die Hände. »An die Stangen, meine Damen.«

Wir schieben die frei stehende Stange in den Raum, stellen uns auf. Die Füße etwas zu sehr nach außen gestellt, der gerade Rücken, der hochgezogene Nacken.

Ich erobere einen Platz in der Mitte, die beste Sicht. Wir heben uns auf die Spitzen, meine Füße sind nicht begeistert.

Meine Oberschenkel schmerzen, meine Knöchel, meine Unterschenkel sind hart, trotz des Aufwärmtrainings. Ich sollte etwas trinken, aber die Jefimova ist streng, niemand würde seine Flasche bei ihr während des Trainings rausholen, selbst in den Pausen nicht. Doch nach den ersten Übungen wird es besser. Ich weiß das, ich muss nur durchhalten, den Schmerz ignorieren, den Körper unter Kontrolle bekommen.

Dann ohne Stange, die seitlichen Schritte, die Drehungen. Es ist hart, aber nur so wird man gut. Auf einmal klappt alles, ein kurzer Moment der Euphorie, eine Sonne, die in mir explodiert. Bis der Schmerz zurückkehrt.

Nach dem Unterricht dusche ich, obwohl ich das sonst lieber zu Hause tue, aber Jan und ich wollen noch irgendwo zusammen hingehen. Ich wasche mir die Haare und merke erst, als der Schaum wie eine zärtliche Berührung über meinen Körper läuft, wie erschöpft ich bin.

Vor der Spiegelleiste binde ich mir die langen Haare noch nass streng nach hinten zu einem festen Dutt, schminke mich, tusche meine Wimpern, setze mir die Ohrringe wieder ein. Große silberne Creolen, die gut zu meinen braunen Haaren passen.

»Was meinst du, wann verteilen sie die Rollen?«, fragt Niki neben mir und sieht mich im Spiegel an.

Sie ist eine der Besten, und ich weiß, warum sie fragt. Einer von uns beiden wird die Hauptrolle bekommen, die Julia spielen. Romeo wird man engagieren, einen Studenten aus der Akademie, wie immer werden die Jungenrollen von außen besetzt. Welcher Junge macht schon Ballett?

»Keine Ahnung.«

»Du spielst bestimmt die Julia«, sagt Niki.

Alle erwarten, dass ich die Rolle bekomme. Alle sind sich sicher. Nur ich habe dieses Gefühl in mir, als ob nichts mehr sicher ist, alles unter mir zerrinnt.

»Wahnsinn, wie du das machst«, sagt Jan, der nicht sehen kann, wie untrainiert ich bin und dass ich ständig aus dem Takt gekommen bin, richtige Schwierigkeiten hatte. Er beugt sich zu mir hinunter, küsst mich auf die trockenen Lippen.

Wir gehen bis nach vorne an den Counter. Eine der älteren Ballettschülerinnen sitzt hinter dem Tresen, ich hoffe, sie kennt sich aus.

»Größe 38, und ich brauche Spitzenschoner. Habt ihr Stopfgarn?«

»Ich schau nach.«

Sie geht in das Hinterzimmer, wo die Schuhe lagern.

Jan legt seine Hände von hinten um mich. »Musst du die jetzt holen?« Ich spüre seine Ungeduld.

»Es ist einfach praktisch.«

Und ich will es. Die Jefimova lässt es nicht durchgehen, wenn wir mit durchgetanzten Schuhen trainieren.

Das Mädchen legt die Schuhe auf den Counter. Rosa.

»Ich möchte schwarze«, sage ich.

»Schwarz?«

Früher habe ich immer Rosa getragen. Aber jetzt ist alles anders.

Sie zuckt mit den Schultern, nimmt die Bänder, die Spitzenschoner und die Schuhe und verschwindet wieder nach hinten. Ich weiß, Jan ist genervt über die Verzögerung, lässt sich aber nichts anmerken.

»Es geht schnell«, sage ich, auf einmal selber ungeduldig.
Sie kommt zurück und legt die Schuhe vor mich. Schwarz glänzender Satin. Ich streiche sanft darüber. Neue Spitzenschuhe sind etwas Besonderes. Ein Neuanfang.

Draußen schließen wir unsere Räder auf und schieben sie dann, unentschlossen, wo wir hingehen sollen.
»In das Café am S-Bahnhof?«, schlage ich vor. Mit den Gedanken bin ich immer noch bei den schwarzen Spitzenschuhen. Ich habe keinen schwarzen Anzug, keine schwarzen Leggins. Aber sie gefallen mir, sie wirken stark und anders. Mein Blick streift mein Spiegelbild, als wir an dem Schaufenster eines Ladens vorbeigehen. Cremefarbener enger Pullover, ein heller, weicher Rock, flache Ballerinas. Das Ballettmädchen, alles ist perfekt.
Echt jetzt?

Vincent
»Vincent?«

Ich stehe im Flur unserer Wohnung und erstarre. Wie hat sie mich gehört? Ich bin geschlichen wie eine Katze. Supersmooth. Tatzentauglich. Leisesohlenmäßig. Ich lache. Na gut, ich bin über die Fußmatte gestolpert, an die Tür gestoßen, habe den Schlüssel nicht reinbekommen. Ich bin bekifft. Versifft. Gestifft. *Gestifft?*

»Vincent, bist du das?«
»Ja, Mama?«

Das klang doch normal, oder? Normale Geschwindigkeit. Kein Kiffer-Slowmo, Yoyo. Ich darf nicht kichern. Ich schlage mir ins Gesicht. Rechts. Links. *Patsch. Patsch.* Mein Gesicht brennt, ich sehe in den Flurspiegel, meine Pupillen sind schwarze Riesenufos, auf dem Weg ins Universum. Zurück zum Mutterplaneten, nur weg von hier. Natürlich wollen die Aliens hier nicht landen, warum sollten sie? Krieg, Zerstörung, Gier.

»Hey!«

Ich habe sie nicht gehört. Sie kann schleichen. Jetzt steht sie vor mir, strenger Mutterblick, sieht mich an, übersieht, was sie nicht sehen will. »Hast du Hunger?«

Schokolade!

»Nein, schon okay.«

Ich hänge meinen Hoodie an die Garderobe, kicke meine Turnschuhe aus. Sie beobachtet mich.

»Sind alle da?«, frage ich.

»Fee schläft schon, und dein Vater ... ist noch mal rausgegangen.«

Fee ist fünf, und es ist gut, dass sie im Bett ist. Mein Vater ist vierzig, und dass er noch mal rausgegangen ist, ist nicht gut. Es bedeutet, dass er versucht, noch was zu trinken zu bekommen, obwohl er so tut, als ob er irgendwo eine rauchen will oder spazieren gehen oder den Müll runterbringen oder was auch immer. Wir wohnen nicht gerade in einer Gegend, in der es Kneipen gibt. Berlin-Nikolassee, denkt einfach etwas Wald, ein paar Seen, viele Villen und wenig Leben. In einer Sackgasse, nur Einfamilienhäuser, bis zur nächsten S-Bahn-Station sind es zwanzig Minuten zu Fuß. Hier sagen sich definitiv Fuchs und Hase Gute Nacht. Also poppen die Orte, wo er am Abend noch was zu trinken bekommt, nicht unbedingt an jeder Ecke aus dem Boden.

»Vincent ...«

Ich weiß, was sie sagen will. Jedes Mal, wenn er weg ist, das

gleiche Spiel. Ich versteh nur nicht, warum sie das nicht selber machen kann. Als ob es Männerarbeit wäre, aber, hey, es ist beschissene Arbeit, egal, wer sie macht.
»Okay, ich mach. Hast du die Küche schon?«
Sie nickt.

Ich fange bei den üblichen Verstecken an. Wir wohnen in einem großen, alten Haus. Meine Mutter nennt es herrschaftlich, mit einem kleinen Turm auf dem Dach und großen Fenstern im Erdgeschoss. Drei Familien wohnen hier, jeder gehört eine Wohnung. Als die Vermieterin gestorben ist, hat sich die Hausgemeinschaft zusammengetan und hat das ganze Haus gekauft. Wir haben das Erdgeschoss. Ich fand immer, das war ein Vorteil, gleich raus in den Garten, kurzer Weg in den Keller, aber jetzt ist genau das ein Problem. Seine Vorräte können überall liegen. Jetzt, wo es Frühling ist, wirklich überall. Ich fange trotzdem in der Wohnung an. Und das muss man ihm echt lassen, seine Verstecke werden immer einfallsreicher. Letztes Mal habe ich eine Reihe von kleinen Flachmännern im Flügel gefunden. An den Rand gelegt, neben dieses Gestrüpp von Klaviertechnik im Innern. Er muss doch wissen, dass jemand sie dort weggenommen hat, wenn sie dort nicht mehr liegen? Irgendwie muss ihm doch klar sein, dass wir es alle wissen. Wir alle Bescheid wissen.
Diesmal nichts im Flügel, nicht in den Standvasen, nichts hinter den Buchreihen. Okay, es ist draußen warm geworden, ich weiß, was das bedeutet.
Erst als ich auf der Wiese stehe und die Nässe durch meine Socken zieht, fällt mir auf, dass ich keine Schuhe angezogen habe. Egal. *Wirklich*. Ich reiße mir die Socken von den Füßen

und lasse sie liegen. Zwei Seerosen im Rasenteich. Ich muss grinsen. Das sollte Hendrik sehen.

Nichts im hohlen Baum, nichts unter dem gelben Strauch, außer einem bläulichen Ei, das Ostern nicht gefunden wurde. Erst an der Terrasse ein erster Erfolg. *Sergeant Vincent stellt die gefährliche Flüssigkeit sicher.* Ich gieße den Inhalt neben die Rosensträucher, beseitige die Spuren. Wohin mit der Flasche? Das alte Problem. Der Glasmüll ist schon auffällig genug. Wir tun immer noch so, als ob nicht jeder im Haus es wüsste, dabei wissen natürlich auch hier alle Bescheid. Ich verzichte trotzdem auf Mülltrennung und gehe zu den Kästen am Gartentor. Drei Mieter, drei Tonnen in einem Holzverschlag. Nur so zur Sicherheit kontrolliere ich auch hier, ziehe die eine Tonne etwas heraus und: *Bingo!*

Sergeant Vincent an Zentrale, wir haben eine neues Lager entdeckt. Copy!

Eine Halbliterflasche Whisky. Vielleicht könnten wir ohne seine Sauferei schon Millionäre sein? Zwei Motorräder besitzen, drei Motorboote, ein Start-up-Unternehmen. *Wir?*

Im Garten gebe ich es auf, sammle meine Socken ein und nehme mir den Keller vor. Jedes Stockwerk hat einen Kellerteil, aber das heißt nicht, dass sie nicht überall liegen können. Ich leuchte mit meinem Handy die Ecken aus. Das Verrückte ist: Ich freue mich jedes Mal, wenn ich ein richtig gutes Versteck finde. Ein gutes Versteck bedeutet, dass er seine Sinne noch so gut zusammenhat, dass er sich überhaupt noch ein gutes Versteck ausdenken kann und noch nicht alle Gehirnzellen zerstört sind. Ich habe Angst vor dem Tag, an dem er die Flaschen einfach im Raum stehen lässt, weil er denkt, dass dort ein gutes Versteck sein könnte. Oder auf der Treppe oder einfach am Bett oder auf dem Tisch, wo Fee es sehen und mitkriegen würde. *Sie weiß eh bald Bescheid.* Nach dem Sommer kommt sie in die Schule, sie wird schreiben und lesen und rechnen lernen. Sie ist schlau. Aber solange ich hier wohne, werde ich dafür sorgen, dass sie es nicht herausfindet. Dass niemand sie verletzt.

Ich entdecke einen kleinen Flachmann hinter dem Weinregal. Das Weinregal, der größte Witz überhaupt. Das Alibi. *Sergeant Vincent, wir trinken ganz zivilisiert, sehen Sie, wir haben sogar ein Weinregal. Wir verstehen etwas von Jahrgängen und Traubensorten, und by the way, sind Sie nicht viel zu jung, um das alles beurteilen zu können?*

Ja, vielleicht.

»Alles gecheckt, ich gehe jetzt in mein Zimmer«, sage ich zu meiner Mutter, die an der Kellertür wartet. *Sergeant Vincent hat alle Bomben entschärft.*

»Okay, dann bis morgen«, sagt meine Mutter. »Morgen um sieben?«

»Wie immer.«

Ich gehe in mein Zimmer und schließe die Tür. Am liebsten würde ich immer abschließen, vor allem, seitdem ich eine Flasche in meinem Schrank gefunden habe. *Er versteckt seinen Scheiß in meinem Zimmer!*

Wenn das so weitergeht, stößt er noch auf meine Verstecke. Einen Krümel Hasch, den ich mir als eiserne Reserve halte und unten in meinem Stiftbecher aufbewahre. Wer sieht da je rein? *Genau.* Ist auch nur zur Sicherheit, falls Hendrik mal länger in Urlaub fahren sollte (extrem unwahrscheinlich) oder ich allein einen Joint rauchen möchte (was bisher noch nicht vorgekommen ist). Falls es also ein Verstecker-Gen gibt, habe ich es vermutlich von meinem Vater geerbt. Das Verstecken und das Schauspielen, denn das können wir beide bestens, auch wenn nur er daraus einen Beruf gemacht hat. Aber mein schwarzes Buch wird er nie finden. Ich habe es mit diesem Klebegummi unten an meinem Bett befestigt. Angeblich soll das Zeug auch Bücherregale an der Wand halten. Also sicher.

Ich taste danach, alles okay, werfe mich aufs Bett und sehe an die Decke. Werde langsam nüchtern. Ich mag eigentlich, wenn dieser leicht bedröhnte Zustand aufhört und mein Gehirn wieder straight denkt. Wenn mir dann nicht der ganze Mist einfallen würde, den ich noch zu erledigen hätte, Schule, Lernen – dann wäre alles bestens.

Paulina

»Willst du noch was essen? Salat?«, fragt Jan, der sich einen Rieseneisbecher bestellt hat.

Ich nippe an meinem Kaffeebecher. Keine Milch, kein Zucker. Disziplin ist wichtig, sagt die Jefimova, wer zu schwer wird, kann von den Tänzern nicht mehr gut getragen werden.

»Nein, ich habe keinen Hunger.«

Dabei liebe ich Eis.

Er zuckt mit den Schultern. »Du bist eingeladen.«

»Ja, danke.«

Jan mustert mich. »Du bist nicht genervt oder so?«

»Nein, nur etwas müde.«

Weil ich nicht mehr schlafe. Auch wenn ich mich hinlege, auch wenn ich die Augen schließe. Weil Schlafen Träumen bedeutet.

»Und? Wie ist es so ohne Schule?«, frage ich.

Jan grinst. »Man kann sich dran gewöhnen.«

Ich weiß, jetzt wird alles anders. Ich habe noch zwei Jahre, und Jan ist fertig mit der Schule. Er hat sein Abitur. Die letzten Monate hat er für die Prüfungen geübt, aber jetzt wird sich etwas ändern.

»Und? Was willst du dann machen?«

Ich sehe, wie er den letzten Rest Eis aus seinem Becher kratzt.

»Feiern!«

»Nein, ich meine ...«

»BWL.« Er legt den Eislöffel weg. »Und den Führerschein. Hab schon einen Prüfungstermin.«

»Klar.«

Er legt seine Hand auf meine. »Hey, noch zwei Jahre, dann bist du auch fertig.«

Jan begleitet mich nach Hause. Wir stehen neben unseren Rädern, ich bin müde, erschöpft, obwohl ich freundlich sein möchte. Die perfekte Freundin oder zumindest nett. Er beugt sich zu mir runter, fasst mein Kinn, zieht mich zu sich heran, küsst mich.

»Morgen Kino?«, fragt er und legt seine Stirn auf meine.

»Okay«, sage ich.

»Ich suche einen Film aus?«

»Einverstanden.«

Ich weiß, Jan erwartet eine Einladung. Schon länger. Wir sind jetzt zwei Monate zusammen und hatten noch keinen Sex. Und es ist nicht so, dass ich es nicht mit Jan tun will. Aber gerade will mein Körper nur noch eines. Tanzen. Und Vergessen.

»An was denkst du?«, flüstert Jan, während seine freie Hand

meinen Rücken hinuntergleitet. Ich richte mich unwillkürlich auf.

»Ich muss noch Hausaufgaben machen.«

Er nimmt seine Stirn von meiner. »Okay, dann bis morgen.«

Ich schiebe mein Rad den Kiesweg hoch, stelle es neben die Garage und bin kurz enttäuscht. Keins der Autos ist da.

Wir wohnen in Potsdam, in einer großen Villa, in der vorher ein Filmregisseur gewohnt hat, der nach L. A. gezogen ist. Ich stelle mir manchmal vor, wie er jetzt wohnt, und frage mich, ob er sein Haus vermisst. Vielleicht den Garten mit den hohen Kiefern oder den Blick auf den See. Die Ruhe.

Im Haus ist es still. Ich lasse mich im Wohnbereich auf eines der zwei großen Ledersofas fallen und sehe mich um. Ich mag unser Wohnzimmer. Die Sofas passen zu den Vorhängen, die Lampen zu den Sofatischen, sogar das Kaminbesteck zu den Bildern und Spiegeln an den Wänden, alles ist aufeinander abgestimmt. Meine Mutter ist Innenarchitektin und hat alles ausgesucht. Und gerade sitzt sie mit meinem Vater zusammen bei einer Mediatorin und klärt die Frage, ob sie zu meinem Vater passt. Ein Architekt zu einer Innenarchitektin, mit einem gemeinsamen Büro, einem gemeinsamen Unternehmen und, nicht zu vergessen: gemeinsamen Kindern.

Vincent

Es ist spät, als ich ihn nach Hause kommen höre. *Er darf Fee nicht aufwecken.* Ich höre auf zu schreiben, schlage mein Notizbuch zu und schiebe es vorsichtig unter mein Kopfkissen. Es poltert im Flur, die Bügel an der Garderobe klappern, und ich halte die Luft an. Manchmal ruft er nach mir.

Dann öffnet sich eine Tür, und ich höre die Stimme meiner Mutter. Erst jetzt atme ich aus. Sie wird sich darum kümmern. Meine Hand tastet nach meinem Notizbuch.

Gehirnzellen sterben, jede Sekunde, jeden Zug.
Der Raum groß und weit.
Weiße Kanten.
Ich falle, kann mich nicht bewegen.
Eingesperrt in meinem Kopf.
Ich muss hier raus.

Lesen ist Aufsaugen, Schreiben ist Ausspucken. Lesen ist Trinken, Schreiben ist nüchtern werden. Lesen ist Sehen, Schreiben ist Handeln. Die Worte brechen aus mir heraus, sammeln sich auf dem Papier. Erst dann kann ich schlafen.

Paulina

Ich sitze in Beas Zimmer auf dem Bett und sehe mich um. Es ist noch genauso eingerichtet wie vor dem Unfall. Alles an seinem Platz, oder besser, an den Plätzen, an die Bea die Dinge gestellt hat. Und das ist wichtig. Mama wollte das Zimmer auflösen, neu streichen, alles weggeben, diese Erinnerung löschen, aber Papa und ich haben widersprochen. Wir sind noch nicht so weit. Wir sind allerdings auch keine Innenarchitekten. Natürlich ist ein leeres und gleichzeitig eingerichtetes Zimmer nicht normal. Ein Trauerzimmer, nennt meine Mutter es, in das ich mich setze, um zu verstehen, was man absolut nicht verstehen kann. Bea ist nicht mehr da.

Bea war mein Vorbild. Bea war diejenige, die vorging. Das ist vielleicht das seltsamste Gefühl, dass ich jetzt immer älter werde, in vier Jahren ihr Alter erreiche und dann älter sein werde, als sie je geworden ist. Das geht doch nicht. Und wie soll ich vorgehen?

Ich lege mich seitlich auf das Bett und betrachte ihren Schreibtisch, auf dem Papiere liegen, Stifte, ihr Laptop, ihr Handy, das man uns im Krankenhaus mitgegeben hat und das jetzt hier liegt, vollkommen heil, wie kann das sein? Der Akku ist leer, niemand lädt ihn auf, wir alle haben Angst, das Handy könnte dann läuten. Wer soll es beantworten?

Manchmal sitze ich stundenlang hier in dem Zimmer und warte. Auf meine Eltern, aber eigentlich auf Bea. Auf den Schlüssel unten im Schloss, ihr Rufen, ihre Schritte auf der Treppe. Auch früher habe ich oft in ihrem Zimmer gewartet, bis sie nach Hause kam, manchmal genervt, dass ich in ihrem Zimmer saß, manchmal froh, dass sie jemanden zum Reden hatte, wenn sie aufgedreht war. Jetzt ist es still.

Ich hole mein Handy aus der Hosentasche.

*Frozengirl@Bea draußen blühen die bäume
aber hier drinnen ist winter. vermisse dich*

HILFE

Vincent

Fee sitzt schon am Tisch in der Küche und grinst fröhlich, als ich aus dem Bad komme. Meine Mutter weckt sie und zieht sie an, aber dann macht sie sich selber fertig, und ich übernehme.

»Vinzi, machst du mir Kakao?«

Fee ist morgens immer gut gelaunt, sie freut sich auf den Kindergarten, für sie ist die Welt noch komplett in Ordnung, alles ist gut, und ich will, dass es für Fee so bleibt, jedenfalls so lange wie möglich. »Klaro, Kakao wird gemacht!«

Die Küche ist groß, mit einem langen Holztisch in der Mitte. Wir essen hier immer, außer, wenn Gäste kommen, aber selten zusammen. Wenn mein Vater in einer Schauspielproduktion ist, hat er abends Aufführungen, kommt spät und schläft morgens aus. Meine Mutter arbeitet als Lehrerin, und ihr Rhythmus ist genau umgekehrt. Jetzt, wo mein Vater arbeitslos ist oder, wie er es nennt: ohne Engagement, könnten wir morgens zusammen frühstücken, aber trotzdem ist immer Chaos, und dann ist da ja noch das Trinken, das er zu seiner neuen Hauptbeschäftigung gemacht hat.

Ich erwärme die Milch. Sie darf nicht kochen, weil Fee keine Haut auf ihrem Kakao mag, daher mache ich sie nur lauwarm. Ich gieße mir und Fee einen Becher voll Milch, stelle ihr Kakaopulver hin und gieße mir Kaffee dazu.

Meine Mutter hetzt in die Küche. »Kannst du mir einen Kaffee machen?«

Sie legt ihre Aktentasche ab und verschwindet gleich wieder im Bad. Fee und ich grinsen uns an. Jeden Morgen das Gleiche, das Herumlaufen, die Hektik, so ist sie eben.

Sie unterrichtet dreimal die Woche Lebenskunde an einer Grundschule in Berlin-Mitte. Morgens nimmt sie Fee mit und setzt sie auf dem Weg im Kindergarten ab. Ich habe Lebenskunde mal gegoogelt, weil ich wissen wollte, was das überhaupt für ein Schulfach ist und die Erklärungen meiner Mutter immer etwas neblig fand. *Der Lebenskundeunterricht soll dazu anleiten, die Bedeutung moralischen Handelns zu verstehen, und insbesondere dabei helfen, moralische Positionen für das eigene Leben zu entwickeln.* Ich habe eine Weile darüber nachgedacht und mich gefragt, was moralisches Handeln sein soll. Ich meine, mir ist schon klar, dass damit irgendwie gemeint ist, dass man keine Menschen töten soll und nett zu seinem Nachbarn sein und all das Zeug, aber wie ist es mit Typen wie Anton? Der einfach nicht schnallt, dass es Paulina so dreckig geht, dass man ihr ruhig mal einen Kaffee spendieren könnte. Töten oder nett sein ist keine Option, also was dann? *Zu Lebenskunde gehört die Bearbeitung existenzieller Erfahrungen wie Tod, Sterben, Krankheit, Trennung und Vereinigung. Der Lebenskundeunterricht soll Kindern und Jugendlichen helfen, sich derartigen Fragen zu stellen und sie in ihren Alltag zu integrieren.* Okay, Tod, Sterben, Krankheit, aber was ist mit »sich zu Tode saufen«? Manchmal habe ich Angst, mein Vater steht morgens nicht mehr auf. Und ich verstehe nicht, warum meine Mutter oder wir ihm einfach nicht helfen können? Oder wie.

»Fee, bist du fertig?« Meine Mutter schiebt sich einen Kamm hinten in die Haare, nimmt einen Schluck Kaffee, beißt von einer Scheibe Brot ab und steckt einen Apfel ein.

»Vincent? Kannst du Papa einen Kaffee bringen und was für seinen Kopf?«

Okay, das übliche Katerprogramm. Kaffee und Alka Seltzer.

Fee rutscht von ihrem Stuhl und setzt sich ihren kleinen Rucksack auf.

»Tschüss, Vinzi!«

Ich hocke mich zu ihr nach unten, sie schlingt ihre Arme um meinen Hals und drückt mich. »Sag Papa Tschüss von mir.«

»Klar, mach ich.«

Ich habe noch fünf Minuten, dann muss ich los. Ein großes Glas, Wasser, die Brausetablette hinein. Den Kaffee in einen Becher. Ich weiß schon jetzt, dass er beides nicht anrühren wird, meistens finde ich das volle Glas mit Wasser und den Becher mit kaltem Kaffee mittags genauso wieder. Dann schütte ich beides aus und stelle es in die Küche, damit meine Mutter glaubt, er hätte davon getrunken.

Er liegt auf dem Bauch, der Kopf ist zur Seite gedreht. Er trägt noch Sachen vom Abend, meine Mutter hat aufgehört, ihn abends umzuziehen. Die Sachen sind zerknittert, aber immerhin nicht vollgekotzt. Ich habe meinen Vater auf der Bühne gesehen und gedacht, er ist der Größte. Wenn er jetzt hier liegt, etwas Sabber auf dem Kissen, fällt es schwer, mich daran zu erinnern.

Paulina

Ich treffe meine Eltern in der Küche. Mein Vater lehnt an der Küchentheke und trinkt einen Kaffee, während er seine Mails auf dem iPhone checkt. Meine Mutter sitzt am Tisch, der sorgfältig für drei gedeckt ist, löffelt einen Joghurt und liest in dem Einrichtungsmagazin, das gestern gekommen ist.

»Und? Wie war das Treffen gestern?«, frage ich, setze mich auf meinen Platz und schiebe nervös den Teller in Position, die Tasse etwas näher an den Teller, dabei ist alles perfekt. Ich habe lange überlegt, wie ich die Frage stellen soll. *Wie war die Sitzung?* Zu bürotechnisch. *Wie war die Aussprache?* Nun, sie haben sich ja nicht zu zweit unterhalten, es gab da noch die Mediatorin. *Wie war das Treffen?* ist also eine sehr wohlüberlegte Frage.

»Frag deinen Vater«, sagt meine Mutter, obwohl mein Vater direkt neben ihr steht. Bea würde jetzt die Augen verdrehen und eine Grimasse in meine Richtung ziehen. Dieser Satz »Frag deinen Vater« oder »Frag deine Mutter«, der eigentlich schon eine Antwort ist. »Frag deinen Vater«, hat meine Mutter gesagt, als ich wissen wollte, ob wir umziehen. Weg aus Berlin, weg von meinen Freunden, nach Potsdam. »Frag deine Mutter«, hat mein Vater gesagt, als ich wissen wollte, ob sie jetzt kein gemeinsames Schlafzimmer mehr haben. Und »Frag deine Mutter«, als ich im Krankenhaus aufgewacht bin und wissen wollte, was mit Bea ist.

»Also trennt ihr euch jetzt?«, frage ich meinen Vater.

Er zuckt mit den Schultern. Wie kann man das nicht wissen?

»Und dann?«

Endlich sieht meine Mutter auf. »Wir denken, eine räumliche Trennung wäre erst einmal nicht schlecht.«

Wie: räumliche Trennung? Zimmer, Wohnungen, Bezirke, Städte, Länder, Kontinente? *Bea, weißt du, was das heißen soll? Wer trennt sich von wem, wer geht wohin, was wird mit mir?*

»Ich ziehe aus«, sagt mein Vater. »Es gibt ja noch die Wohnung in der Stadt.«

In die Bea eigentlich ziehen wollte.

Meine Mutter schlägt die Zeitung zu. »Und wir sollten das Zimmer endlich ausräumen. Gestern haben wir darüber gesprochen und ...«

»Ich war dagegen«, sagt mein Vater.

»Du ziehst aus!«, sagt sie scharf. »Ich möchte hier wieder Ordnung reinbringen. Ich kann nicht die ganze Zeit mit einem Zimmer leben ...« Die Stimme meiner Mutter bricht, und sie setzt neu an. »Wir müssen ja nicht alles weggeben. Paulina, wie wär's, wenn du schon mal überlegst, was du gerne behalten möchtest?«

Bea, sie lösen dein Zimmer auf.

»Und wir müssen die Bücher zur Uni-Bibliothek bringen«, sagt meine Mutter.

»Das hat doch Zeit«, sagt mein Vater.

»Da sind schon Leihgebühren angefallen. So geht das nicht.«

Beide schweigen.

Ich gieße mir Tee ein, obwohl ich keine Zeit mehr habe, ihn zu trinken. »Ich muss los.«

Meine Mutter hält mich am Arm, als ich an ihr vorbeigehe. »Willst du ihren Laptop haben? Ich kann auch die Festplatte löschen lassen oder ...«

»Gib ihr noch etwas Zeit«, sagt mein Vater, und ich weiß nicht, ob er mich oder Bea meint. Beas Laptop. Früher wäre ich begeistert gewesen. Aber jetzt?

Vincent

»Ich möchte euch Frau Neuer vorstellen. Sie ist als Referendarin hier und wird die Schreibwerkstatt bis zum Sommer betreuen.«

Die Klasse schweigt. Frau Neuer ist klein und zierlich, trägt eine fast unsichtbare Brille ohne Fassung und einen Pferdeschwanz. Wenn ich nicht wüsste, dass sie ihr Studium schon hinter sich hat, könnte ich sie auch für eine Schülerin an der Schule halten. Nun ja, der Ehering sieht schon sehr erwachsen aus, aber sonst?

»Die AG findet einmal die Woche statt, anstelle eines Deutschkurses. Und falls ihr euch Sorgen um den Ausfall macht, die Leistungen in dieser AG fließen in eure Deutschnote ein. Trotzdem ist das alles natürlich freiwillig. Wir wollen ein Buch mit Kurzgeschichten, euren Kurzgeschichten, zum Jubiläum der Schule herausbringen und nach den Sommerferien vorstellen. Jeder kann – ebenso wie an den anderen AGs – an dieser Schreibwerkstatt teilnehmen, aber natürlich fragen wir in den Deutschprofilkursen als Erstes. Na, wer hätte denn grundsätzlich Interesse, mitzumachen?«

Die üblichen Verdächtigen. Ich schiele zu Paulina. Seit Wochen ist sie zum ersten Mal wieder hier, aber sie meldet sich trotzdem sofort. *Streberin.*

»Was ist mit euch anderen?«

Ich melde mich.

Ein paar Köpfe fliegen zu mir herum. *So what?* Zugegeben, ich habe mich selber überrascht. Doch gerade erscheint mir die Schreibwerkstatt besser als sämtliche anderen AGs oder die Kuchenbasargruppe. Bloß nicht die Kuchengruppe und stundenlang hinter dem Tisch stehen und Kaffee ausgeben.

»Okay, das ist etwa ein Drittel des Kurses«, sagt Frau Küster zufrieden. Sie wendet sich an Frau Neuer. »Ich schlage vor, Sie fangen gleich an. Sie können in den Kursraum zwei Räume weiter gehen.« Sie lächelt in die Klasse. »Nun, dann viel Spaß.«

Als ich aufstehe, wird mir klar, dass ich der einzige Junge in der Gruppe bin. Na toll. Und setze mich wieder. Das war eine idiotische Idee. Ich kann mir schon vorstellen, was Hendrik sagen wird und alle anderen. Der Hahn im Hühnerstall. Kein Bock. Ich hole ein Buch raus, beuge mich darüber. Alle gehen, doch dann sieht Paulina sich um.

»Vincent? Hast du dich nicht auch gemeldet?«
Jemand nickt überflüssigerweise.
»Äh, ja.«
Sie wartet. Also stehe ich auf, sammle meine Sachen zusammen und schlenze zu ihr rüber. Ihre blauen Augen funkeln mich an. Warum ist sie immer so sauer auf mich?
»Du bekommst noch Geld von mir«, sagt sie und hält mir ihre Hand hin. Ich nehme es, das Geld ist noch warm, sie muss es die ganze Zeit in der Hand gehalten haben. Dazu ein Ansatz von Lächeln. Echt nicht mehr.
»Danke noch mal.«
»Kein Ding ...«
Ich halte das Geld weiter in der Hand, obwohl ich es gleich in meine Tasche fallen lassen könnte, aber ich mag die Wärme. Warum ist sie nur so gestresst?

Wir laufen nebeneinanderher bis zum Klassenraum einer Achten, die vielleicht gerade beim Sport ist. Frau Neuer schließt auf, wir verteilen uns an die Tische im Raum, doch sie stoppt uns sofort.

»Schiebt alle Tische an den Rand, wir setzen uns in einen Kreis.«

Stuhlkreis! Wo bin ich hier hingeraten. *Mein Arm hat ein Eigenleben. Ich wollte mich nicht melden. Ein Missverständnis.*

Wir setzen uns. Ich ganz nah zur Tür. Fluchtbereit. Paulina ganz auf der anderen Seite. Ich glaube, sie hasst mich.

Als wir sitzen, lächelt Frau Neuer. »Ich freue mich, dass so viele von euch Lust auf diese AG haben. Willkommen. Ich dachte mir, ich erzähle euch ab jetzt jede Stunde etwas über das Schreiben, also theoretische Dinge. Dann machen wir ein paar Übungen, und danach beginnt ihr, an eurem Text zu arbeiten. Und das ganz frei. Die Theorie und die Übungen sind nur Hilfsmittel. Letztendlich müsst ihr selber herausfinden, wie ihr schreiben könnt und wollt, denn bei diesem Projekt geht es um euch, euer Schreiben.« Sie macht eine bedeutungsvolle Pause, aber niemand will sie mit irgendetwas füllen, also redet sie weiter. »Für mich sind zwei Dinge besonders wichtig. Das eine ist das Handwerk, der Umgang mit der Sprache, das andere die Aufrichtigkeit.«

»Aufrichtigkeit?«, fragt jemand nach.

»Nun, ich meine damit, dass ihr wirklich etwas von euch erzählt. Eure Gedanken, Gefühle, eure Sicht der Dinge, eure Erfahrungen. Und zwar so ehrlich, wie ihr könnt.«

Alle schweigen. *Again.* Ich wette, die meisten andern bereuen jetzt auch, in den Kurs gegangen zu sein. Wer will sich schon vor den anderen öffnen? Meine Gedanken – okay, vielleicht, aber meine Gefühle? Meine Erfahrungen? Mal abgesehen davon, dass ich den Eindruck habe, da gibt es noch nicht viel. Noch kein Sex, keine Freundin, keine weiten Reisen oder großen Abenteuer, und die Erkenntnisse und Erfahrungen mit halluzinatorischen Drogen sind hier wahrscheinlich auch nicht gefragt.

»Okay, lasst uns einfach anfangen«, sagt Frau Neuer, die noch nicht viel Erfahrung mit Schulklassen hat, sonst wäre sie wohl nicht so optimistisch. Sie geht an die Tafel und nimmt ein Stück Kreide, dreht sich dann zu uns und lächelt.

»Irgendwann werden in allen Klassen Smartboards hängen, und das alles wird in eure Laptops oder sonstigen digitalen Geräte übertragen werden, aber ich mag Kreide. Ich würde sagen, das macht einen Teil meines Charakters aus, dass ich bestimmte Dinge mag, auch wenn sie ein wenig altmodisch sind. Gebundene Bücher zum Beispiel, auch wenn wir hier zusammen ein eBook erstellen.« Sie grinst. »Außer, wir finden einen Sponsor für eine Druckversion. Ich mag Blumen und trage lieber Hosen als Röcke. Ich esse gerne Gemüse, aber könnte nie Vegetarierin werden, da ich viel zu gerne Salami und Schinken esse.« Sie sieht in die Runde und lächelt. »Wieso erzähle ich euch das alles?«

Keiner bewegt sich, ich würde sogar sagen, wir halten den Atem an. Seit wann stellt sich ein Lehrer vor eine Gruppe und erzählt von sich? Außer natürlich, er ist ein wenig durchgeknallt, was wir auch schon hatten. Dann verschwinden die Lehrer allerdings sehr bald von der Schule, und es macht überhaupt keinen Sinn, auf sie zu reagieren. Aber ich bin nicht blöd und weiß, dass Frau Neuer nicht durchgeknallt ist. Durchgeknallte haben einen anderen Blick, ein wenig irre, sie hören auf, sich zu waschen, und reden schnell und wirr. Also ist diese kleine Nabelschau vermutlich Teil eines größeren Plans.

Da niemand von uns etwas sagt, geht sie an die Tafel und schreibt: *Charakter* auf die eine Hälfte der Tafel und *Dramatur-*

gie auf die andere und verbindet beide Worte mit einem Strich. Okay, langsam kapiere ich.

Frau Neuer legt die Kreide weg und dreht sich wieder zu uns.

»Wenn ihr eine Geschichte schreibt, dann lebt sie durch die Charaktere. Sie geben der Geschichte das Blut. Aber Charaktere ohne eine bestimmte Geschichte wären nicht mehr als Personenbeschreibungen. Also brauchen Charaktere eine Geschichte, einen Anlass, aus dem heraus wir über sie erzählen. Und diese Geschichte braucht einen Spannungsbogen, eine Dramaturgie. Neben vielen anderen Faktoren, die ein Buch zu einem guten Buch machen, also eine Geschichte zu einer guten Geschichte, sind Charaktere und eine gute Dramaturgie sehr wesentlich. Und hängen eng zusammen.«

Sie nimmt wieder die Kreide und malt einen Pfeil von Charakter zu Dramaturgie und umgekehrt. Vorbildlich anschaulich. Ich muss grinsen.

»Vincent?«

»Äh, nichts.«

Und bin ziemlich platt, dass sie meinen Namen kennt.

»Okay, dann weiter. Heute möchte ich mit euch darüber sprechen, wie man einen guten, einen komplexen Charakter für seine Geschichte erschafft.«

Tanja meldet sich.

»Wir sind ein kleiner Kreis, sagt einfach, was ihr sagen möchtet«, schlägt Frau Neuer vor.

Tanja nimmt ihren Arm wieder herunter. »Äh, also, ich verstehe nicht ganz. Sollen wir nun von uns erzählen und unserem Leben oder von irgendeinem Charakter?«

Frau Neuer lehnt sich stehend an das Pult, und ich muss an diesen Film denken, *Club der toten Dichter*, und diesen Schauspieler, also Lehrer, der den Schülern was über Literatur beibringt. Oder Ungehorsam. Ich weiß nicht mehr genau, irgendwie beides.

Frau Neuer nickt, überlegt. Eine Lehrerin, die nicht gleich eine Antwort parat hat. Auch mal was Neues.

»Ihr könnt eigentlich gar nichts erzählen, keine Geschichte schreiben oder auch nur eine Klassenarbeit, ohne auch etwas über euch selbst zu erzählen, oder? Gute Schriftsteller sind in ihrem Schreiben immer präsent. Nicht als Charakter oder Figur, nicht, weil sie über sich selbst schreiben, sondern weil sie ihre Erfahrungen, ihre Werte, ihre Meinungen und ihre Gefühle in den Text einfließen lassen. Mach dir also keine Gedanken über dich, Tanja, du bist von ganz allein im Text. Und ihr wollt ja auch keine Autobiografie schreiben. Also müsst ihr Charaktere erschaffen, die eurer Geschichte das Blut geben. Charaktere, die erst ihr und dann die Leser für lebendig halten.«

Paulina macht ein seltsames Geräusch. Etwas zwischen einem verächtlichen oder genervten *Pfff* und einem leisen Schluchzer. Alle sehen zu ihr hin, und sie wird rot.

»Möchtest du etwas sagen?«, fragt Frau Neuer freundlich und ganz ohne Ironie. Sie wird mir langsam unheimlich. Hat sie ihre Kindheit in einem buddhistischen Kloster verbracht, bevor sie Lehrerin wurde?

»Nein«, sagt Paulina. »Oder doch: Heißt das, wir können uns an Lebenden oder … also … was ist mit Vorbildern? Die meisten Autoren sagen doch, sie hätten ihren Buchcharakteren Eigenschaften von Verwandten oder Freunden gegeben. Ein Mix.«

Frau Neuer nickt. »Ja, natürlich. Deine Erfahrungen als Autor mit anderen Menschen fließen natürlich in deine Charaktere ein. Wenn ihr einen mütterlichen Charakter habt, orientiert ihr euch vielleicht an eurer eigenen Mutter, aber natürlich nie eins zu eins. Lasst uns dazu einfach mal eine Übung machen.«

Einige der Mädchen holen einen Spiralblock aus ihrer Tasche und Stifte, aber Frau Neuer winkt ab. »Nein, das kommt später. Legt erst einmal alles weg und steht auf.«

Alle erheben sich, und zehn Leute stehen vor ihren Stühlen.

»Und nun wandert ein wenig herum. Ihr könnt ruhig den ganzen Raum nutzen.«

Ich muss wohl nicht sagen, wie seltsam es ist, durch einen Raum zu wandern, ohne ein Ziel und auch nur irgendeine Ahnung, wofür das gut sein soll. Den anderen geht es wohl ähnlich, weil wir uns alle wie Zombies auf Droge bewegen. Die Neuer lehnt sich weiter an das Lehrerpult und sieht uns zu, sie betrachtet uns. Wenn ihr mich fragt: Hat was von *Germanys Next Topmodel*.

»Und jetzt bleibt stehen«, sagt sie. »Und dann schließt die Augen.« Oh Mann, das sieht nach irgendeinem Psychokram aus. Also Augen schließen. So stehen wir eine Weile.

»Und jetzt versucht, mit geschlossenen Augen durch den Raum zu laufen.«

Und stoßt gegen Tische und Stühle? Am Anfang bewege ich mich kaum, aber dann werde ich mutiger. Ich stoße mit jemandem zusammen und muss lachen. Sie auch. Zum Glück bin ich nicht in ihre Brüste gerannt. Weiter geht's. Irgendwie ist die Übung verrückt, aber auch ziemlich abgefahren, denn mir kommt der Raum plötzlich ganz anders vor. Ich taste mich an einem Tisch vorbei. Mit geöffneten Augen war es ein Raum mit Tischen und Stühlen, die man benutzen konnte. Sitzen, etwas ablegen, schreiben. Aber mit geschlossenen Augen sind die Tische und Stühle nur Hindernisse, das Einzige, was interessant ist, sind die Leute im Raum. Seltsam.

Paulina

»Und jetzt öffnet die Augen wieder.«

Als ich die Augen öffne, steht Vincent vor mir. Na ja, nicht direkt vor mir, aber genau in meiner Sichtachse, und starrt an die Wand. Er schon wieder. Es ist seltsam, manchmal trifft man Leute andauernd, als hätte man sich ineinander verhakt. Eine Zeit lang habe ich ständig ein Mädchen aus meinem Ballettkurs getroffen, erst im Supermarkt, dann bei H&M, dann sogar abends auf einer Party. Als ob sie mich verfolgen würde, was natürlich Unsinn ist. Klar, wenn ich verliebt bin, dann will ich den Jungen treffen, aber das ist etwas anderes. Ich meine, ich will Vincent nicht unbedingt treffen, ganz im Gegenteil. Er hat diesen Blick, als ob er einen durchleuchten würde. Er hat einfach keine Maske, was irgendwie gut ist, aber sein Röntgenblick macht mich nervös. *Freak!* Und jetzt sind wir zusammen in dieser Schreibwerkstatt, die sich noch nicht mal AG nennt, weil ich auf keinen Fall in die Theater AG wollte. Die Vorstellung, vor lauter Leuten auf einer Bühne zu stehen, der Horror. Und für andere Jobs komme ich da auch nicht infrage. Ich dachte also, ich verkrieche mich in der Literatur AG, aber jetzt ist es genau das Gegenteil, wir rennen mit geschlossenen Augen in einem Raum herum und machen Vertrauensspiele. Vor Panik habe ich schweißnasse Hände.

Bea, ich kann das nicht. Wie komme ich hier weg?

»So, und nun bildet Paarungen. Und zwar mit der oder dem, in dessen Nähe ihr steht oder der euch ansieht.«

Vincent dreht sich um, unsere Blicke treffen sich. *Verdammt.*

Ich zucke mit den Schultern. Die anderen Pärchen haben sich schon gefunden, das ging schnell, und wenn ich ehrlich bin, dann stehen alle auch viel weiter weg von mir, was daran liegt, dass ich geschummelt habe und ihnen mit leicht geöffneten Augen aus dem Weg gegangen bin. Ich wollte niemanden berühren oder in jemanden hineinrennen.

Also Vincent. Er sieht sich um, suchend, als hätte er auch keine große Lust, mit mir zu arbeiten.

»Mit eurem Partner macht ihr dann folgende Übung«, sagt Frau Neuer. Hat sie in ihrer Ausbildung nicht gelernt, dass alle Schüler der Welt Partnerübungen hassen?

»Stellt euch vor, ihr würdet nichts von ihr oder ihm wissen. Also auch, wenn ihr jetzt eurer besten Freundin gegenübersteht, löscht alles, was ihr wisst, seht sie mit neuen Augen. Schaut euch eine Weile an und schreibt dann Begriffe auf, die euch zu dem anderen einfallen. Nicht nur Äußerliches, auch Hobbys, Interessen, Eigenschaften, fühlt euch ganz frei. Stellt euch einfach vor, euer Gegenüber ist der neue Hauptcharakter eures Buches. Eure Heldin. Je detaillierter ihr den anderen beschreiben könnt, desto besser. Das macht ihr schriftlich, jeder für sich. Dafür sucht ihr euch am besten eine ruhige Ecke, ihr könnt auch auf den Flur gehen, aber bleibt in der Nähe. Ich gebe ein Zeitfenster vor, sagen wir, zehn Minuten, danach tauscht ihr eure Ergebnisse aus. Bleibt aber bitte fair, keine Beleidigungen, euer Hauptcharakter kann Schwächen haben, aber ihr solltet ihn respektvoll behandeln, genauso wie euer Gegenüber. Alles klar?«

Natürlich. Glasklar. Erst lasse ich mich von Vincent anstarren, dann darf er alles schreiben, was ihm zu mir einfällt, obwohl er nichts von mir weiß. *Großartig!*

»Tja, wo wollen wir hingehen?«, fragt Vincent. »Auf den Flur?«

Ich will auch raus aus dem Klassenraum, daher nicke ich.

Die anderen bleiben im Raum, also ist es draußen ruhig. Wir nehmen uns zwei Stühle mit und setzen uns an ein Fenster.

»Tja, dann«, sagt Vincent leicht verlegen. Immerhin starrt er nicht einfach los.

»Also, ansehen oder wie?«, sage ich, obwohl ich Frau Neuer genau verstanden habe.

»Oder wir schreiben gleich was auf«, schlägt Vincent vor.

»Nein, schon okay.«

Vincent hat dunkelblaue Augen. Das ist das Erste, was mir auffällt, obwohl ich ihm nicht direkt in die Augen sehe. *Auf keinen Fall.* Er scheint durch mich durchzusehen, oder er ist einfach nur höflich, was ich nicht direkt von ihm erwartet habe, weil er einen sonst immer ansieht, als ob man ein Rätsel wäre, das er nicht lösen kann. Oder es liegt daran, dass er ständig bekifft ist. Gerade allerdings nicht. Mein Blick streift über seinen Mund, die leicht nach oben gebogenen Mundwinkel. Er hat schöne Zähne. Trotzdem wird das Anstarren langsam anstrengend.

»Reicht, oder?«, sagt jetzt auch Vincent, und ich atme erleichtert auf.

Wir holen unsere Blöcke raus.

»Noch etwa acht Minuten, ich stell mein Handy«, sage ich. Vincent nickt. Wir sind ein gutes Team, keine Zeitverschwendung.

Frau Neuer kommt aus der Klasse und entdeckt uns. »Ach, hier seid ihr.« Sie beugt sich zu uns und senkt etwas die Stimme. »Wenn ihr eure Begriffe aufschreibt, macht das ganz schnell und intuitiv. Kein langes Grübeln, okay?«

Jetzt nicken wir beide. *Ganz intuitiv.* Ganz spontan und intuitiv würde ich jetzt am liebsten weglaufen. Das ist mir alles zu nah, zu viel.

Bea, hilf mir.

Wir schreiben, bis mein Handy klingelt.

»Locker, entspannt, trainiert, groß, ärgerlich, verschlossen, rennen«, lese ich vor. Meine ersten Begriffe.

»Ärgerlich?«, fragt Vincent und runzelt die Stirn.

Ich zucke mit den Schultern. »Ja, sorry, ganz intuitiv. Und das bist ja nicht du. Was hast du denn?«

Er räuspert sich, sieht auf sein Blatt. Eine Sauklaue.

»Also ... Erde, Mond, dunkel, Nacht, Blume, schön, verschlossen.«

Schön?

»Dunkel?«, frage ich.

»Wir haben beide *verschlossen*«, sagt Vincent.

»Stimmt. Willst du die nächsten Begriffe hören?«

Er grinst. »Logisch.«

»Soldat auf einem Feld, Sanitäter, Freundschaft, Blumen, Grab.«

»Na, danke«, sagt Vincent.

Ich muss grinsen. »Das ist mir halt eingefallen.« Eigentlich macht das Spaß. »Und dir?«

»Elfe, Schatten, Gras, laufen, Himmel, fehlerlos.«

Schatten?

»Fehlerlos?«

Er lächelt sehr süß. Etwas, was ich noch nie bei ihm gesehen habe. »Tja, das ist mir halt eingefallen.«

Vincent

»Hey, wollen wir nicht losgehen? Ich habe Karten bestellt, aber wenn wir nicht pünktlich sind, geben sie die weg.«

Hendrik sieht noch nicht mal von seinem Computer auf.

»Warte mal, noch diesen Zug. Schau mal. Wenn ich mit dem Springer rausgehe, könnte das ein Vorteil sein.«

»Und was ist mit dem Läufer?«

»Ach, verdammt, danke.«

Früher war Hendrik ein super Schachspieler, aber ich habe den Eindruck, er lässt nach. Er will es nicht richtig wahrhaben, aber es ist ein Fakt. Er spielt auch nicht mehr oft, und sein Ranking bei Schacharena fällt ständig. Er schiebt es auf alles Mögliche, die Schule, das Skaten. Nur aufs Kiffen nicht, dabei ist es ganz offensichtlich. Ich meine, ich will hier nicht den Moralapostel spielen, aber stoned kann man auf Dauer keine Partien gewinnen.

»Hey, wir müssen ... Du kannst doch noch morgen ziehen, oder?«

Hendrik steht auf. »Ich habe noch zwölf Stunden. Vielleicht gehe ich in die Programme.«

»Ist das nicht verboten?«

Er sieht mich genervt an, und ich werfe die Arme hoch. Früher hat er sich über die Leute aufgeregt, die jedes Computerprogramm zu Hilfe nehmen, um ihre Partien zu gewinnen.

Im Kino stehen sie schon an. Klar, Kinotag. Zum Glück habe ich Karten vorbestellt. Ich denke trotzdem, dass nicht viele in *Drive* gehen werden. Immerhin in Englisch. Außerdem ist der Film schon ein paar Jahre alt. Ich habe ihn schon fünf Mal gesehen. Abgesehen von Ryan Gosling, der einfach irre in der

Hauptrolle ist, mag ich die Autofahrten im Film. Man hat das Gefühl, man sitzt am Steuer, wie in einem Game. Der Hammer. Und dann natürlich dieser Typ, der eigentlich ein Loser ist, aber Auto fahren kann. Ein Stuntman, ein Rennfahrer. Ich mag, wenn Leute eine Sache richtig gut können. Und dann ist es ein Film nach einem Buch. Mann, ich wünsche mir, dass einmal ein Buch von mir verfilmt wird. Okay, erst mal muss ich ein Buch schreiben, aber dann muss es verfilmt werden. Leider wird Ryan Gosling dann bestimmt schon steinalt sein.

»Hey, guck mal, wer hier ist.« Hendrik stößt mich an. Er hat es echt nicht drauf, so was unauffällig zu machen, aber sie steht zum Glück mit dem Rücken zu uns. *Paulina.* Mein Herz fängt vollkommen sinnlos an herumzuhämmern, als ob sonst was los sei. Nein, nur Paulina. Neben ihr steht ein Typ, sie küssen sich. Hendrik stößt mich schon wieder an.

»Was?«

»Sie hat einen Freund!«

»Na und?«

Der Typ geht nicht auf unsere Schule. Vermutlich ist er schon raus aus der Schule. Sie küssen sich wieder, als wären sie allein. Also echt, küssen in der Öffentlichkeit sollte verboten werden.

»Vorbestellungen hier an die Kasse!«, ruft ein Typ hinter den Süßigkeiten. Die Schlange teilt sich, und ich stehe fast neben Paulina. Also, wenn ich drei Begriffe für ihren Freund finden müsste: blond, blöd, Burger.

Wir gehen nicht direkt in den Kinosaal, wir haben noch ein paar Minuten, und Hendrik holt uns Kaffee. Ich starre auf ein Kinoplakat und hoffe, dass Paulina mich nicht bemerkt.

»Jetzt ist es mir wieder eingefallen«, sagt Hendrik und reicht mir einen der Becher.

»Was?«

»Na, warum Paulina gefehlt hat.«

Als ob mich das interessieren würde.

Er nimmt einen Schluck Kaffee und verzieht das Gesicht.

»Wo ist der Zucker, wenn man ihn braucht.«

Ich zeige auf einen der Tische, auf dem ein Zuckerstreuer steht. Er kippt sich einen Zentner in seinen Kaffee, nippt und verzieht wieder das Gesicht. »Scheiße, Überdosis.«

»Und wieso?«, frag ich, doch neugierig.

»Was?«

»Wieso hat sie so lange gefehlt?«

»Da war was mit ihrer Schwester. Die hatte einen Unfall. Tot.«

»Tot?« Ich reiße meine Hand hoch und verschütte Kaffee. *Shit.* Hendrik springt zur Seite, bekommt aber trotzdem die volle Ladung ab.

»Ey, Alter!«

»Sorry!«

Aus den Augenwinkeln sehe ich, wie Paulina in den Kinosaal geht. *Drive.* Ich hätte nicht gedacht, dass der Film sie interessiert.

»Was jetzt?«, sagt Hendrik, die Hose komplett mit Kaffee bekleckert.

Ich nicke zu den Toiletten.

Paulina

Jan hat den Film ausgesucht. Bis ich im Kino sitze, habe ich keine Ahnung, was wir uns ansehen, aber es ist mir auch egal. Hauptsache, raus aus dem Haus, weg von meinen Eltern, die nicht mehr miteinander reden oder nur kurze Sätze sagen. Vielleicht wird es besser, wenn mein Vater ausgezogen ist, keine Ahnung, aber gerade ist es unerträglich. Ich bin wieder in meiner Wolke. Zwei Pillen, einfach, um den Tag zu überstehen, dabei ging es die letzte Woche ganz gut, und ich habe sogar das Wochenende überstanden. Nora hat mich gerettet. Jetzt mit Jan ist es schwieriger. Irgendwie erwartet er, dass ich wieder gesund bin, funktioniere. Und ich erwarte es von mir und will, dass er mich für gesund hält, was bisher auch funktioniert. Nach einem Beinbruch ist es klar, dass man nicht sofort wieder lospurten kann und eine Weile an Krücken läuft, aber meine Krücken sind unsichtbar.

»Keine Werbung!«, sagt Jan zufrieden, obwohl ich die eigentlich ganz gerne mag. Lieber als die Vorschauen, wo sie schon alles verraten und ich dann keine Lust mehr habe, in den Film zu gehen.

»Was ist das denn für ein Film?«, flüstere ich.

»Wenn du dich langweilst, können wir knutschen«, sagt Jan und grinst.

Der Film beginnt, und er ist gut. Auch die Schauspieler sind gut, kein Problem, aber trotzdem geht es nicht. Nach nur fünf Minuten muss ich raus aus dem Kino. Ich flüstere Jan zu, dass ich auf die Toilette muss, aber in Wirklichkeit kann ich den Film nicht mehr sehen. Alles ist so schnell und so laut, so chaotisch. Ich gehe in die Vorhalle und setze mich an einen Tisch. Ich lege den Kopf ab. Ich brauche einen Moment.

»Hey!«

Als ich meine Augen öffne, sehe ich Vincent. Er legt den Kopf schief, sieht mich fragend an. »Alles okay?«

Ich schieße hoch. »Ja, klar.« Sofort wird mir schwindelig. »Verfolgst du mich?«

Er grinst. »Oder du mich?«

Neben ihm taucht Hendrik auf, seine Hose ist bekleckert, er wischt mit nassem Klopapier an sich herum. Er deutet auf den Kinosaal. »Hat der Film schon angefangen?«

»Gerade«, sage ich.

Hendrik fasst Vincent am Arm. »Komm, Alter!«

»Ich komme gleich nach«, sagt er ruhig. »Geh schon mal.«

Hendrik zieht die Augenbrauen hoch, geht dann aber.

Ich frage mich, warum Vincent bleibt. Sehe ich so krank aus? Alles ist wolkig, ich fühle mich, als hätte ich keine Grenzen, alles wabert in den Raum.

Vincent setzt sich zu mir an den Tisch. »Soll ich jemanden anrufen oder so? Wo ist denn dein Freund?«

Ich nicke zum Kino.

»Geht schon. Mir war nur etwas übel.«

»Ja, die Autoszenen sind krass.«

»Kennst du den Film?«

»Yep. Schon fünf Mal gesehen. Ist gut.«

Dann schweigen wir. Ich weiß auch nicht. Vielleicht sollte ich jetzt auf Toilette gehen, aber ich kann gerade nicht aufstehen. Ich richte mich daher nur noch etwas mehr auf.

»Ich komme klar.«

Er nickt und steht auf. »Okay.« Schiebt seine Hände in die Hosentaschen, steht unentschlossen neben dem Tisch. »Dann gehe ich mal«, sagt er.

»Ja. Danke.«

Ich sehe ihm nach, bis er im Kinosaal verschwunden ist. Dann nehme ich mein Handy heraus.

Frozengirl@Bea wenn ich zu dir könnte, würde ich jetzt gehen.

WAS SO IN MIR ABGEHT

Paulina

»Warum machst du die Schuhe kaputt?«

»Ich mache sie nicht kaputt.«

Nora liegt auf meinem Bett und beobachtet, wie ich meine Spitzenschuhe mit schwarzem Stopfgarn bearbeite. Das, was ich immer mache, wenn ich neue Schuhe habe. Ich nähe die Bänder an und einen Kranz mit Stopfgarn um die Spitze, sonst ist sie gleich wieder durch. Es ist Wochenende, und endlich komme ich dazu. Ich bin jetzt seit einem Monat wieder an der Schule und habe versucht, Schulstoff aufzuholen, obwohl alle Lehrer behaupten, das wäre nicht unbedingt nötig. Aber wie soll ich sonst die Klausuren schreiben?

»Aber sie haben vorher so schön ausgesehen.«

»Dann halten sie länger.«

Nora nimmt den Schuh, der schon fertig ist, und schlüpft hinein. »Hattest du früher nicht immer rosa Schuhe?«

Ich sehe auf.

»Wegen Bea?«, fragt sie leise.

»Nein. NEIN. Rosa ist nur so ... harmlos. Ich weiß nicht.«

Nora streckt ihren Fuß aus. »Und Weiß?«

»Zu ... unschuldig.«

Nora runzelt die Stirn. Sie lässt Dinge nicht einfach so stehen. Oder Worte. »Wieso unschuldig?«

Ich kann es auch nicht erklären. Weiß war vorher. Rosa war vorher. Als ich sicher war, man könnte die Welt schön machen, durch Farben und Einrichtungen und vorbildliches Verhalten.

»Ich weiß nicht, ich fühle mich nur einfach anders. Das ist keine große Sache, einfach mal was Neues.«

Nora hebt die Hände. »Okay, okay, schon verstanden.«

Ich bohre die Nadel in den schwarzen Samt. »Außerdem muss ich mir sowieso schwarze Schuhe anschaffen, wenn ich die Julia tanze. Ich habe die Kostüme schon gesehen. Ein schwarzer Rock, rotes Oberteil, schwarze Strümpfe.«

Nora nickt. »Steht dir bestimmt super. Bekommst du die Hauptrolle?«

»Das entscheidet sich nächste Woche. Drück die Daumen.«

Und du, Bea, bitte auch.

Nora nimmt eines der schwarzen Bänder und bindet es sich in ihre kräftigen blonden Haare. Sie trägt ihre Haare kinnlang, und Haarbänder sind bestimmt nicht ihre Sache, aber jetzt sieht sie mich an und macht einen Schmollmund. »Na, wie sehe ich aus? Was würde Alisa dazu sagen?«

»Out.«

»Out? Autsch.« Sie zieht das Band wieder aus ihren Haaren. »Was ist jetzt eigentlich mit deinen Eltern?«

»Mein Vater ist ausgezogen«, sage ich. »Erst mal. Sie wollen etwas Abstand.«

»Hm, aha«, sagt Nora.

Seit mein Vater ausgezogen ist, sind die Abende merkwürdig still, und ein Abendessen findet auch nicht mehr richtig statt, nur noch Auftaupizza und Lieferungen vom Chinesen.

»Hey, ist wie bei den Gilmore Girls«, sagt Nora, Meisterin der Aufmunterung.

»Ja, nur dass meine Mutter nicht cool ist. Sie will, dass wir das Zimmer von Bea auflösen.«

»Jetzt schon?«

Nora weiß, wie wichtig mir das Zimmer ist, auch wenn sie keine Geschwister hat. Sie wickelt sich das Seidenband um ihr Handgelenk.

»Was ist eigentlich mit all den anderen Dingen?«

»Welchen Dingen?«

»Na, Beas Facebook-Account, Twitter oder Instagram? Habt ihr die schon abgemeldet?«

»Wie denn, ich kenne ihre Passwörter doch nicht.«

»Abgefahren. Dann lebt sie also noch im Netz. Komisch, oder? Stell dir vor, wie viele Leute schon längst tot sind und ihre Accounts bestehen weiter. Kann man das nicht irgendwie regeln?«

Mach dir keine Sorgen, Bea, ich lösche deine Accounts nicht. Du lebst.

»Weiß nicht. Erst mal muss ich die Sachen in Beas Zimmer sortieren. Ich habe bis nach den Sommerferien Zeit, dann will Mama umdekorieren.«

Nora rückt neben mich und legt einen Arm um mich. »Das schaffst du schon. Und dann hast du ja noch mich und die Mädels und Jan. Wir können dir alle helfen.«

Ich bin froh, dass Nora da ist. Einfach da.

»Eigentlich schade, dass du nicht in die Theater AG gekommen bist«, sagt Nora. »Hendrik ist jetzt auch in der Gruppe. Er schreibt mit am Stück, so etwas wie *Kabale und Liebe* in neu. Superlustig.«

»*Kabale und Liebe?* Ich dachte, die bringen sich am Ende um?«

Nora wedelt schnell mit den Händen. »Ja, ja, aber wir machen das ganz anders.«

»Ohne Kabale oder ohne Liebe?«

Sie grinst. »Ohne Konzept. Mach doch mit!«

Ich schüttele den Kopf. Nora rückt vor mich, nimmt meine Hände in ihre. »Verstehe. Aber denkst du nicht, für Bea wäre es okay, wenn du wieder Spaß hast? Ich meine, es ändert ja nichts, wenn du traurig bist. Deprimiert.« Nora könnte auch Therapeutin werden.

Sie lächelt. »Was machst du in den Sommerferien? Wollen wir verreisen?«

»Fährst du nicht mit Eva nach Griechenland? Und dann mit deinen Eltern weg?«

»Für dich steige ich da aus. Wir können nach London fahren.«

Bea wollte nach London.

»Oder nach Paris.«

Bea, soll ich nach Paris fahren? Aber was will ich da?

»Nein, schon okay. Ich bleibe hier, und ich habe ja noch die Therapie. Ist schon okay. Vielleicht im Herbst.«

Nora reißt triumphierend einen Arm hoch. »Herbst it is!«

Vincent

Sonntagnachmittag, und wir sitzen alle zusammen an dem großen Tisch im Wohnzimmer, die Sonne scheint ins Zimmer, es läuft klassische Musik. Fee strahlt, es gibt Obstkuchen und Windbeutel. *Krass normal.* Mein Vater ist frisch geduscht und gekämmt, das ist seit etwa einem Jahr nicht mehr vorgekommen, und klar frage ich mich, was los ist.

»Kommst du mal in die Küche und hilfst mir tragen?«, sagt meine Mutter. Ich weiß, es ist ein Vorwand.

»Was ist los?«, frage ich, als wir allein sind.

Sie dreht sich von der Kaffeemaschine zu mir um, lächelt. »Er hört auf. Er hat es mir versprochen.«

»Warum?«, frage ich und höre meiner Stimme an, dass ich misstrauisch bin. Es ist eine tolle Botschaft, dass mein Vater aufhören will zu trinken. Eigentlich. Nur ist es nicht das erste Mal, dass er das ankündigt, und bisher hat er jedes Mal wieder angefangen.

Meine Mutter gießt den Kaffee in eine Thermoskanne. »Er hat ein Casting, stell dir vor, für einen Kinofilm. Eine kleine Rolle, aber ... seine Agentin hat gestern angerufen, sie ist ganz aufgeregt, eine amerikanische Produktion.«

»Ein Casting?«

»Ja, in einer Woche. Er hat jetzt seit gestern Abend nichts mehr getrunken.«

»Bist du dir da sicher?«

Sie stellt Zucker und Milch auf ein Tablett, legt Löffel dazu, obwohl im Wohnzimmer schon welche liegen.

»Warum sagst du das, Vincent?«

»Nur so.«

Ich will hier nicht den Arsch spielen, aber ich traue meinem Vater nicht mehr. Er kann nüchtern spielen, *das* traue ich ihm zu.

»Komm. Lass uns den Moment genießen, Vincent. Fee ist so glücklich.«

»Was ist das für eine Rolle?«, frage ich meinen Vater, als wir zurück im Wohnzimmer sind und Kaffee trinken und Windbeutel essen. Jetzt will ich es auch glauben. Er wird nüchtern, wir sind eine normale Familie, alles im Lot.

Er streicht seine Haare zurück, beugt sich vor. Ich halte die Luft an, einfach eine Gewohnheit, normalerweise hat er eine Fahne.

»Ein Kriegsfilm. Zweiter Weltkrieg, die brauchen Nazis.« Er lacht.

»Willst du das denn spielen?«

»Hör mal, Vincent, das ist Amerika. Wenn du da mitmachst und gut bist und die sehen, wie gut du bist – am Ende kannst du dir die Rollen aussuchen.«

»Als Nazi?«

»Was ist ein Nazi?«, fragt Fee.

»Jemand in einer Uniform«, sagt meine Mutter schnell.

Meine Geschichtslehrerin wäre begeistert.

Mein Vater lehnt sich zurück, seine Stimme tiefergelegt. »Natürlich besetzen die Amis die Bösewichte mit Deutschen. Deutschen oder Russen. Das alte Feindbild. Aber das ist nur der Einstieg. Denk mal an Christoph Waltz. Wenn du gut bist, bekommst du den Oscar. Das ist das Gute an Amerika, sie geben dir eine Chance. Sie haben keine festgelegten Kategorien, sie verurteilen dich nicht. Da kannst du fallen, und sie verstehen, wenn du wieder aufstehst. Sie finden es sogar gut. Es gehört dazu. Keiner ist immer oben.«

Er greift zur Kaffeetasse, seine Hand zittert. Nur ganz leicht, aber ich bemerke es, und er weiß, dass ich es gesehen habe.

»Kein Problem!«, sagt er.

Etwas später kommt Hendrik.

»Dein Vater sieht gut aus«, sagt er, als wir allein in meinem Zimmer sind.

»Ja.« Ich traue mich nicht zu sagen, dass er nicht mehr

trinkt. Ich spüre, dass ich es nicht richtig glaube. Wenn ich ihm nicht mehr vertraue, ist das doch nicht meine Schuld. Trotzdem fühle ich mich mies.

Hendrik legt seinen Rucksack auf mein Bett. »Rate mal, was ich dabeihabe?«

»Keine Ahnung. Eine Skate-Rampe?«

»Hey, wir gehen wieder auf den Platz, versprochen. Ich habe mir nur gerade den Fuß so blöd verknackst. Ich meine, wir können gehen, und ich sehe zu. Echt.«

»Nee, schon okay.« Ich lasse mich auf mein Sofa fallen. »Dann zeig mal.«

»Ta-da!«

»Eine Bong?«

»Du hast doch gesagt, der Tabak nervt dich.«

Hendrik stellt die Bong auf meinen Schreibtisch. Ich mache eine Kopfbewegung zur Tür, und er versteht und schließt ab.

Die Bong ist gelb und erinnert mich an Foster Wallace und seinen durchgeknallten Helden, der nach jeder Kifferphase seine Bong wegwirft, weil er denkt, er wird nie wieder kiffen. Und das erinnert mich an meinen Vater. Irgendwie finde ich es nicht gut, dass Hendrik jetzt mitten in dieser Assoziationsschleife hängt.

Hendrik packt Gras aus. »Komm, wir probieren sie aus.«

»Hier? Jetzt?«

»Wir machen das Fenster auf.«

Meine Eltern sind spazieren, Fee ist bei einer Freundin. »Okay.«

Ich kiffe, weil dann alles leichter wird. Albern, lächerlich. Das größte Problem, einfach ein Witz. Wer nicht kifft, kann das nicht verstehen. Das Leben – bekifft – ist eine einzige Comedy, alles ist easy. Du grinst die ganze Zeit, wie der Dalai Lama, das ist doch eine gute Sache, oder?

Wir liegen auf dem Boden, die Bong ist schon wieder eingepackt, das Fenster offen.

»Hey, Vinz, ist es nicht der totale Wahnsinn, dass wir hier auf dieser Kugel durch das Weltall rasen? Kein Haltepunkt, die Unendlichkeit, Freiheit. Wahnsinn, festhalten!«

Ich merke nichts von rasen.

»Vielleicht rast sie gar nicht. Wir stehen still.«

Hendrik dreht sich zu mir, kichert. »Der große Imperator hat das Programm angehalten.«

»Du meinst Gott?«

»Ich meine die Kraft, die alles zusammenhält. Die Engel im Himmel, die Teufel in der Hölle.«

Hendriks Lieblingsthemen, wenn er bekifft ist.

»Teufel? Echt jetzt?«

»Na klar, die ziehen dich runter. Du hast einen guten Gedanken, du denkst, ich zieh das durch, du denkst, es wird alles besser, ich spreche sie an. Aber dann: nichts. Und dann, dann ziehen sie dich runter.«

Ich setze mich auf, obwohl mir schlecht dabei wird. »Wen sprichst du an?«

»Weiß nicht, irgendwen.«

»Mädchen? Wen?«

»Egal. Was läuft eigentlich zwischen dir und Paulina?«

Wenn Hendrik stoned ist, gibt es keinen Filter.

»Was soll sein? Nichts ist. Wir sind zusammen in der Schreibwerkstatt.«

Er lacht. »Ah, Schreibwerkstatt. Wir anderen sind ja nur in

irgendeiner popeligen AG, Theater AG, Arbeitsgemeinschaft. Wir schuften. Aber ihr – Schreibwerkstatt!« Er macht eine galante Bewegung. »Schreibwerkstatt: Klingt ganz anders, der Herr. Und? Was macht ihr so in der Schreib-werk-statt?«

»Schreiben. Ende.«

Er blinzelt mich an. »Und was ist mit Paulina?«

»Nichts.«

Paulina

»Reden wir über Dramaturgie«, sagt Frau Neuer.

Wir sitzen draußen auf der niedrigen Mauer bei den Tischtennisplatten auf dem Sportplatz. Es ist warm, Frau Neuer hat vorgeschlagen, dass wir für die Stunde nach draußen gehen, und natürlich hat niemand widersprochen. Ich blinzele gegen die Sonne, sehe mich um, Vincent ist nicht da. Das ist irgendwie seltsam, denn bisher hat er noch nie gefehlt. Und noch seltsamer ist, dass er mir fehlt. Ist irgendwie lustiger, wenn er da ist.

»Nachdem wir die letzten Male darüber gesprochen haben, wie wir einen starken Charakter für eine Geschichte erfinden, möchte ich nun zur Dramaturgie kommen. Danke übrigens für die ersten Texte, die ihr mir abgegeben habt. Ich lese sie und spreche dann mit jedem Einzelnen darüber.«

Tanja meldet sich. »Können wir mehrere Texte einreichen?«

»Ja, natürlich. Immer. Versuche, alles. Ich führe auch zwischendurch gerne mit jedem von euch ein persönliches Gespräch und gebe euch eine Rückmeldung. Seid mutig. Ich wünsche mir sehr, dass ihr alle einen Text zu dem Buch beisteuert.«

Ich habe noch nichts abgegeben, obwohl ich schon etwas probiert habe. Der Text ist aber nicht so geworden, wie ich es mir vorgestellt habe, und ich will nichts abgeben, mit dem ich nicht hundert Prozent zufrieden bin. Außerdem habe ich überhaupt keine Ahnung, worüber ich schreiben soll.

Wir schirmen unsere Augen gegen das Sonnenlicht ab und sehen zu Frau Neuer auf, die steht.

»Der Begriff Dramaturgie kommt aus dem Griechischen und bedeutet so viel wie ein Drama zu verfassen. Heute bezeichnen wir damit eher die Gliederung oder Struktur eines Textes. Also die Höhen und Tiefen, die Spannung. Man kann diesen Begriff aber nicht nur auf Dramen oder Geschichten anwenden, sondern auch auf Theaterstücke, Filme, Drehbücher, Veranstaltungen. Oder eine Schulstunde. Denn auch eine Schulstunde hat ein Ziel, Höhepunkte, Tiefpunkte. Und wenn sie gut ist, dann fesselt sie euch vom Anfang bis zum Ende.«

Einige lachen. Dass Schulstunden fesselnd sind, kommt wirklich nicht oft vor.

»Eine Dramaturgie ist übrigens nichts, was man einem Text oder einem Theaterstück oder Film überstülpt. Im Gegenteil. Sie entspricht unserem menschlichen Bedürfnis nach einer Einteilung. Einem Rhythmus. Nicht zufällig sind Schulstunden fünfundvierzig Minuten lang. Das ist genau die Zeit, die wir uns am Stück konzentrieren können, danach brauchen wir in der Regel eine Pause.«

»Wir haben Blöcke«, sagt Tanja. »Ohne Pause.«

»Ja, gut, das stimmt«, sagt Frau Neuer. »Filme sind auch neunzig Minuten lang, also zweimal fünfundvierzig Minuten, und in ihnen gibt es meistens eine Art unsichtbare Pause. Szenen mit Musik, die dem Zuschauer die Möglichkeit geben, sich zu entspannen.«

»Ja, Musik im Unterricht, geil!«, ruft Suse.

Wir grinsen. Nur Tanja bleibt ernst. »Was nützt uns denn diese ganze zeitliche Einteilung, wenn wir eine Geschichte schreiben?«

Frau Neuer nickt zustimmend. Sie trägt eine Jeans und eine Bluse, und ich stelle mir vor, dass sie früher mal zur Schule gegangen ist.

»Also, Tanja, auch eine Geschichte hat eine bestimmte Dauer. Das ist die Zeit, in der wir die Geschichte lesen.«

»Wir lesen aber nicht alle gleich schnell«, sagt Suse, die zwei Bücher am Tag liest. Keine Ahnung, wie sie das macht.

»Richtig, Suse, aber egal, wie schnell du liest, du erwartest einen bestimmten Ablauf. Geschichten können lang und kurz sein. Und trotzdem haben wir eine bestimmte Erwartung, an die Struktur, die Spannung, den Ablauf der Geschichte. Deshalb möchte ich euch heute mit der Drei-Akte-Struktur bekannt machen, die den meisten Filmen zugrunde liegt und eine wunderbare Hilfe beim Schreiben von Geschichten ist. Ja, Paulina?«

»Warum nehmen wir nicht die Fünf-Akte-Struktur? In Deutsch haben wir gelernt, dass klassische Dramen fünf Akte haben.«

»Richtig. Und beides widerspricht sich nicht. Diese Drei-Akte-Struktur ist eigentlich nur eine vereinfachte Form der Fünf-Akte-Struktur.«

Frau Neuer nimmt ein Stück Kreide aus der Tasche und hockt sich auf den mit Betonsteinen gepflasterten Platz um die Tischtennisplatten. Sie malt eine lange Linie und unterteilt sie in drei Teile.

»Hier haben wir also unsere Geschichte. Die drei Akte. Mal ganz grundsätzlich gefragt: Was braucht jede Geschichte?«

Sie sieht in die Runde.

»Spannung?«, fragt Tanja.

»Einen Helden oder eine Heldin?«, schlägt Suse vor.

»Nein. Ich meine bezogen auf die Dramaturgie.«

»Einen Höhepunkt?«, sage ich.

Frau Neuer legt den Kopf schief. »Ja, auch. Aber denkt mal ganz einfach.« Sie deutet auf den Anfangspunkt der Linie.

Ich muss lächeln, ich habe eine Ahnung, was sie meinen könnte, aber ist es wirklich so einfach?

»Einen Anfang?«

»Ja, genau, Paulina.« Sie setzt die Kreide vom Anfang auf die Mitte der Linie und dann ans Ende.

»Jede Geschichte, so banal das klingt, braucht einen Anfang, eine Mitte und ein Ende. Und obwohl das so unglaublich simpel klingt und euch, wenn ihr schreibt, bestimmt unbewusst vollkommen klar ist, ist es wichtig, dies im Kopf zu haben. Denn Anfang, Mitte und Ende unterscheiden sich sehr, was die Dramaturgie angeht.«

»Wie im Leben«, sagt Suse.

»Natürlich.« Frau Neuer lächelt. »Geburt, Leben, Tod. Niemals umgekehrt. Das ist die Dramaturgie unseres Lebens.«

Und manchmal viel zu kurz, denke ich. Ohne genug Leben dazwischen.

»Was ist wichtig am Anfang einer Geschichte?«, fragt Frau Neuer in die Runde.

»Windeln«, sagt Suse und kichert.

Wir lachen, und ich denke an Vincent. Ein echter Kiffergag.

Tanja meldet sich, wartet dann aber doch nicht, bis sie drangenommen wird, und ruft einfach: »Ein Ereignis.«

»Richtig, etwas, das die Geschichte ins Rollen bringt. Ein

Grund, die Geschichte zu erzählen, ein Problem, eine Frage, ein Anlass. Das muss nichts Dramatisches sein, wie eine Krankheit oder ein Unfall, das kann auch eine Begegnung sein oder ein Wunsch, ein Ziel.«

Sie malt ein Kreuz auf den ersten Teil der Linie. »Hier beginnt unsere Geschichte.«

Vincent

»Wo warst du gestern, Alter?«

Hendrik lässt sich neben mich auf die niedrige Steinmauer neben den Tischtennisplatten fallen, auf der ich fast immer in den Freistunden sitze und lese. Jetzt ist große Pause.

»Mir ging es nicht so gut.«

Eigentlich ging es nicht mir, sondern meinem Vater nicht so gut. Die erste Woche ohne Alkohol. Meine Mutter hat es mir vor einem Jahr erklärt, als er schon einmal aufhören wollte. Beim Alkoholentzug gibt es drei Phasen. Und das Aufhören ist Phase eins, wenn der Körper schwitzt und zittert, weil er keinen Alkohol mehr bekommt. Gereiztheit. *Allerdings.* Es ist nicht gut, wenn mein Vater dann allein ist, und da meine Mutter arbeiten musste, bin ich zu Hause geblieben. Tee kochen, sehen, dass er genug isst. Vor einem Jahr hat der Hausarzt das noch begleitet, da hat mein Vater Medikamente bekommen, die ihn runterbringen, weil der Alkohol die ganze Zeit wie eine Art Beruhigungsmittel funktioniert. Und wenn der dann wegfällt, ist der Körper wie auf Speed. Endlich losgelassen, denke ich, endlich bereit, zu leben, allerdings in Überschallgeschwindigkeit. Jetzt ist mein Vater nicht zum Arzt gegangen, weil es meinen Eltern peinlich war, dass er es im letzten Jahr nicht geschafft hat. Also bin ich dran. Und, okay, ich will ja auch, dass er es schafft. Klar bin ich zu Hause geblieben, um ihm zu helfen.

Hendrik blinzelt mich an und tippt dann auf mein Buch.

»Wann hast du den Schinken endlich durch? Du hast ja noch nicht mal die Hälfte.«

David Foster Wallace, ich bin auf Seite 245 und noch nicht annähernd in der Mitte.

»Ist sehr klein gedruckt, und die Seiten sind dünn.«

»So 'ne Art Bibel, oder was? Zeig mal. *Unendlicher Spaß?* Geiler Titel.«

Hendrik liest nicht. Wir sehen Filme zusammen, wir skaten zusammen, machen Computerspiele, aber Lesen ist mein Ding.

Hendrik blättert, liest. »Ich versteh gar nichts. Worum geht es denn da?«

»Schwer zu erklären.«

»Und wieso sind da zwei schwarze Bänder?«

»Lesebändchen. Für die Anmerkungen.«

Hendrik schlägt Seite tausendvierhundertelf auf, in der das zweite Lesezeichen liegt.

»Hier werden Drogen erklärt. Ist das ein Drogenbuch? Wissenschaftlich?«

»Nein, die Anmerkungen sind eher ... ein Gag.«

»Ein Gag? Hey, Vinz, das sind über tausendfünfhundert Seiten, das ist kein Gag, das ist ein Marathon. Und, ah, verstehe, den willst du laufen, hm?«

Ja, irgendwie schon. Wenn ich das Buch durchhabe, dann habe ich den Irrsinn des Lebens verstanden. Meine verrückte Logik. Ich versuche es Hendrik zu erklären. Er legt den Kopf schief.

»Oder du knallst selber durch.« Er fängt an, den Anfang zu

lesen. »Scheiße, das kann man nicht lesen. Das ist total abgedreht. Gibt es ein Foto vom Autor?«

»Wieso?«

»Na, damit ich weiß, wie der aussieht. Wenn der verrückt aussieht, dann muss man das nicht lesen.«

»Er ist ein Genie.«

»Genies sind oft verrückt.«

»Er hat sich umgebracht.«

»Kacke. Siehste mal. Das Buch hat er bestimmt auf Droge geschrieben. Bekifft, auf Speed, irgendwas. Sein ganzes Leben in das Buch geschrieben, und dann war er leer. Einfach leer geschrieben. Nichts mehr da zum Mitteilen. Mal drüber nachgedacht?«

Ja, tatsächlich. Außerdem hat die Geschichte verdammt viele Ähnlichkeiten mit Foster Wallaces Leben.

Hendrik senkt seine Stimme. »Hier steht, er hat für das Buch mit Alkoholikern geredet. Liest du es deswegen? Wegen deinem Vater?«

»Quatsch!« Ich nehme Hendrik das Buch ab.

Er lacht. »Hey, Vinzi, vielleicht bist du leseabhängig. Buchabhängig. Das ist dein Stoff.« Er kriegt sich gar nicht mehr ein. »Und das ist dein Megapiece.«

Ein Schatten fällt über uns.

»Hey, Vincent!«

Ich schiele nach oben und sehe Paulina.

Sie blinzelt. »Warst du krank?«

»Ja«, sage ich.

»Willst du wissen, was wir gemacht haben?«

Es ist klar, dass sie von der AG, oder besser, der Schreibwerkstatt redet.

»Ja, logisch.«

»Störe ich?«, sagt Hendrik, und ich stoße ihn unauffällig an. Wenn er einfach die Klappe hält, kann das hier ganz normal ablaufen.

Paulina zögert und setzt sich dann neben mich. Sie duftet nach Sorglosigkeit, ein süßlicher, frischer Geruch, Shampoo oder Waschmittel. Obwohl sie müde aussieht. Hendrik tut so, als ob er in *Unendlicher Spaß* lesen würde.

»Wir haben über Dramaturgie gesprochen«, sagt sie.

»Ah, endlich. Mist, dass ich das verpasst habe.«

»Wir machen nächstes Mal weiter. Sie hat angefangen, über die Akte in Dramen zu reden. Und wie man eine Geschichte einteilt. Also Anfang, Mitte, Ende.«

»Da wär ich jetzt nicht so drauf gekommen«, murmelt Hendrik.

»Hat sie wieder eine Übung gemacht?«, frage ich.

»Ja, sie hat nach Büchern oder Geschichten oder Filmen gefragt, die wir kennen, und was da am Anfang passiert und in der Mitte und am Ende.«

»Anmerkungen!«, sagt Hendrik.

»Was?«

Ich lächele. »Hör nicht auf ihn.«

Hendrik legt das Buch ab und springt auf. Er ist ein verdammter Flummi, wenn er nicht kifft. »Ich hole Kaffee. Wer will?«

»Gerne«, sagt Paulina.

»Ich auch.«

Hendrik schlenzt los, und ich sehe ihm etwas panisch nach. Ich habe kein Problem, mit Mädchen allein zu sein, aber mit Paulina ist es anders. Irgendwie intensiver.

»Und über welche Geschichten habt ihr gesprochen?«, frage ich.

»Alle möglichen: *Harry Potter*, *Rotkäppchen*, *Spiderman*.«

»Und? Was habt ihr rausgefunden?«

»Also, *Harry Potter*. Anfang: Beginn des Schuljahres; Mitte: Halloween und erste Entdeckungen; Ende: Kampf gegen Voldemort. *Rotkäppchen*: Aufbruch zur Großmutter; Mitte: Verlaufen im Wald; Ende: gefressen durch Wolf und Rettung. *Spiderman*: von Spinne gebissen; Mitte: Entwicklung von Superkräften; Ende: Kampf und Sieg über das Böse.«

»Wow. So hört es sich ja supereinfach an, eine Geschichte zu schreiben.«

»Ja, ein Spaziergang, wenn man den Anfang hat, die Mitte hinzufügt und dann noch das Ende schreibt.«

Ich grinse. »Wenn man den Anfang hat.«

»Ich habe nur Anfänge.«

»Hey, und ich habe noch nicht mal Anfänge.«

Sie lacht, und mir fällt auf, dass ich sie noch nie vorher so laut lachen gehört habe. Ein schönes Lachen, ganz hell und offen und ein wenig albern.

»Hast du noch keine Geschichte abgegeben?«, fragt sie.

»Nur eine sehr kurze«, sage ich.

»Eine Kurzgeschichte. Aha«, sagt Paulina und lacht wieder.

»Kaffee für die Literaturwerkstatt!«, sagt Hendrik und hält uns ein Papptablett hin, in dem vier Becher stecken. Er tippt auf jeden einzeln. »Kaffee schwarz, mit Milch, mit Sojamilch.«

»Wieso vier Becher?«, frage ich.

»Wegen der Auswahl. Und der Symmetrie.«

Die Symmetrie ist wichtig für Hendrik. Wenn er einen Twist

auf dem Board nach rechts macht, muss er danach einen nach links machen. Wenn er den Kaffee dreimal rechts umrührt, muss er ihn danach dreimal links umrühren. Einer von Hendriks Ticks.

»Dann nehme ich mit Milch«, sagt Paulina.

»Und ich schwarz.«

Hendrik verteilt die Becher. »Siehst du«, sagt er.

Er reicht uns Zucker, aber nur ich und er nehmen welchen.

Wir schütten uns Zucker in die Becher, und Hendrik rührt mit einem Plastikstäbchen um. Zweimal rechts, zweimal links.

Paulina

Draußen scheint die Sonne, gleich hinter den müden Topfpflanzen im Büro der Jefimova. Ich sehe auf einen Ballettkalender an der Wand, auf dem erstaunlicherweise das richtige Datum eingerahmt ist.

Die Jefimova faltet die Hände und senkt den Kopf kurz, dann sieht sie mich an. Ich weiß es sofort. Hätte sie mir die Rolle gegeben, hätte sie das auch vor der Gruppe machen können. Normalerweise liest sie alles von einer Liste ab, einige weinen dann immer, aber das gehört dazu. Dass sie mich in ihr Büro gebeten hat, macht mich unsicher. Denkt sie, ich halte das nicht aus?

»Du hast ja lange gefehlt«, sagt sie und nimmt die Entschuldigung schon voraus.

»Ja.«

»Ich weiß, wenn das alles nicht passiert wäre ... natürlich hätte ich dir die Hauptrolle geben können, aber so? Es wäre den anderen gegenüber nicht fair, die sich auch vorbereitet haben, die ganze Zeit trainiert haben. Es sind nur vier Aufführungen, und selbst wenn ich auf die zweite Besetzung zurückgreife, das Risiko ist mir einfach zu hoch.«

Warum erklärt sie mir das alles, Bea? Sonst packt sie die Schüler auch nicht in Watte.

»Klar, ich verstehe.«

Die Jefimova beugt sich vor, legt ihre faltige Hand auf meine.

»Ja, wirklich? Ich denke, es ist auch besser so. Du brauchst einfach noch Zeit.«

Die Tränen laufen einfach so. Ich wollte nicht heulen, aber irgendetwas klickt in mir, und dann habe ich die Tabletten nicht mehr genommen, schon eine Woche nicht mehr. Extra, damit ich gut trainieren kann, fit bin. Und etwas fühle, wenn Jan mich streichelt.

Sie reicht mir eine Kleenexbox, die sie unter ihrem Schreibtisch hervorgezaubert hat. Ich bin bestimmt nicht die Erste, die hier rumflennt.

»Nächstes Jahr machen wir *Schwanensee*. Es geht immer weiter.«

Alles klar. Anfang, Mitte, Ende. Aber warum ist gerade immer alles zu Ende? »Soll ich dann heute ...«

»Nur wenn du magst. Wir besprechen die Rollen, ich wollte dich auch fragen, ob du eine andere Rolle möchtest, aber ich kenne dich ja. Eine kleine Nebenrolle ist nichts für dich, oder?«

Ich schüttele den Kopf. Ich habe Angst, dass ich schluchze, wenn ich rede.

»Ich muss jetzt rüber, in den Unterricht. Wenn du magst, kannst du hier noch etwas sitzen.«

Ich nicke. Ich will hier raus, so schnell wie möglich. Dann fällt mir Jan ein, und ich halte kurz die Luft an. Ich bin noch nicht in Ballettkleidung, ich kann sofort gehen.

Die Jefimova steht auf. »Zieh die Tür einfach hinter dir zu.«

Als sich die Tür hinter ihr schließt, hole ich mein Handy heraus und schreibe Jan eine SMS. Verrückt, er sitzt gleich nebenan, aber so können wir uns draußen treffen, und ich muss nicht noch mal an den Umkleideräumen vorbei.

*Frozengirl@Bea im traum
tanze ich für dich. später.*

»Alles okay?«, fragt Jan.

»Geht so. Ich krieg die Rolle nicht.«

Er sieht mich etwas ratlos an, nimmt mich dann ungeschickt in den Arm und küsst mich. Ich will kein Mitleid, obwohl meine verheulten Augen vermutlich etwas anderes sagen.

»Gehen wir zu dir?«, fragt er leise.

Wir steigen auf die Räder. Es ist kühl für Mitte Mai, normalerweise sind mir die Temperaturen egal, aber in letzter Zeit friere ich ständig. Jan fährt vor und wartet dann, bis ich wieder bei ihm bin, aber ich kann sein Tempo nicht halten oder will es nicht und bleibe wieder zurück, am Ende ist er vor mir am Haus.

Als wir ankommen, bin ich froh, dass meine Mutter unterwegs ist. Und ich bin froh, dass Jan da ist und ich nicht allein sein muss. Wir stellen die Räder ab.

»Wollen wir uns was zu essen machen? Wir haben Pizza im Gefrierschrank, oder wir können Nudeln kochen.«

Essen beruhigt mich.

»Echt jetzt, kochen?«, sagt Jan und grinst schief.

»Oder uns Brote machen?«

In der Küche schmieren wir uns einen Teller mit Broten, ich mache Kaffee, dann setzen wir uns in den großen Wohnraum, in dem alles zueinander passt. Aber passe ich hier rein? Jan macht den Fernseher an, skipt etwas herum.

»Sport ...«

Er zeigt auf den Bildschirm. Manchmal sehen wir zusammen Fußball, weil er kein *Sky* bei sich zu Hause hat.

»Wollen wir einen Film sehen?«

»Eher nicht«, sage ich und meine: nein. Jan versteht und macht den Fernseher wieder aus.

Als wir aufgegessen haben, will ich aufstehen und den Teller wegbringen, aber er hält mich am Arm, zieht mich zurück auf das Sofa.

»Hey, Süße!« Er küsst meinen Hals, umarmt mich. »Sei nicht deprimiert. Du kannst doch nächstes Jahr ...«

»Ja«, sage ich scharf. »Aber nächstes Jahr ist es nicht das Gleiche.«

Dann bereue ich meinen Ton. Jan will ja nur helfen. Ich erwidere seine Küsse, er zieht mich leicht zur Seite, bis ich auf ihm liege. Seine Hände auf meinem Hintern, vielleicht will ich es ja auch.

Bea?

Wir küssen uns, ich spüre seine Lippen überdeutlich, seine leicht unrasierte Haut, seine Hände, die unter meinen Jeansbund fahren, oder es versuchen, denn die Jeans ist eng. Ich frage mich, ob Niki jetzt die Rolle bekommt. Ich wollte immer Julia spielen. *Schwanensee* interessiert mich nicht. Jans Hände fummeln an meinem Jeansknopf herum, ich richte mich leicht auf, damit er ihn öffnen kann, ohne Plan, was dann passiert. Er schiebt die Jeans etwas nach unten, jetzt kann er meinen

Hintern streicheln, und ich zucke leicht zusammen, weil seine Hände kalt sind.

»Baby ...«

Ich hasse es, wenn er mich Baby nennt, wie in einer amerikanischen Soap. Ich bin kein Baby. Er zieht mich auf sich, und ich hasse auch, dass ich mich nicht einlassen kann, meine Gedanken immer zwischen uns schießen, seine Hände und meine Haut, und ich alles von oben sehe, als ob ich selber Teil einer Geschichte bin, des Anfangs, der Mitte oder des Endes. Der Höhepunkt? Am Anfang oder Ende?

»Jan?« Ich schiebe mich von ihm herunter, seine Hände rutschen zurück auf meinen Rücken. »Ich kann jetzt nicht.«

Er sieht mich verletzt an.

»Wollen wir hochgehen?«, frage ich, obwohl mir lieber wäre, er würde gehen. »Oder wir sehen fern, ich bin so kaputt.«

Jan schaltet den Fernseher an. »Was denn?«

Am Ende sehen wir Fußball.

Etwas später geht er, er will pünktlich zum Essen zu Hause sein. Ich bringe ihn zur Tür, wir küssen uns zum Abschied. Meine Mutter ist noch nicht zurück.

»Gehen wir zusammen auf die Abifeier?«, fragt er.

»Welche?«, frage ich, denn an seiner und unserer Schule wird gleichzeitig gefeiert.

»Oder auf beide«, sagt er. »Kannst du Karten für uns besorgen?«

»Mach ich.«

Ich bin froh, dass er nicht sauer ist. Alles bricht weg, ich will nicht, dass Jan auch noch verschwindet, wir uns trennen.

Als er weg ist, gehe ich nach oben, aber nicht in Beas Zimmer. Seit Mama es auflösen will, kann ich dort nicht mehr entspannen. Stattdessen gehe ich ins Bad.

Meine Pillen sind in einem kleinen Schränkchen mit Medikamenten. Es wird immer schlimmer, ich muss das unter Kontrolle bringen, ohne die Tabletten heule ich ständig. Ich nehme eine Tablette und entspanne mich. Bea fehlt mir, meine Eltern fehlen mir, meine Mutter.

Ich gehe ins Schlafzimmer meiner Eltern, die eine Betthälfte ist unberührt, es ist auch nur eine Hälfte des Zimmers bewohnt, die andere leer. Mein Vater kommt nur noch einmal die Woche, holt Sachen, sagt, dass er mich vermisst.

Auf dem Nachttisch meiner Mutter liegen Einrichtungsbücher, und ich setze mich auf ihre Betthälfte und blättere durch die Seiten, die sie mit Post-its markiert hat. Neue Zimmereinrichtungen, ein Einzelbett. Dann sehe ich das andere Buch. »Wenn dein Kind stirbt«. Es liegt auf dem unteren Brett ihres Nachttischs. In der Mitte aufgeschlagen und umgedreht. In der Mitte. Ich bin noch ganz am Anfang.

Vincent

Was soll das sein? Eine ganze Geschichte! Vielleicht hätte ich in der Schreibwerkstatt nicht fehlen sollen, die Sache mit Anfang, Mitte und Ende leuchtet mir nicht ein. Oder natürlich leuchtet sie mir ein, aber es nützt mir nichts, wenn ich etwas schreiben soll. Ich angle nach meinem Notizbuch unter dem Bett. Eine ganze Geschichte, was soll das sein? Irgendwie sind doch alles nur Bruchstücke, Teile, die müssen dann irgendwann das Ganze ergeben. Ich klappe mein Heft auf, in dem alles voller Bruchstücke ist. Mein Rap.

Es klopft, und ich packe das Buch schnell unter mein Kissen.

»Ja?«

Meine Mutter kommt ins Zimmer. »Na? Stör ich?«

»Nein. Ist was?«

»Nein, nein. Ich wollte nur sehen, wie es dir geht. Und ... wir müssten über den Urlaub reden, ich muss langsam mal buchen.«

Ich setze mich auf. Meine Mutter will mit Fee ans Meer fahren. Schon länger. Ich will mit Hendrik verreisen. Vielleicht.

»Ich bleibe hier. Kann sein, dass ich mit Hendrik wegfahre.«

»Hm.« Sie setzt sich neben mich auf mein Bett. »Was machen wir mit Papa?«

Sie redet von ihm, als wäre er ein Kind. Irgendwie ist er das in letzter Zeit auch.

»Fährt er nicht mit?«

»Nein, wenn er diese Filmrolle bekommt, würde er dann drehen. Außerdem ist Meer nicht so seine Sache.«

Zu viel Wasser, oder was?

»Heißt das, du fährst mit Fee, und ich und Papa bleiben hier?«

Meine Mutter faltet ihre Hände, schiebt sie zwischen ihre Oberschenkel und zieht die Schultern hoch.

Okay, ich mag das Thema auch nicht. Wenn mein Vater trinkt, muss sich jemand um ihn kümmern, und eigentlich auch, wenn er nicht trinkt.

»Er ist jetzt seit drei Wochen trocken«, sagt meine Mutter. »Wenn ihr dann zusammen hier seid ... das wäre gut. Es ist leichter für ihn, wenn er nicht allein ist.«

Und wenn er wieder trinkt? Wenn ich es nicht verhindern kann?

»Ich komme zurück, wenn irgendwas ist«, sagt meine Mutter. »Oder du mit Hendrik wegfährst. Sag mir am besten vorher Bescheid, dann planen wir das.«

Ich bin erleichtert, also hat sie das im Kopf.

»Gibt es schon eine Rückmeldung vom Casting?«, frage ich.

»Nein, er war ja erst vor ein paar Tagen da. Das kann Wochen dauern, haben die gesagt.«

»Und dann spielt er einen Nazi. Will er das?«

»Vincent, es ist eine Rolle. Dein Vater hat schon viele Rollen gespielt. Den Hamlet, Franz Moor in *Die Räuber*, die Bösewichte sind doch die wirklich spannenden Rollen.«

Nur nicht im Leben.

»Aber einen Nazi …«

Meine Mutter streicht mir über den Kopf, als wäre ich fünf.

»Es wird alles gut, Vincent. Du wirst sehen.«

Es muss nicht alles gut werden, ein paar Dinge würden schon reichen.

»Was ist mit Schule?«, fragt sie.

»Ich bin jetzt in einer AG. Ich schreibe gerade an einem Text. Das zählt extra.«

»Und sonst?«

»Passt schon.«

OKAY, SPRECHEN WIR ÜBER MEINE FEHLER

Paulina

»Wie geht es dir, Paulina?«

Dr. Zander lächelt. Er ist mein Psychotherapeut. Kinder- und Jugendtherapeut, Trauma-Experte, Verhaltenstherapeut. So steht es auf seinem Praxisschild, das ich einmal die Woche anstarre und mich frage, ob ich jetzt verrückt bin.

»Gut.«

Er nickt. Nicht zufrieden, nur so, als ob ich eine Nuss wäre, die er nun in den nächsten neunzig Minuten knacken müsste oder vorsichtig öffnen, sodass die Schale nicht kaputtgeht und er sie nachher wieder zusammensetzen kann, als wäre nichts gewesen. *Kleiner Eingriff an der Seele.* »Du gehst seit zwei Monaten wieder zur Schule, das ist ein Erfolg.«

»Aber ich habe die Rolle nicht bekommen. Ich würde sagen, das ist ein Misserfolg.«

Zander richtet sich überrascht auf. »Die Julia? Warum?«

»Weil ich zu wenig trainiert habe und durch die Pause.«

»Oh, das tut mir leid. Aber, bitte, nenn es nicht Pause, nenn es Trauerphase.«

Ich trauere nicht, Bea, du fehlst mir nur. Deine Unterstützung, dein Lachen, die Gespräche. Jetzt sitze ich hier mit einem Therapeuten und rede, das ist doch krank.

Ich muss lachen.

»Warum lachst du?«

»Weiß nicht, ich hab nur an was gedacht.«

Er nickt. »Und wie ist es in der Schreibwerkstatt? Das ist doch viel besser, als du dachtest. Schreibst du?«

»Ja, aber nicht viel. Wir sollen eine Geschichte schreiben, also, für das Buch, aber ich schaffe immer nur einen Anfang. Danach gehen mir die Ideen aus. Und ich bin nicht gut genug. Ich habe jetzt drei Texte begonnen.«

»Hm, das ist doch schon mal ein Anfang.«

Ein kleiner Joke. Wir lächeln beide. Ich sehe aus dem Fenster. Zander hat eine schöne Praxis in einem alten Haus mit einem großen Garten. Man kann also von dem Wahnsinn und den Problemen anderer Leute leben. Ein Leben mit dem Wahnsinn, es geht. Ich sehe wieder zu Zander, er wartet, dann fragt er:

»Nimmst du die Tabletten? Helfen sie?«

»Ja, aber ... wenn ich sie nehme, bin ich immer so müde und schlapp und habe das Gefühl, alles ist weit weg. Aber ohne sie heule ich ständig. Gibt es nicht etwas anderes?«

Dr. Zander richtet sich in seinem großen Ledersessel auf. Zwischen uns ist kein Schreibtisch, das soll wohl entspannter sein. Auf dem Boden steht Spielzeug für die kleinen Kinder, ein Kinderbauernhof mit Holzfiguren. Damit können sie spielen, wenn sie nicht reden, und wenn der Wolf die Hühner holt, dann weiß man, dass etwas nicht stimmt. Ich würde am liebsten den ganzen Hof anzünden.

»Ich bin kein Freund von Medikamenten«, sagt Dr. Zander. »Das Mittel ist nicht sehr stark, denn wenn du dich in der Schule nicht mehr konzentrieren kannst – das wäre nicht ideal. Vielleicht willst du es mit Yoga versuchen oder Autogenem Training?«

»Ich mache Ballett.« Was ungefähr das Gegenteil von Yoga und Entspannung ist. Ich weiß. Aber tanzen kann ich, es funktioniert, und alles, was gerade funktioniert, tut mir gut. Oder hat mir gutgetan, denn jetzt werde ich nicht mehr zum Ballett gehen, bis die Aufführung vorbei ist.

»Wie ist es sonst mit Drogen? Kiffst du? Trinkst du?«

»Nein. Ich kiffe nicht, ich trinke nicht. Habe ich nie gemacht.«

»Dass du nicht trinkst oder kiffst, ist gut. Ich habe das ja schon einmal gesagt, aber die Kombination der Pillen mit anderen Drogen oder Alkohol ist nicht gut.« Er hält eine Mineralwasserflasche hoch. »Auch einen Schluck?«

Ich lehne ab, ich will nichts trinken. Ich weiß nicht, was das hier bringt, wie mir ein Mann in einem hässlichen Pullover mit zu weißen Turnschuhen helfen kann. Er gießt sich ein Glas ein, nippt daran. »Wie ist es denn sonst so? Wie geht es mit deinen Freundinnen?«

»Gut.«

»Und dein Freund? Ihr seid noch zusammen, oder?«

Ich nicke.

»Deine Eltern?«

»Mein Vater ist ausgezogen. Sie wollen etwas mehr Abstand.«

Bea, ich glaube, sie trennen sich.

»Abstand, aha. Und wie ist es so, allein mit deiner Mutter?«

Schrecklich. Sie ist nie da, im Grunde bin ich allein.

»Ganz okay.«

Er nickt. So laufen die Therapiestunden immer ab. Ich liefere ihm etwas, ein paar Brocken, er pickt sie auf, nickt.

Ich weiß nicht, was das bringt, Bea.

Vincent

»Vincent, was ist das?«

Meine Mutter steht in meinem Zimmer und hält mir einen Krümel Haschisch hin. Ich beuge mich über ihre Hand. Sie hat tatsächlich mein Reserve-Piece gefunden.

»Das sieht nach Mäusekacke aus. Haben wir Mäuse?«

Sie legt den Kopf schief. Selber schuld, wenn sie eine rhetorische Frage stellt.

»Das war in Alufolie eingewickelt, Fee dachte, es ist ein Kaugummi.«

»Und wieso ist Fee in meinem Zimmer, an meinem Schreibtisch?«

Verdammt. »Hat sie etwa was davon gegessen?«, sage ich leicht panisch.

»Zum Glück nicht. Sie wollte nur etwas in deinem Zimmer malen. Sie hat es zu mir gebracht. Vincent ...«

Meine Mutter lässt sich auf die Kante meines Bettes sinken.

»Ich verstehe, dass du mal an einem Joint ziehst, aber dass du hier Haschisch hortest. Dealst du damit?«

So viel ist es nun auch wieder nicht.

»Nein.«

»Also rauchst du es selber.«

»Soll ich besser mit Dope dealen? Es anderen verkaufen? Wär dir das lieber?«

Meine Mutter seufzt und sieht mich müde an. Ich habe mal gehört, Angriff ist die beste Verteidigung, aber es ist kein fairer Kampf, wenn der andere schon am Boden liegt.

»Mach dir keine Sorgen, ich habe das unter Kontrolle.«

»Oh, das hat dein Vater auch jahrelang gesagt.«

Ich bin nicht mein Vater.

Meine Mutter starrt das Piece in ihrer Hand an. »Weiß du, früher war ich dafür, dass man Marihuana legalisiert. Ich meine, natürlich haben wir alle mal gekifft, ich verstehe, dass du das ausprobieren willst. Aber das Zeug ist stärker geworden, und dann diese ganzen Pillen, Speed und Crystal Meth und Pilze und was es da noch alles gibt. Nimmst du das auch?«

»Nein. Und wennschon. Ich bin kein Idiot, ich weiß ...«

Sie verengt ihre Augen, ihre Stimme wird schärfer. »Was weißt du? Denkst du, du hast das im Griff? Das denken alle Süchtigen am Anfang. Klar, sie haben es im Griff.«

»Ich bin kein Junkie!«

»Kiffst du regelmäßig? Ich meine, da ist ein Brief von deiner Schule gekommen, der sagt, dass deine Versetzung gefährdet ist. Ist dir das alles egal? Denkst du, Kiffen hilft dir dabei? Und kennst du die Gefahren? Der höhere Teeranteil im Cannabisrauch, die Schädigung der Lunge? Die Einflüsse auf das limbische System, das Kurzzeitgedächtnis? Deine Persönlichkeit ist noch nicht gefestigt, also werden Depressionen und Ängste verstärkt, es kann zu Psychosen kommen. Oder Flashbacks. Und selbst wenn du aufhörst, ist das Problem nicht erledigt. Die Cannabinoid-Metaboliten verschwinden erst ein halbes Jahr nach der Einnahme von Marihuana aus dem Körper. Hörst du mir zu? Ich kenne mich damit aus, ich unterrichte diese Dinge.«

Weiß ich. Und wieso muss ich mich hier eigentlich verteidigen?

»Ich rauche ab und zu mal was. Papa ...«

»Wir reden hier nicht über deinen Vater. Er ist erwachsen, er ist selber für sich verantwortlich.«

Ach ja?

»Okay, und jetzt?«

»Ich will, dass du für deine Versetzung arbeitest. Kein Kiffen mehr, verstanden? Und wenn ich in den Urlaub fahre, muss ich wissen, dass hier alles gut läuft. Ich muss dir vertrauen, ansonsten kann ich dich hier nicht allein lassen.«

Ich stöhne.

»Deshalb werden wir einen Test machen.«

»Wie? Test?«

»Ich möchte eine Urinprobe von dir, jede Woche.«

»Was? Das ist doch verrückt.«

»Überhaupt nicht. Wenn die Proben sauber sind, kannst du hierbleiben, ansonsten kommst du mit ans Meer.«

Meine Mutter geht, und ich lasse mich zurück auf mein Bett fallen. Sind jetzt alle verrückt? War nicht immer alles easy bei uns? Keine Verbote, alles lässig, und jetzt muss ich Urinproben abgeben wie ein Verbrecher?

Ich brauche Musik. Sofort. Sehr laut und sehr schnell, harte Beats, die alle Gedanken zerschreddern. Ich setze mir die Earphones ein und hole mein Notizbuch unter dem Bett hervor. Das Leben ist keine Geschichte. Anfang, Mitte, Ende. Nope. Es sind verdammte Splitter, alles verstreut. Happy End? Absolut nicht in Sicht.

Zeiten verrinnen, Zeilen verschwimmen.
Gerade war's noch hier, mein Leben,
gerade war ich noch da.
Jeder kämpft für sich, man kennt sich nicht.
Würd gern fliehen, kann noch nicht.
Ist es das?
Ich fürchte nicht.

Paulina

»Und? Wie findest du sie?«, sagt Alisa und sieht mich über den Rand ihrer Brille an. Ich blättere durch die Skizzen. Wir sitzen in der Aula, auf der Bühne sammelt sich die Theater AG und stellt Stühle in einen Kreis. Die Zeichnungen sind schön.

»Woher bekommt ihr den Stoff und alles für die Kostüme?«

»Spenden. Der Schulverein. Und Suse hat gesagt, sie näht.«

Ich reiche Alisa die Mappe zurück. »Suse? Die ist doch bei uns in der Schreibwerkstatt.«

»Ja, siehst du, Pauli, man kann in zwei AGs sein. Willst du wirklich nicht noch zu uns kommen? Wir haben noch niemanden für die Hauptrolle.«

Auf keinen Fall.

»Mir reicht die Schreibwerkstatt. Ich muss noch eine Geschichte schreiben und so viel nachholen.«

Alisa bläst sich eine Haarsträhne aus dem Gesicht. Sie trägt seit Neuestem einen Pony. »In zwei Wochen sind Ferien, wir haben längst Notenschluss.«

»Ich habe eine Nachfrist bekommen.«

»Hey, girls!« Hendrik kommt zu uns herüber und grinst. »Wir fangen jetzt an. Bist du jetzt auch in der Theater AG, Paulina? Wir brauchen noch Schauspieler.«

»Nein, ich wollte nur mal zusehen.«

Hendrik kneift ein Auge zu. »Hey, du könntest beim Stückschreiben helfen. Ihr lernt das doch gerade, Dramaturgie und so, denn, ehrlich, bei uns geht gerade alles durcheinander.«

Eva taucht hinter ihm auf. »Nein, es geht überhaupt nichts durcheinander.« Sie lächelt. »Aber Hendrik will ja das Theater komplett neu erfinden, ein modernes *Kabale und Liebe* und mit dem Ende anfangen.«

»Dem Tod?«, frage ich.

Hendrik grinst. »Natürlich, das ist der Gag an der Sache. Sie sterben, und dann geht es erst richtig los.«

»Wie jetzt?«, fragt Alisa. »Wozu denke ich mir dann lauter historische Kostüme für die Hauptdarsteller aus?«

»Weil es eine Rückblende ist. So ist das, wenn man stirbt. Das Leben zieht an einem vorbei. Noch nie davon gehört?«

Hendrik schnappt sich einen Stuhl und setzt sich rittlings darauf, legt die Arme auf die Lehne und starrt mich an.

»Was?«

»Vinz hat recht. Du hast tatsächlich tolle blaue Augen.«

»Bist du bekifft?«, fragt Eva.

Hendriks Pupillen sind riesig und schwarz. Tiefe Löcher. Er reißt einen Arm hoch. »Wir wollen eine Videoprojektion machen, Eva. Mit der Szene anfangen, einem Auge, durch das wir zurückreisen. Schon vergessen?«

»Eine Videoprojektion?«, sagt Nora, die jetzt auch zu uns kommt. Der Rest der Theatergruppe sitzt etwas verloren auf der Bühne.

»Multimedial«, sagt Eva und zuckt mit den Schultern. »Wir hatten da so ein paar Ideen. Aber das ist noch nicht ganz zu Ende gedacht.«

»Wir erfinden das Theater neu«, sagt Hendrik und reißt jetzt auch den anderen Arm hoch.

»Du bist bekifft«, sagt Nora und geht zurück auf die Bühne.

»Ich geh dann mal«, sage ich und stehe auf.

Alisa packt die Entwürfe ein.

»Ich komme mit, Pauli, bis die hier Kostüme brauchen, kann es noch dauern.«

»Hört mal alle her, Leute!«, ruft Eva und sieht zur Bühne.

»Nach den Ferien haben wir nur noch sehr wenig Zeit. Wir müssen also in zwei Wochen alle Rollen verteilt haben, und das heißt, es muss ein Stück geben.«

»Ja, ja«, sagt Hendrik und schlurft auf die Bühne.

»Kaffee?«, fragt Alisa und lächelt.

Ich nicke. »Gerne.«

Vincent

»Vincent, schön, dass du wieder da bist.«

Frau Neuer nickt mir zu, und ich nicke zurück. Eins muss man ihr lassen, sie kriegt hier genau mit, wer da ist und wer nicht, obwohl wir jetzt schon fünfzehn Leute in der AG sind. Und zum Glück bin ich nicht mehr der einzige Junge.

»Wir haben das letzte Mal über Dramaturgie gesprochen, über die Einteilung von Geschichten in Akte. Heute möchte ich mit euch darüber sprechen, welche Funktionen diese Akte haben, oder anders gesagt, wie die einzelnen Akte aufgebaut sind. Vieles wird euch vielleicht aus dem Deutschunterricht bekannt vorkommen. Ja, Suse?«

»Sie haben das letzte Mal gesagt, die meisten Geschichten oder Filme oder Theaterstücke sind in bestimmte Erzählabschnitte oder Akte eingeteilt, aber das muss doch nicht so sein, oder? Ich meine, es gibt ja auch Geschichten oder Filme, die sich nicht an diese Struktur halten.«

»Natürlich. Das ist nur ein Hinweis, eine Anleitung, etwas, das in vielen Geschichten gut funktioniert, wenn ihr so wollt, ein Kochrezept. Aber ein Rezept muss man nicht haargenau so nachkochen, wie es aufgeschrieben wurde. Natürlich seid ihr frei, mit allen möglichen Formen herumzuexperimentieren. Und wenn ein toller Text entsteht, ist es ja vollkommen egal, wie man da hingekommen ist. Ihr werdet aber feststellen, dass ihr euch unbewusst schon an diese Formen gewöhnt habt und es auch für euch sehr angenehm ist, wenn ihr eine Geschichte lest oder einen Film seht, der diesem Schema folgt. Wie gesagt, die großen Schriftsteller haben auch nicht alles neu erfunden und bewährte Regeln meist nur etwas abgewandelt.«

»Was ist mit Sätzen?«, frage ich.

»Wie bitte? Was meinst du damit, Vincent.«

»Na ja, normalerweise schreibt man ja ganze Sätze, aber in Songs sind es auch manchmal nur Worte, oder in Gedichten.«

»Richtig. Es gibt tatsächlich Bücher, die nur in Reimen oder Gedichten erzählt werden. Oder Theaterstücke, ich denke da an Shakespeare. Das hat aber erst mal nichts mit der Dramaturgie zu tun. Hat das deine Frage beantwortet?«

»Wir können also auch Texte abgeben, die eher gedichtet sind?«, hake ich nach.

Einige Mädchen lachen. Mein Gott, ich wollte nicht sagen, dass ich Gedichte schreibe. Das nicht. Aber ich bin nicht der Typ, der Sätze schreibt, Anfang und Ende und Punkt. Echt nicht.

Frau Neuer nickt. »Natürlich. Es kommt nur darauf an, dass die Sachen gut, oder sagen wir, intensiv und ehrlich sind. Ich bin da sehr offen.«

Sie lässt ihren Blick über die Gruppe schweifen. Wir sitzen wieder in einem Halbkreis vor der Tafel. Paulina sitzt zwei Stühle weiter, und ich weiß echt nicht, warum ich das überhaupt bemerke.

»Nun, am besten fangen wir einfach mal an. Ich teile euch in drei Gruppen ein. Jede Gruppe bekommt von mir einen Text und erarbeitet einen Akt, dann stellt jede Gruppe den anderen ihre Ergebnisse vor. Einverstanden?«

»Tja, also die Mitte, zweiter Akt«, sagt Tanja.

Wir sind fünf Leute, und Paulina ist mit in meiner Gruppe.

»Soll ich mal vorlesen?«, fragt Pit, ein langer und ziemlich blasser Typ, den ich aus Mathe kenne, und schwenkt den Zettel, den uns Frau Neuer gegeben hat.

Wir nicken.

»*Der zweite Akt ist der längste Akt, er ist doppelt so lang wie der erste und dritte Akt. Er wird durch den Höhepunkt in zwei gleiche Teile geteilt. Im zweiten Akt setzt sich die Hauptfigur mit ihrem Ziel oder Problem auseinander und sucht nach Lösungswegen.*«

»Yeah, wir haben den wichtigsten Teil!«, sagt Suse.

»Yeah, wir haben den schwersten Akt«, sagt Pit und stöhnt.

»Was soll denn ein Höhepunkt sein?«

»Noch nie was von einem Höhepunkt gehört?«, sagt Paulina trocken, und wir lachen. Ich sehe zu ihr, und sie zuckt mit den Schultern. Sie macht Sprüche, echt, wow.

Tanja schnappt Pit das Blatt aus der Hand und liest.

»*Der Höhepunkt ist ein Wendepunkt. An ihm wird der Heldin oder dem Helden eine wichtige Sache, ein Aspekt des Problems oder Ziels klar. Er oder sie erhält einen Hinweis oder ein Instrument.*«

Sie sieht in die Runde. »Also, bezogen auf das Leben wäre das so um fünfunddreißig, die Hälfte des Lebens.«

»Eher vierzig«, sagt Pit.

»Midlife-Crisis!«, sage ich.

Pit sieht mich fragend an. Oder eigentlich starren mich alle an. Klingt das so verrückt?

»Ich meine ja nur. Kinder, Familie, Job, Haus, Auto, und dann wird dir klar, dass du ein Problem hast.«

»Wieso Problem, das hört sich doch super an«, sagt Tanja.

»Also, wenn ich eine Familie habe und ein Haus und Kinder, dann weiß ich nicht, wo das Problem sein soll.«

Ich sage nichts mehr. Vielleicht ist es ja auch nur das Problem meines Vaters. Wieso säuft er sonst? Weil er arbeitslos ist? Nur deshalb? Oder will er eigentlich ein anderes Leben? Ohne uns?

»Hey, Leute, wir kommen irgendwie vom Thema ab.« Pit schnappt sich den Zettel wieder. »Also, hier stehen Beispiele.« Er liest leise für sich und sieht dann auf. »Dumbo, der Elefant. Erst die großen Ohren, dann steigert sich der Konflikt, weil alle ihn hänseln, und der Höhepunkt und Wendepunkt ist der Moment, in dem er kapiert, dass er fliegen kann.«

»Verstehe«, sagt Paulina. »Jetzt weiß er, wozu er die großen Ohren gebrauchen kann.«

»Genau«, sage ich. »Problem wird zur Lösung.«

Pit nickt. »Ja, steht hier auch. Am Ende wird er für seine Flugkünste berühmt und beliebt. Hey, also wenn ich das vorher gewusst hätte ...«

»Dann was?«, fragt Suse.

Er grinst. »Hätte ich mir meine Ohren nicht anlegen lassen.«

Suse beugt sich vor. »Echt? Zeig mal. Wann hast du das machen lassen?«

Pit lässt seine Ohren begutachten. Hat der Typ überhaupt keinen Stolz?

»Meine Eltern. Als ich fünf war.«

»Hey, wir schweifen schon wieder ab«, sagt Paulina.

Ich grinse. »Ja, zurück zu Dumbo.«

Tanja schiebt ihre Unterlippe vor, Schmollmodus. »Ich weiß nicht. Gibt es da nicht noch andere Beispiele? Über Bücher und so?«

Pit nickt. »Hier steht noch *Harry Potter und der Stein der Weisen*. Auf dem Höhepunkt entdeckt Harry mit seinen Freunden den Hund, der den Stein bewacht. Jetzt weiß er, dass der Stein existiert und wo er versteckt ist. Das ist der Höhepunkt und Wendepunkt.«

Suse legt den Kopf schief und schaut auf das Arbeitsblatt. »Okay, Wendepunkt ist irgendwie klar. Aber was kommt nach dem Wendepunkt? Was soll diese Grafik?« Sie hält uns das Blatt hin, und wir sehen die Linie, die auf einen Höhepunkt zuläuft und dann wieder abfällt. Ein spitzer Berg. Die Spannungskurve des zweiten Aktes.

»Also, ich verstehe das so«, sagt Paulina. »Es geht im zweiten Akt die ganze Zeit rauf, steigert sich, die Spannung und so weiter, dann kommt die Erkenntnis auf dem Höhepunkt durch ein Ereignis oder eine neue Sicht, und dann kommt der Wendepunkt, und es geht wieder runter, bis zum Ende des zweiten Aktes.«

Tanja schüttelt den Kopf. »Versteh ich nicht. Wieso geht es dann wieder runter, wenn man eine Erkenntnis gehabt hat?«

Ich stöhne. Denkt Tanja auch mal nach, oder plappert sie immer nur drauflos?

»Weil es eben nicht so einfach ist. So ist das eben. Wie im richtigen Leben«, sage ich.

Paulina sieht mich mit ihren großen blauen Augen an. Ich hoffe, sie versteht mich. Das Leben ist eben kein Strich, keine Linie, es gibt Höhen und Tiefen. Auf und ab.

Betrunken – nüchtern. Hoffnung – Aufgeben – wieder Hoffnung.

»Ja, finde ich auch«, sagt Paulina und streicht sich eine Haarsträhne hinter ihr Ohr. »Du hast die Erkenntnis, und dann musst du damit klarkommen. Da geht es erst mal bergab, alles wird verworrener und schwieriger, aber eigentlich auch bergauf. Du kommst der Lösung näher, der endgültigen Lösung.«

»Dem Tod. Na toll«, sagt Pit.

Suse und Tanja lachen.

Paulina richtet sich auf. »Der Tod ist nicht das Ende.« Auf einmal ist sie ganz ernst.

»Was soll das jetzt heißen?«, plärrt Tanja.

Wenn ich könnte, würde ich sie stumm stellen. Ich sehe zu Paulina, die den Mund zupresst, als hätte sie zu viel gesagt. Okay, das war seltsam, aber irgendwie hat sie recht.

»Finde ich auch«, sage ich, und jetzt sehen alle mich an. »Es gibt viele verschiedene Formen von Tod. Und manchmal muss etwas sterben, damit man weiterleben kann.«

Paulina

Meine Mutter schwenkt großzügig mit ihren Armen durch den Raum. »Was hältst du von offenen Wänden, also keine Tapete. Ich würde dann einen langen Arbeitstisch direkt vors Fenster stellen und rechts die Schränke mit Stoffmustern, vielleicht einen Grafikschrank für die Entwürfe und Pläne und Fotos.«

Ich sehe mich um, kneife die Augen leicht zusammen. Ich bin nicht so gut darin, mir Dinge vorzustellen, die noch nicht da sind. Für mich ist es noch Beas Zimmer. Ein breites Bett, ein Regal mit Büchern, CDs, ihren Schminksachen, der alte Sekretär meiner Großmutter. Fotos an der Wand, eine Lichterkette, die leichten Vorhänge. Ich kann mir nicht vorstellen, dass das alles verschwindet und hier das Arbeitszimmer meiner Mutter entsteht.

»Willst du den Sekretär behalten?«, fragt sie.

Ich zucke unentschlossen mit den Schultern. »Ich weiß noch nicht.«

Einerseits will ich alles behalten, jedes Stück, andererseits weiß ich, dass es etwas anderes ist, wenn die Möbel oder Gegenstände dieses Zimmer verlassen. Was soll ich mit diesem Sekretär, wenn Bea nicht mehr daran sitzt oder ihre Sachen darauf liegen?

»Geben wir dann alles weg?«

Meine Mutter kommt zu mir, fasst mich an den Schultern und zieht mich in einer leichten Umarmung an sich. Der Kloß, den ich im Hals hatte, löst sich, und ich schluchze.

»Hey, hey. Wir heben alles auf, was du behalten möchtest. Ich lasse dir die Zeit, das ist so abgesprochen, und daran halte ich mich auch. Ich will dich auch nicht drängen, aber Dr. Zander hat das mehrmals angesprochen. Wir müssen das Zimmer auflösen und ... Abschied nehmen.«

Ich dachte, dafür wäre die Beerdigung da gewesen, aber wenn ich jetzt daran zurückdenke, dann erinnere ich mich an keinen Abschied, sondern nur an lauter Verwandte, die ich seit Jahren nicht mehr gesehen habe, die langweilige Rede des Pfarrers, der Bea kaum kannte, und den leichten Regen, als der Sarg zur Grabstelle gefahren wurde. Das war kein Abschied, das war eine seltsame Zeremonie, die nicht zu Bea gepasst hat.

Ich löse mich aus der Umarmung. »Was ist mit Papa?«

Meine Mutter atmet lange ein und dann wie erleichtert aus.

»Die Trennung tut uns gut. Weißt du, wir trauern unterschiedlich, und das können wir jetzt auch.«

»Wie? Unterschiedlich?«

»Nun, weißt du, Jonas kann hier nicht mehr länger leben, er will weg, alles vergessen, was mit Bea zusammenhängt. Aber so war er immer, er verdrängt das alles, verarbeitet es anders. Er wollte ja auch keine Therapie, als Familie, meine ich.«

»Und du?«

Meine Mutter setzt sich auf Beas Bett und zieht mich sanft neben sich.

»Ich glaube daran, dass sich alles verändert und man mit diesen Veränderungen umgehen muss, sie leben muss. Natürlich ist das, was passiert ist, schrecklich, und ich vermisse Bea jeden Tag. Aber ihr Zimmer umzugestalten, etwas Neues zu beginnen, ist für mich Teil der Trauerarbeit.«

»Kommt er zurück?«

Meine Mutter seufzt. »Ich denke ... eher nicht. Wir hatten vorher schon unsere Differenzen, und jetzt gehen wir beide in ganz andere Richtungen.«

Ich nicke. Der Kloß im Hals wird wieder größer, und mir wird klar, dass ich die ganze Zeit gehofft habe, dass mein Vater zurückkommt, alles wie vorher wird. Irgendwie.

»Also lasst ihr euch scheiden?«

»Ja. Nicht sofort, aber wenn alles etwas ruhiger geworden ist.«

»Und das Haus?«

Meine Mutter sieht aus dem Fenster. Ich weiß, dass sie das Haus liebt.

»Es ist zu groß für uns beide. Und du wirst ja auch irgendwann ausziehen. Aber wenn ich mein Büro nach hier verlege, dann kann ich es vielleicht halten. Immerhin ... es war unser Haus.«

Vincent

»Hey, Hendrik, das ist kein Witz, ich brauche eine Urinprobe. Jede Woche.«

Hendrik feiert. Natürlich lacht er sich schlapp. Wir sitzen am Rand des Skateplatzes mit unseren Boards und machen Pause, die Sonne geht unter. Zeit, über meine Probleme zu reden.

»Ich fasse es nicht, dass es niemanden gibt, der nicht kifft.«

Hendrik grinst. »Hast du schon alle gefragt?«

»Natürlich nicht. Ich werde nicht rumrennen und jeden anquatschen, ob er kifft. Aber hier auf dem Platz, unter den Skatern habe ich alle gefragt und an der Schule immerhin schon alle Leute, mit denen ich etwas mehr zu tun habe.«

»Frag Pit, der ist doch mit dir in der Schreibwerkstatt.«

Ich grinse. »Habe ich. Und Fehlanzeige. Kiffer.«

»Echt? Mit wem hängt der denn ab? Und eins der Mädchen?«

»Und dann finden sie weibliche Hormone im Urin.«

Hendrik grinst noch etwas breiter. »Und dann rät deine Mutter dir zur Geschlechtsumwandlung, und dann können wir endlich heiraten. Vinz, Geliebter, meine Zukunft ist gerettet.«

Ich lache. »Weil ich deine kiffende und skatende Geliebte werde?«

»Weil du mich verstehst. Auch unbekifft.«

»Genau. Unbekifft. Da wirst du dich wohl dran gewöhnen müssen, wenn du mit mir verreisen willst.«

»Du willst also echt clean werden? Keine Bong-Sessions mehr?«

»Alles andere ist mir echt zu stressig. Außerdem muss ich mich etwas mehr auf Schule konzentrieren.«

Hendrik sieht mich mit großen Augen an. »Hey, du hast das Schuljahr doch geschafft.«

»Ja, knapp.«

»Wenn du dich ständig um deinen Alten kümmern musst. Ist nicht deine Schuld.«

Wir schweigen einen Moment, und ich überlege, ob ich es sagen soll. »Er hat aufgehört.«

Hendrik reißt den Kopf zu mir rum. »Echt? Einfach so?«

Ich zucke mit den Achseln.

Er grinst. »Also seid ihr jetzt beide auf Entzug.«

»Sozusagen.«

Hendrik setzt sein Board auf den Boden und stoppt es mit einem Fuß.

»Kickflip?«

Ich lege mein Board neben seins. »Klar, der Magic Flip wird jetzt perfekt gestanden.«

Hendrik jumpt auf das Board und tritt es auf Tempo. Ich setze mir die Earphones ein und drehe die Musik auf. Die Sonne scheint golden auf die Rampen, das Licht ist weich, die Luft noch warm. Das Leben ist seltsam, und irgendwie traue ich ihm nicht, aber manchmal ist es einfach nur großartig.

SCHEITERN IST MENSCHLICH

Paulina

19 UHR

Ich stehe vor dem Medizinschrank und überlege. Schule ist durch, wir haben Ferien, aber heute ist das Abifest. Ansammlungen von Menschen machen mich nervös, die lauten Geräusche machen mich nervös, obwohl ich mich auch auf die Party freue, die Musik. Zwei Tabletten? In der letzten Zeit habe ich oft zwei genommen, zweimal am Tag, einfach damit ich den Stress hinkriege, Schule, das alles. Aber dann denke ich an Jan. Ich will nicht gefühllos sein, wenn ich heute mit ihm zusammen bin, die Watte-Paulina in ihrer Wattewelt. Eine Tablette. Und bis wir wieder hier sind, allein, zu zweit, bin ich nüchtern. Oder nein. Besser gar keine. Ich lasse die Pille aus dem Alustreifen direkt in den Ausguss gleiten. Ich will fühlen, ich will leben. Jetzt.

Zurück in meinem Zimmer, betrachte ich das Kleid auf meinem Bett. Unsere Abiparty hat ein Motto. 50er-Jahre. Und heute soll ein besonderer Abend werden. Jans und mein Abend. *Bea, du hast gesagt, das erste Mal ist nicht unbedingt sensationell. Aber wenn es mit dem Richtigen geschieht, kann es schön sein.* Und heute ist der perfekte Tag, der perfekte Abend.

»Du siehst gut aus«, sagt meine Mutter und lächelt.

»Danke.«

Wir sitzen uns im Wohnzimmer auf den Sofas gegenüber. Jan ist noch auf seiner Abifeier, aber wenn er sein Zeugnis hat, holt er mich ab. Ich tippe in mein Handy.

Frozengirl@Bea party party party
try party try rap par ty

Meine Mutter sieht auf. »Holt Jan dich ab?«

»Ja, mit dem Rad. Kann ich heute länger wegbleiben?«

Ich weiß, dass meine Mutter heute Abend bei Freunden ist und bestimmt nicht vor zwei oder drei nach Hause kommt.

»Wie lange?«

»So bis eins oder zwei?«

»Zwölf wäre mir lieber.«

»Jan bringt mich doch nach Hause, und nach zwölf geht es erst richtig los.«

»Hm. Okay, bis eins.«

20 UHR

»Was trinken?«, fragt Jan und nickt zu dem Tisch mit Sekt, der vor der Aula aufgebaut ist. Ich brauche einen Moment. Erst mal ankommen. Der offizielle Teil ist beendet, die Reden sind gehalten und die Zeugnisse verteilt, jetzt soll es in der Schulmensa weitergehen. Musik und Trinken.

»Schon jemanden gesehen?«, fragt Jan und reckt gleichzeitig den Kopf, ob er jemanden kennt.

»Tja, ich sehe viele Leute.«

»Ich meine, Bekannte.«

»Die kommen mir alle bekannt vor«, sage ich genervt.

Jan sieht mich erstaunt an. Zugegeben, jetzt, wo ich hier bin, ist meine Lust auf diese Party irgendwie verschwunden.

»Hey, da sind Leute von meiner Schule«, sagt Jan. »Ich geh mal kurz ...«

Ich nicke. *Natürlich.*

Abgesehen von den aufgeregten Abiturienten, die mit ihren Zeugnismappen und vor Aufregung roten Gesichtern herumstehen, ist die Atmosphäre eher sachlich, und ich bin etwas enttäuscht.

»Hey, Pauli!« Nora, Alisa und Eva winken mir über den Raum hinweg zu, und ich atme erleichtert auf. Nora hat ihre Haare auftoupiert und trägt eine Caprihose mit einem Ringelshirt.

Wir umarmen uns. »Very Brigitte Bardot!«

Sie grinst. »Very Alisa. Sie hat mir alle Sachen geliehen.«

»Ja, super, wenn deine Freundinnen alle die gleiche Größe haben«, sagt Eva und verzieht gespielt genervt das Gesicht. Sie trägt ein enges Kleid mit einem kleinen Jäckchen.

»Rundungen waren in den Fünfzigern absolut angesagt«, sagt Alisa sachlich und zupft Evas Oberteil zurecht. »Genauso wie üppige Brüste, um die wir dich alle beneiden.«

»Ich nicht«, sagt Nora. »Wenn die Jungs mich ständig so anstarren würden ... hey, ich habe Augen und ein Gehirn.«

»Warte mal, ich glaube, ich auch«, sagt Eva und tut so, als müsste sie das erst überprüfen.

»Ihr seht toll aus«, sage ich. Wie immer toppt Alisa uns alle in einem knielangen Kleid mit einem engen Bustier, superspitzen Pumps sowie einem makellosen Make-up.

»Du trägst Kontaktlinsen, und du hast künstliche Wimpern! Sehr sexy, sehr ... lang«, sage ich beeindruckt.

»Ja, ich habe eine Stunde gebraucht, bis die saßen«, sagt Alisa und lächelt süß. »Also, bitte keine Umarmungen und Küsse, ich bin heute nur zum Angestarrtwerden hier.«

»Apropos. Wer ist denn so da?«, fragt Eva und sieht sich um.

»Hendrik!«, quiekt Nora begeistert.

Nora und Eva laufen zu Hendrik und umarmen ihn.

»Der neue James Bond«, sagt Alisa.

Ich grinse. »Tja, du kannst ja heute leider niemanden umarmen.«

Alisa schubst mich leicht. »Ich bin die Einzige, die nicht den Kopf verliert, wenn dieser Kiffer seinen Charme spielen lässt.«

Vincent

21 UHR

Ich überreiche meiner Mutter einen kleinen Plastikbecher mit gelber Flüssigkeit. Mit einem Marker habe ich vorher das Datum auf den Becher geschrieben, ich bin ein Pro-Pisser geworden, die Sache ist in den letzten Wochen Routine geworden.

»Danke.«

Meine Mutter nimmt mir den Becher mit spitzen Fingern ab und stellt ihn oben auf den Küchenschrank, später bringt sie ihn zum Arzt.

»Okay, ab nächste Woche musst du die Proben selber in der Praxis vorbeibringen.«

Ich stöhne. »Echt jetzt?«

Sie nickt. »Natürlich. Das ist die Abmachung.«

»Du weißt, dass ich mir den Harn überall her besorgen könnte? Ist keine Mangelware, ich würde sogar sagen: im Überfluss vorhanden. Kriegt man supergünstig.«

»Da siehst du mal, wie sehr ich dir vertraue.«

»Oh, so habe ich das noch gar nicht gesehen.«

Sie lächelt kurz und wird dann wieder ernst. »Wir wollen morgen sehr früh los. Ich habe alle wichtigen Telefonnummern aufgeschrieben und in die Tür des Küchenschrank gehängt. Wenn also was ist ...«

»Mama? Hallo, 21. Jahrhundert? Wie wäre es mit Simsen oder Mailen. Warum nicht in die Neuzeit eintreten?«

»Weil du dein Handy verlieren kannst oder der Akku alle ist und was weiß ich. Hier findest du jedenfalls immer alle Notfallnummern.«

»Falls ich zu Hause bin.«

Meine Mutter sieht mich an, der Blick flackert leicht. »Hast du vor, woanders zu übernachten?«

»Vielleicht, manchmal. Bei Hendrik. Ist das ein Problem?«

Es geht um meinen Vater, wie immer. Als ob ich ihn vom Trinken abhalten könnte, wenn ich hierbleibe. Wenn er wieder anfangen will, kann ich eh nichts machen.

Mein Handy vibriert, eine SMS von Hendrik.

Wo bleibst du?

»Ich gehe gleich noch auf die Abifeier in der Schule«, sage ich.

Sie nickt. »Komm nicht allzu spät. Und schaust du vorher noch bei Fee rein?«

»Klar.«

Fee sitzt kerzengerade auf ihrem Bett, ihre Wangen glühen. Ich setze mich zu ihr, stecke ihre Decke fest. Sie streckt ihre Arme aus, und ich umarme sie.

»Vinzi, willst du nicht doch mitkommen?«

»Nein, aber du musst mir Muscheln vom Strand mitbringen. Versprochen?«

»Ja, und Sand.«

»Klar, Sand kann ich immer gebrauchen.«

22 UHR

Als ich an der Schule ankomme, ist es schon dunkel, und ich schließe mein Rad vor der Schule an. Nach der Zeugnisausgabe wird in der Mensa weitergefeiert, einem Anbau auf dem Schulgelände, neben dem Sportplatz. Es riecht nach Bratwürstchen, Leute lachen, auf einmal habe ich Lust, mich zu amüsieren. Vor der Mensa steht ein Tisch, an dem zwei Leute Getränke ausgeben, und daneben steht Paulina mit Jan. Jan trägt einen Anzug, Paulina ein Kleid mit einem weit ausgestellten Rock und einem breiten Gürtel, dazu Ballerinaschuhe. Jetzt fällt mir wieder ein, dass diese Party ein Motto hatte. Okay, ich kann mit keinem Motto dienen. Obwohl ich kurz zu Paulina hinsehe, bemerkt sie mich nicht. Jan hält eine Bierflasche in der einen Hand, die andere liegt auf Paulinas Hüfte, sie küssen sich. Ich weiß nicht, warum mich das so nervt, vielleicht die besitzergreifende Art, mit der Jan Paulina an sich zieht und dabei noch nicht mal die Bierflasche abstellt.

Gott, ich hasse den Typen.

»Hey, du bist gekommen! Endlich. Zu Fuß, oder was?«

Hendrik kommt grinsend auf mich zu, wir umarmen uns kurz.

»Meine Mutter und Fee fahren morgen ans Meer, ich musste noch ein paar Sachen klären.«

Er blinzelt kritisch. »Und dein Vater?«

»Bleibt zu Hause. Kein Ding«, sage ich. »Unsere Reise steht. Die letzten zwei Wochen, ich habe es meiner Mutter gesagt, sie kommt dann zurück. Alles geklärt.«

Hendrik grinst erleichtert. »Das will ich hoffen. Wir müssen unbedingt Münster auschecken, und dann will ich nach Frankreich rüber und surfen.«

»Sicher.«

Hendrik sieht sich um, den Blick kenne ich. »Lust auf einen Spaziergang?«

Ich nicke, schon klar, Hendrik muss sich einstimmen.

Der Sportplatz ist schwach beleuchtet. Wir überqueren ihn, bis wir auf der anderen Seite im Dunkeln stehen und die Musik und der Bratwurstduft nur noch schwach zu uns herüberziehen. Hendrik zieht einen Joint aus der Tasche. Er grinst. »Habe ich extra für uns aufgehoben!«

»Ey, ich kiffe gerade nicht.«

»Was? Deine Mutter fährt doch morgen.«

»Ich muss regelmäßig Proben beim Arzt abgeben.«

Hendrik reißt die Hände hoch. »What? Mann, Vinz, ich dachte, der Irrsinn hört jetzt auf.«

»Sorry.«

Hendrik holt ein Feuerzeug heraus und zündet den Joint an. Wie immer ein Ritual: Flamme an die Papierspitze halten, pusten, kurz ziehen. Dann rückwärts: kurz ziehen, pusten, noch einmal die Flamme an die Spitze halten.

Wir setzen uns auf den Boden, ich rieche den herben Geruch des Joints, sehe über den Hof und entdecke Paulina. Sie tanzt nicht. Und irgendwie beruhigt mich das.

Paulina

`23 UHR`

Jan ist betrunken. Ich meine, natürlich, was macht man sonst auf einer Abifeier? Und er ist nicht so betrunken, dass wir uns nicht noch unterhalten könnten oder zumindest Worte tauschen. Trotzdem bin ich genervt. Ich hätte ihm sagen sollen, dass ich keinen Alkohol trinken möchte, aber dann hätte ich über alles sprechen müssen: die Therapie, die Tabletten, Dinge, über die ich nicht mit ihm sprechen möchte, denn mit Jan soll alles normal sein. Wie vorher. Auch vorher hat er viel getrunken und ich weniger, aber jetzt stehe ich neben ihm und fühle mich wie unsichtbar, in einer parallelen Welt, auch weil er kein Kostüm trägt, nur den Anzug, den er davor auf seiner Abifeier getragen hat.

Wir stehen beim Getränkestand, er wartet auf ein neues Bier.

»Wollen wir tanzen?«, frage ich.

Er schaut abschätzend zu den zehn Leuten, die beschlossen haben, sich zu amüsieren, zu tanzen, egal, was um sie herum noch passiert.

»Zu Adele?«

Warum nicht?, denke ich.

Über den nur schwach beleuchteten Sportplatz sehe ich Hendrik und Vincent auf die Mensa zukommen. Hendrik lacht und fuchtelt mit den Armen herum, er hat bestimmt gekifft. Vincent läuft neben ihm, dann sieht er auf, und unsere Blicke treffen sich. Ich hebe meine Hand und winke knapp, er winkt genauso sparsam zurück.

»Ich geh mal rüber zu den Jungs«, sagt Jan. Er klingt betrunken.

»Okay.«

Als Hendrik und Vincent an den Getränkestand kommen, ist Jan weg.

»Eine Cola«, sagt Vincent.

»Kein Bier?«, frage ich.

Hendrik grinst stoned. »Vinz trinkt keinen Alk.«

Ich sehe ihn überrascht an. »Nie?«

Er zuckt mit den Schultern.

24 UHR

Der Abend zieht sich wie Kaugummi. Ich sehe auf die Uhr, während Jan unruhig neben mir steht.

»Wollten wir nicht noch zu der Party auf unserer Schule gehen?«, sagt er und sieht sich um, als ob jeder hier auf der Party interessanter wäre als ich. Aber vielleicht ist es auch so. *Ich kann mich nicht amüsieren, Bea, ich schaffe es einfach nicht. Wie kann ich fröhlich sein, wenn du nicht mehr da bist? Feiern war deine Spezialität.* Ich sollte gehen.

»Hey, ich muss langsam los. Nach Hause«, sage ich.

Jan lacht. »Es wird doch gerade erst gut. Lass mal locker, Paulina.«

»Ich habe meiner Mutter versprochen, dass ich um eins zu Hause bin.«

Er beugt sich zu mir herunter und küsst mich. Ich rieche die Bierfahne.

»Dann haben wir doch noch eine Stunde. Jetzt tanzen?«

Es wird Punk gespielt, das Motto des Abends beginnt sich langsam aufzulösen.

»Weiß nicht.«

Ich kann nicht mehr feiern. Die vielen Menschen, die Atmosphäre, das alles erinnert mich an den Abend, den Abend, den Abend. So hat es begonnen, die gleiche Stimmung, das macht mir Angst. Ich will wieder leben, aber ich kann nur kleine Schritte machen. Erst mit Jan, dann mit Nora, Alisa, Eva, dann mit der ganzen Gruppe. Alles auf einmal, das schaffe ich noch nicht. Versteht Jan nicht, dass ich gehen muss? Ich habe keine Tablette genommen, ich muss-jetzt-gehen. Die Panik kommt wieder, die Hitzewellen.

»Ich gehe jetzt!«

Er hält mich am Arm. »Hey, nicht sauer sein. Ich komme ja. Ich sage nur kurz Tschüss.«

Während er seine Runde macht, gehe ich zu Nora, die mit Hendrik und Vincent zusammensteht.

»Hey, ich gehe nach Hause.«

»Schon?«, sagt Nora.

Mir wird heiß, die Hitze, die Angst, die Tränen, die hinter den Augenlidern lauern. Ich will mich schnell verabschieden, normal sein, solange ich noch kann. Und dann sehe ich Jan in einer Gruppe stehen, lachen, flirten. Als wäre ich gar nicht da. Als würde ich nicht warten.

Jemand kommt mit einem Tablett mit kleinen Bechern vorbei, in denen grüne und rote Götterspeise zittert.

»Magst du?«, fragt der Typ mit dem Tablett.

»Was ist das?«

»Jelly Shots.« Er beugt sich zu mir. »Sehen süß aus, haben es aber in sich.« Er grinst betrunken. »Genau wie du.«

Ich grinse schwach zurück und nehme mir einen der winzigen grünen Becher. Er reicht mir noch einen roten. Für einen Moment stehe ich ratlos mit den beiden Minibechern in der Hand. Götterspeise liebe ich, ich habe Hunger, und daher kippe ich mir einen der kleinen Becher in den Mund. Ein

Klumpen Götterspeise verteilt sich feurig auf meiner Zunge. Bitter, alkoholisch. Ein kurze Wärme auf der Zunge, ich kippe den zweiten Becher. Dann sehe ich zu Jan, der sich endlich winkend aus seiner Gruppe löst. Und bin erleichtert. Wir gehen. *Endlich.*

»Hey, ich habe noch einen von unserer Schule getroffen«, ruft er mir schon zu, bevor er bei mir ist. »Da gibt's noch eine Party, ist gar nicht weit von hier, wollen wir nicht hin?«

Ich warte, bis er vor mir steht.

»Ich glaube, das wird nichts«, sage ich, und mein Herz rast. »Aber du kannst gerne gehen.«

Er sieht mich unsicher und leicht betrunken an. »Escht jetzt?«

»Ganz echt.«

Vincent

01 UHR

»Ey, und dann brauchen wir Musik!«, ruft Hendrik.

»Logisch«, sagt Nora und lacht. »Immer, wenn uns kein Text einfällt, lassen wir einfach Musik spielen. Ich mach eine Playlist.«

»Können wir einfach irgendwas nehmen? Hey, Vinz!« Hendrik stößt mich an, und die Öffnung der Colaflasche, an der ich gerade nuckle, schlägt gegen meine Zähne.

»Was?«

Ich bin abgelenkt. Dahinten, am Rand des Sportplatzes, stehen Jan und Paulina, und es sieht aus, als ob sie streiten. Sofern man das aus der Ferne beurteilen kann. Doch. *Eindeutig.* Wie Jan die Hände hochwirft, sich genervt durch die Haare fährt. Und Paulina, Schultern hochgezogen, Kopf gesenkt, die wütend mit ihrer Schuhspitze in den Boden hackt. Verdammt, das sollte mich nicht froh machen, aber irgendetwas in mir jubelt richtig. Blond, blöd, Burgerboy. Bye, bye.

»Ey, Vinz, was hältst du davon?«

»Cool«, sage ich, ohne zu wissen, worum es geht.

Jetzt dampft Paulina ab, und Jan geht ihr hinterher.

Der Hausmeister kommt über den Platz, sammelt einen Plastikbecher auf und steuert dann auf unsere Gruppe zu.

»Hey, ihr wisst, dass um eins auch hier draußen Schluss ist? Ihr könnt drinnen weiterfeiern, aber Grill aus und so.«

02 UHR

Sie sitzt in der Ecke der Mensa, die Beine angezogen, die Füße zum Dreieck gestellt, den Kopf auf den Knien abgelegt. Ihr weiter Rock bauscht sich um ihren Körper, die Ballerinaschuhe liegen rechts und links neben ihr und eine kleine Ansammlung von leeren und halb vollen Jelly Shots. Ein schönes Bild, irgendwie, wenn ich nicht ahnen würde, dass es ihr ziemlich dreckig geht. Paulina, die perfekte Paulina. Wo sind ihre Freundinnen? Wo ist Jan? Aber dann fällt mir ein, dass eine Gruppe weitergezogen ist, und Paulina meinte, sie ginge nach Hause, kein Problem. Kein Problem? Jetzt hockt sie hier, und keiner ihrer Freunde ist mehr da.

Hendrik stellt sich neben mich. Ein zweiter Joint hat ihn sehr schweigsam gemacht.

»Ist das Pauli?«

»Seit wann nennst du sie Pauli?«

Er zuckt mit den Achseln, grinst. »Alle nennen sie Pauli, Vinzi.«

Wir sehen uns um, langsam leert sich der Raum, keiner kümmert sich mehr um die Musik. Simon, zweiter Schulsprecher, hält den Schlüssel hoch, den Eva ihm übergeben hat, als sie gegangen ist. »Leute, ich schließe jetzt ab.«

»Was machen wir?«, fragt Hendrik.

»Geh du, ich bleibe noch einen Moment«, sage ich und hoffe, dass er versteht.

Hendrik sieht zu Paulina, dann zu mir und lächelt schräg. »Okay, Sanitäter, aber ich gehe.«

Paulina

03 UHR

Mir ist so übel, dass ich mich kaum regen kann. Eine Bewegung und ich kotze. Ich verstehe nicht, dass man von roter und grüner Grütze so betrunken werden kann. Oder bin ich gar nicht betrunken? Meine Gedanken rasen hin und her und sinken immer wieder in den Nebel. Fast wie mit den Pillen, nur dass mein Körper macht, was er will. Alle Worte, die in meinem Kopf ganz klar sind, kommen als verhedderte Wollfäden aus meinem Mund. Miristsoübel. Ichmussgleichkotzen. Wosinddieanderen. Wasistüberhauptlos.

Es ist so dunkel. Der Hausmeister hat uns vor die Tür gesetzt. Uns, denn Vincent ist neben mir. Falls ich mir das nicht auch nur einbilde.

04 UHR

Ich wache auf, wo bin ich, an Vincents Schulter gelehnt, es ist kühl. Ich hebe den Kopf, jetzt muss ich kotzen, eindeutig. Mein Magen macht einen Purzelbaum vorwärts, mir ist so schlecht.

Mein Herz flackert panisch, und wenn ich hier sterbe? Das kann passieren. Ich stehe auf, wanke, jemand stützt mich. Er ist geblieben. *Warum?*

»Ich muss mal ...« Die Seele aus dem Leib kotzen, das sagt man, aber man weiß es erst, wenn die Seele ausgekotzt vor einem liegt, rot-grüner Glibber, mein Gehirn fährt Achterbahn, wo ist oben, wo ist unten. Unten ist, wo der Boden ist, aber gerade kommt mir das Anthrazit des Himmels stabiler vor als der Gummibelag des Sportplatzes, sind wir immer noch hier? Speichelfäden hängen an meinem Mund, er reicht mir eine bunte Partyserviette, einen Schluck Wasser, dann ein Kaugummi, ich setze mich wieder. Showtime, alles dreht sich, alles wird weggeschleudert, alles ist verloren. *Bea, ich habe vergessen, wo du hingegangen bist. Einfach nur weg oder für immer in das Steingrau des Morgens?*

Vincent

`05 UHR`

Ich habe noch nicht viele Sonnenaufgänge miterlebt. Und keinen unbekifft. *Premiere.* Und natürlich noch keinen mit einem Mädchen, in das ich verliebt bin. Natürlich verliebt, denn anders kann ich mir nicht erklären, dass ich sie einfach nur großartig und wunderschön finde, obwohl sie kotzt und jammert und weint und betrunken ist, ein Zustand, den ich normalerweise hasse. Aber jetzt sitzt sie neben mir, an mich gelehnt, und ich bin einfach nur glücklich.

»Weißt du, Bea war eine ganzbesondere Schwester«, sagt Paulina, und ich bin mir sehr sicher, dass sie sich an nichts, was sie mir seit einer halben Stunde erzählt, jemals erinnern wird.

»Klar, verstehe«, sage ich.

»Sie hat nie viel getrunken oder gekifftoderso. Also – das war eine Ausnahme.«

Was war eine Ausnahme? Ich habe keine Ahnung, wovon sie spricht.

»Hm.«

»Sie kam mit meinen Eltern klar, sie war einfach perfekt. Perfekt. Weißt du, alle sagen, ich wäre perfekt. Ha! Nein. Sie war besser als ich.«

»Hm.«

»Weißt du, Vincent, wenn dusiegekannt hättest, also richtig gekannt, sowieich, also ...«

»Hm.«

»Hey?« Paulina richtet sich leicht auf und mustert mich, als würde sie mich zum ersten Mal richtig wahrnehmen.

»Ja?«

»Wie spätissesdenn? Ich muss umeins zu Hause sein.«

»Kurz nach fünf.«

»Ach ja?«

Ihr Handy klingelt. Schon zum dritten Mal, aber bisher hat sie sich geweigert, einen Anruf anzunehmen. Aber wenn sie tatsächlich um eins zu Hause sein muss, dann sind ihre Leute vermutlich kurz davor, die Polizei zu verständigen.

»Hey, wie wär's, wenn du den Anruf annimmst? Vielleicht sind es deine Eltern? Willst du ihnen nicht sagen, was los ist?«

Sie reißt ihre Augen auf. »Wasistdennlos?« Dann lächelt sie, auf einmal ganz klar. »Du bist los, oder?«

Ihr Gesicht ist jetzt ganz nah an meinem, ich spüre ihren Atem auf meinem Gesicht. »Hey, Vinzi!«

Sie blinzelt träge, dreht ihren Körper leicht zu mir. Mein

Herz trommelt. *Sie wird sich an nichts erinnern*, sage ich mir, *an nichts.*

»Wasiss?« Ihre Hand schiebt sich in meine, ihre Finger kitzeln meine Handinnenfläche.

Oder sie wird sich erinnern. Ich drehe mich zu ihr, komme ihr entgegen, unsere Lippen berühren sich vorsichtig, tasten, wir küssen uns. Vorsichtig, intensiv, zärtlich. Sie ist betrunken, aber der Kuss ist eine Sensation. Es ist nicht mein erster Kuss, ich habe schon oft geküsst, aber noch nie hatte ich das Bedürfnis, nie wieder damit aufzuhören. Sie ist betrunken, sagt eine Stimme in mir, doch ich lächle sie weg, während meine Zunge ihrer Zunge begegnet, unsere Lippen aufeinanderliegen.

»Wow, dubistein Wahnsinnsküsser«, flüstert Paulina, ihr Mund ganz nah an meinem. »Was iss, wennichmich in dich verliebe?«

Betrunkene und Kinder sagen die Wahrheit, das ist so ein dummer Spruch, aber gerade will ich, dass er stimmt.

Paulina lacht. »Hey, du schweigendes Rätsel, hasduaucheine Meinung?«

Ich zucke mit den Schultern, lächle. Kann man von Küssen betrunken werden, high? Ich will mehr davon.

Paulina legt den Kopf schief. »Hey, Vinzi, du hast so schöne Augen!« Sie kommt näher. »Und so einen schönen Mund!«

»Was ist mit den Ohren?«, flüstere ich, bevor sich unsere Münder wieder treffen, mit jedem Kuss werde ich abhängiger, süchtiger, verliebter.

Sie schließt ihre Augen. »Ich bin so müde, Vincent.«

»Dann schlaf einfach.« Ich ziehe sie sanft an mich, und sie seufzt. »Nureinwenig.«

06 UHR

»Nein!«

»Hey, ich zahl das Taxi, kein Problem«, sage ich sanft.

Ich halte die Tür offen, der Taxifahrer lehnt sich misstrauisch vom Vordersitz nach hinten.

»Nicht, wenn se betrunken is.«

»Ja, schon klar. Sie ist fast nüchtern«, sage ich.

Allerdings ist das gerade gar nicht das Problem. Eher Paulina, die sich weigert, in das Taxi zu steigen.

»Nein, echt, Vincent. Ist nicht nötig, ich kann radeln.«

Na ja.

Der Fahrer ist auch schon etwas genervt. »Also wat jetze?«

Sie schüttelt panisch den Kopf, und ich gebe auf.

»Okay, tut mir leid«, sage ich zu dem Fahrer und schlage die Tür zu.

Unsere Räder stehen vor der Schule. Ich schließe meines auf und sehe zu Paulina, die ihren Kopf auf dem Sattel abgelegt hat und stöhnt. »Oh, verdammt. Kopfüber war so eine schlechte Idee.«

»Hey, ich kann es aufschließen.«

Sie reicht mir den Schlüssel, richtet sich wieder auf, atmet tief ein.

»Jelly Shots sollten verboten werden.«

»Tja, nächstes Mal Packungsbeilage lesen.«

»Wie?«

»Trinken ohne Führerschein ...«

»Was?«

»Harter Alk erst ab achtzehn. Die waren mit Wodka. Und die Nebenwirkungen ... aber das weißt du ja jetzt.«

Sie legt den Kopf schief. »Hey, Kiffer, seit wann bist du vom Saulus zum Paulus geworden?«

Ich grinse. »Ich kläre dich nur auf.«

Sie blinzelt. »Verarschst du mich?«

»Würde ich nie machen.«

Sie lächelt. »Dann ist ja gut.«

Ich habe den Eindruck, sie ist tatsächlich schon fast nüchtern.

Sie steigt auf ihr Rad, ich auf meines. »Okay, also ...«, sage ich.

»Und jetzt?«, fragt sie gleichzeitig.

Ich halte die Luft an. Es ist sechs Uhr morgens, es ist absolut still auf der Straße, wenn man die Vögel nicht mitzählt, die wie wild herumzwitschern. Die Sonne scheint, ich rieche den Sommer. Ich möchte mit Paulina an den See fahren oder in den Wald, am Strand schlafen oder auf einem Hochsitz sitzen. Sie immer wieder küssen.

All das.

»Ich weiß, wo wir einen Kaffee kriegen«, sage ich.

Sie sieht mich skeptisch an. »Jetzt? Ich meine, wir sind hier in Wannsee, aka am Arsch der Berliner City.«

Tatsache, nüchterner, sie macht Sprüche.

»Hey, du hast dich wirklich erholt.«

Sie lächelt. »Habe ich Unsinn geredet? Stinke ich nach Kotze?«

Ich grinse. »Beides.«

»Verdammt. Also: Wo würden sie so jemandem einen Kaffee geben?«

»Folge mir.«

Okay, Berlin-Wannsee mag am Arsch der Welt sein, aber es hat ein paar großartige Spots, die einmalig sind.

»Spinnerbrücke, verstehe«, sagt Paulina und lächelt. »Klar, dass du mich da hinführst.«

Die Spinnerbrücke ist ein Bikertreff, und jeder, der im Süden Berlins aufgewachsen ist, kennt ihn. Ich wollte hier auch nicht mit Originalität auftrumpfen, sondern habe mich nur erinnert, dass er um sechs Uhr aufmacht. Ein früher kleiner Imbiss, der irgendwann zu einem großen Imbiss und dann zu einem Restaurant geworden ist, gleich an einer Autobahnausfahrt. Im Sommer stehen die abgefahrensten Motorräder in langen Parkreihen vor dem Laden, und Biker in Lederklamotten laufen herum und sehen sich die Motorräder der anderen an. Sehen und gesehen werden.

»Zwei große Kaffee«, sage ich. »Einer schwarz, einer mit Milch.«

»Iss det allet?«

Ich sehe zu Paulina. »Noch was essen?«

Sie nickt heftig, verzieht dann das Gesicht und fasst sich an den Kopf. Verstehe.

»Was haben Sie denn?«

»Hier!«

Sie zeigt auf eine Speisekarte. Französisches Frühstück, Berliner Frühstück, Wiener Frühstück, Käsefrühstück. Ich hole mein Geld raus und rechne schnell.

»Ein Berliner und ein Französisches Frühstück.«

»Honig oder Nutella?«

Ich sehe zu Paulina, die mit geschlossenen Augen neben mir steht.

»Äh, Nutella.«

Sie öffnet die Augen. »Hey, ich schau mal, ob es hier eine Toilette gibt, okay?«

Ich setze mich an einen der Holztische vor dem Lokal und bewache unser Frühstück.

Etwas später kommt Paulina mit feuchten Haaren und aufgefrischtem Make-up zurück. Schon fast wieder perfekt. Sie setzt sich und blinzelt in die Sonne, ohne mich anzusehen, öffnet dann die Augen und sieht mich fragend an.

»Warum bist du so nett zu mir?«

»Bin ich das?«

»Na ja, du hättest mich auch in der Mensa sitzen lassen können.«

Ich trinke einen Schluck Kaffee.

»Hätte ich?«

»Nein, eigentlich nicht.« Sie lacht. »Also: danke.«

Jetzt lächeln wir beide.

Sie zeigt auf das Croissant. »Hey, willst du?«

»Nein, kannst du haben.«

Ich sehe ihr zu, wie sie Butter und Nutella auf das Croissant schmiert, trinke meinen Kaffee.

»Willst du gar nichts?«

»Vielleicht gleich.« In Wirklichkeit gibt es dieses Gefühl in meinem Magen. Flackernd, flirrend, aufgeregt verknotet. Eindeutig nichts, was Essen auflösen könnte.

Sie isst, und ich könnte sie die ganze Zeit nur ansehen. Ihr das Nutella von den Lippen lecken, ihre Augen küssen, sie berühren, ihren Duft einsaugen.

»Wie findest du die Schreibwerkstatt?«, fragt sie.

Okay, Small Talk.

»Äh, ganz okay.«

»Ja? Ich auch. Hast du schon einen Text abgegeben?«

»Ja.«

»Und hattest du schon dieses Gespräch mit Frau Neuer?«

»Yep.«

Paulina legt den Kopf schief. »Und wie fand sie deinen Text?«

»Ich glaube, nicht so gut. Sie hat die ganze Zeit von Offenheit geredet und dass ich mich mehr zeigen soll.«

»Ja? Echt jetzt? Bei mir auch. Ich habe ihr drei Texte, na ja, Anfänge von Texten abgegeben, und sie war so ... was ist das? Was willst du damit sagen? Hat das einen Bezug zu dir?« Sie löffelt den Rest Nutella aus dem Schälchen. »Von was handelt denn deine Geschichte?«

Ich zucke mit den Schultern. »Die ist schon ein wenig abgedreht.«

»Ja? Glaub ich nicht. Erzähl mal.«

Ich trinke noch einen Schluck Kaffee und räuspere mich. Eigentlich fand ich die Geschichte genial. Und Hendrik hat sich kaputtgelacht. Allerdings bekifft. Jetzt bin ich unsicher.

»Also, äh, Außerirdische kommen auf die Erde und halten die Computer und Handys für die intelligenten Lebewesen. Und die Menschen für Pflanzen oder Tiere oder so ähnlich.«

Sie schaut mich einen Moment an, den Mund leicht geöffnet.

»Hm.«

»Ich weiß ...«

»Nein, finde ich gut. Ich meine, ich müsste jetzt sehen, wie du das alles geschrieben hast.«

»Aus der Sicht eines Außerirdischen.«

Sie lacht laut.

»Also, das sollte nicht lustig sein.«

»Oh, ach so.« Sie grinst trotzdem weiter.

»Wenn ich mir das vorstelle ...« Sie kichert.

Ich hebe eine Hand. »Hey, jetzt will ich hören, was du abgegeben hast und was die Neuer daran zu kritisieren hatte.«

Paulina legt den Kopf schief. »Es ging um eine sehr erfolgreiche Balletttänzerin, die sich ein Bein bricht und dann hart trainieren muss und so weiter. Ich habe immer nur Anfänge, und dann hänge ich fest. Und sie meinte, warum ich nicht das erzähle, was ich zu erzählen habe.«

»Was jetzt?«

Sie presst ihre Lippen kurz zusammen. »Mit Bea und so.«

»Deine Schwester?«

Und der Unfall.

»Ja.«

Ich weiß nicht, was ich sagen soll. Paulina hat die halbe Nacht über ihre Schwester geredet, aber darf ich das wissen?

»Na, wenn du es nicht erzählen willst ...«, sage ich.

Sie fährt mit ihrem Finger auf der Holzplatte des Biertisches herum. »Weiß nicht.« Sie sieht auf. »Ich kann ja mal was aufschreiben. Über Bea, was passiert ist, meine ich. Hast du Lust, es dann zu lesen? Also, ob es okay ist?«

»Ja, klar, gerne.«

»Tja, dann. Ich hoffe, du bekommst keinen Ärger«, sage ich, als wir vor Paulinas Haus ankommen, einer riesigen Villa.

»Ach, das kriege ich schon hin. Ich würde dich noch reinbitten, aber ...«

»Ich muss auch nach Hause.«

Sie nickt langsam, oder flirtet eigentlich schon. »Du bist immer so nett, Vincent.«

»Bin ich?«

»Fährst du in den Ferien weg?«

»Nein. Nur am Ende, mit Hendrik. Und du?«
»Auch nicht.«
»Ah, okay.« Sie lächelt. »Vielleicht können wir uns mal treffen und an den Texten arbeiten?«
Der Knoten in meinem Magen hüpft auf und ab.
»Ja, okay.«
»Na dann ...«

ICH BIN BEREIT

Paulina

»Also, das ist ein griechischer Salat, mit Tomaten und Gurke und Schafskäse, und das sind gefüllte Weinblätter, und das hier ist Zaziki, also so eine Art Joghurt mit verdammt viel Knoblauch, auf jeden Fall: Vorsicht, falls ihr heute noch jemanden küssen wollt«, sagt Nora.

Wir stehen in unserer Küche: Eva, Alisa, Nora und ich. Abschiedsessen für Eva und Nora vor ihrem Flug nach Griechenland. Einstimmung mit griechischen Spezialitäten. Meine Mutter ist unterwegs, wir haben das Haus für uns.

»Kann ich mal kurz mit dir sprechen?«, frage ich Nora und nicke Richtung Badezimmer. Sie folgt mir ins Bad, ich schließe ab, sie setzt sich auf den Wannenrand und sieht mich erwartungsvoll an. »Was?«

»Beim Abifest ...«, setze ich an.

»Ja?«

»Ich habe doch erzählt, dass ich nicht mit Jan mitgegangen, sondern geblieben bin, obwohl ich gehen wollte.«

»Sonst hätten wir dich nie allein gelassen.«

»Schon okay. Und dann ...«

»Dein Absturz und Filmriss. Kann jedem mal passieren, Pauli. Eine Ausnahme.«

»Ja, aber da war noch was anderes.«

»Ja?«

Ich überleg, wie ich es sagen soll, aber dann sage ich es einfach ganz direkt. »Ich habe Vincent geküsst.«

»Was?« Nora springt auf, setzt sich dann wieder und nickt sachlich. »Wieso?«

»Ich war betrunken.«

»Klar, deshalb.«

»Aber ...«

»Was?«

»Ich weiß nicht ... es war einfach der Wahnsinn. Und dann bin ich an seiner Schulter eingeschlafen. Zum ersten Mal habe ich mal wieder richtig tief geschlafen.«

»Hm.«

»Und als ich aufgewacht bin, war ich schon fast wieder normal. Alles war wieder normal. Wir haben Kaffee getrunken, er hat mich nach Hause gebracht, wir haben uns getrennt.«

Nora nickt. »Alles klar. Er denkt sicher, du erinnerst dich an nichts.«

»Genau. Einiges habe ich auch vergessen, und ich habe bestimmt viel Müll geredet. Aber die Küsse, die waren ... unvergesslich. Traumhaft. Was soll ich jetzt machen?«

»Bist du verliebt?«

»Nein! Ach was. Ich meine ... Vincent!«

Nora sieht mich zweifelnd an. »Nun ja, Pauli, er ist schon cool.«

»Ja, aber ich steh doch auf ganz andere Typen.«

»Mehr die Ken-Typen. Stimmt«, sagt Nora. »Und wenn er denkt, dass du dich an nichts erinnerst, dann tu doch so, als ob du dich auch an nichts erinnerst. Ganz einfach.«

»Ganz einfach«, wiederhole ich und nicke.

In der Küche blickt Eva zufrieden über die geöffneten Tupperdosen. Ihr Werk. Sie wechselt einen kurzen Blick mit Nora.

»Äh, also, Hendrik kommt vielleicht noch. Ist das okay für dich, Pauli?«

»Woher wusste er von eurem Abschiedsessen?«, frage ich. Immerhin sind Ferien.

»Na ja, wir haben uns letztens getroffen. Theater AG. Sonst werden wir nie fertig.«

Ich denke an Vincent. Hendrik und er hängen immer zusammen. »Kommt Vincent auch?«, frage ich beiläufig und fülle den Salat in eine Schüssel.

»Wieso?«, fragt Alisa. Sie mustert mich. »Bist du eigentlich noch mit Jan zusammen?«

»Eigentlich schon«, sage ich, obwohl ich mir immer unsicherer werde. Irgendetwas ist bei der Abiturfeier kaputtgegangen. Das Vertrauen zu Jan. Das Gefühl, dass es besser werden könnte, wieder wie früher. Vorher. Dass es überhaupt jemals gestimmt hat.

»Hey, Eva, und bist du eigentlich in Hendrik verliebt?«, fragt Alisa.

Eva wird rot, was bei ihr selten vorkommt.

»Wieso? Das ist eine reine Arbeitsbeziehung. Es geht um das Theaterstück.«

»Ja, das Stück, alles nur für das Stück!«, sagt Nora und grinst. »Aber mal ganz ehrlich – wenn wir jede verrückte Idee von Hendrik umsetzen wollen, dann brauchen wir Jahre.«

Eva tippt mit einem Finger in das Zaziki, leckt ihn ab und sieht zu mir. »Und? Ist deine Mutter noch sauer?«

»Geht so. Ich meine, wir sind hier zu zweit, also lange kann man nicht aufeinander sauer sein.«

»Jelly Shots. Ich hätte dich warnen sollen«, sagt Eva. »Mein Bruder hat da auch ganz üble Erfahrungen gemacht.«

Es klingelt, und wir vier erstarren, überrascht, dass noch jemand kommt. Auf dem Weg zur Tür hoffe ich, dass es Hendrik ist – und dass er Vincent mitbringt.

»Hey, Hendrik. Komm rein.«

Hendrik ist allein. Er trägt Shorts, ein großes Shirt, auf dem *carhartt* steht, und eine Sonnenbrille. Er hält mir eine Flasche Ouzo hin und grinst. »Ich dachte, ich trag was bei.«

Ich wedele abwehrend. »Ich glaube, ich habe erst mal genug von dem Zeug.«

»Hab schon gehört. Hast du dich gut erholt?«

»Also, ein paar Gehirnzellen mussten schon dran glauben.«

Hendrik lächelt. »Bei dir sind ja zum Glück genug vorhanden.«

Ja, wirklich, er ist ein Charmeur.

Weil er etwas ratlos mit der Flasche herumsteht, nehme ich sie ihm ab. »Wie hast du die eigentlich gekauft?«, frage ich und schließe die Tür hinter ihm.

Hendrik schiebt die Brille etwas herunter und sieht mich über den Rand an.

»Ich sehe älter aus, wenn ich eine Sonnenbrille trage.«

»Aha.«

»Weißt du, ich bin einer von diesen Typen, die eigentlich dreihundert Jahre alt sind und schon alles gesehen haben. Zeitreise und so.« Er schiebt seine Brille in die Haare. »Frag mich irgendwas.«

»Französische Revolution?«

»War eine schöne Party.«

Ich bin mir ziemlich sicher, dass seine Geschichtskenntnisse mager sind. »Wann noch mal?«

»Gleich nach dem Sturm auf die Bastille. Und als die Köpfe erst mal rollten ... Mann, hatten wir Spaß!«

Ich muss grinsen. »Bis dann Napoleon kam.«

Er winkt ab. »Ach, dieser Zwerg!«

Wir gehen durch den Wohnraum, und er folgt mir in die Küche.

»Hey, Mädels!«

»Wo ist dein siamesischer Zwilling?«, fragt Alisa.

Hendrik lässt sich auf einen der Küchenstühle fallen.

»Vinzi? Wir sind gleich nach der Geburt getrennt worden. Er kann seine eigenen Wege gehen. Natürlich sind Verletzungen zurückgeblieben.«

Er zieht sein Shirt an einer Seite hoch und entblößt eine breite, blutige Schürfwunde.

»*Eicks!*« Nora sieht sofort weg, aber Eva schaut sich Hendriks – zugegeben beeindruckende – Bauchmuskeln genau an. Sie lächelt. »Seit wann werden siamesische Zwillinge mit Skateboards getrennt?«

»Seit dem 3. Jahrhundert. In Finnland. Es nennt sich skattebo-ardeng. Eine dort übliche Methode.«

»Und wie viel hast du heute schon geraucht?«, sagt Nora kühl und kommt mir ein bisschen eifersüchtig vor.

Hendrik wirft die Hände hoch. »Nichts! Ich habe extra für heute Abend gefastet.« Er angelt nach einer Scheibe Weißbrot. »Ich sterbe vor Hunger.«

Vincent

Ich packe die Pizza aus. Pappe, Folie und wieder Pappe, nur mit Käse und Schinken drauf, daneben liegt das Handy auf Freisprechmodus.

»Was soll ich machen?«

»Frag sie doch einfach: Erinnerst du dich?«

Für Hendrik ist das gar kein Problem.

»Sie hat mich angerufen, wir treffen uns morgen, um für die Schreibwerkstatt zu arbeiten. Texte ausdenken und so.«

Ich schiebe die Pizza rein, klappe den Ofen zu.

»Hey, was sind das für Geräusche?«

»Ich koche.«

»So laut?«

Ich geh in mein Zimmer, schließe die Tür. »So besser?«

»Erheblich.«

»Also, was soll ich machen?«

»Verstehe schon«, sagt Hendrik. »Reden ist nicht gerade deine Stärke. Du erzählst *mir* ja noch nicht mal alles. Ich meine, das mit deinem Alten zum Beispiel.«

Ich schweige. Dass Hendrik davon weiß, heißt noch lange nicht, dass ich ständig darüber reden will.

Er lacht. »Oder weißt du noch, wie lange es gebraucht hat, bis du mir von dieser Maja erzählt hast?«

Okay, aber: kein Vergleich. In Maja war ich wahnsinnsverliebt, bis ich sie geküsst habe, danach war alles aus. Das hier, mit Paulina, ist etwas anderes. Ein Erdbeben dagegen. Das Küssen hat es nur noch intensiver gemacht.

»Ich warte einfach ab«, sage ich. »Wenn sie ...«

Hendrik stöhnt. »Vinzi, du kannst doch nicht immer schweigen und abwarten.«

Doch, kann ich.

Etwas später riecht es nach Pizza, oder eigentlich nach verbranntem Papier.

»Ich muss Schluss machen.«

»Okay. Tschau, Liebster, kümmere dich ruhig um dein Essen«, flötet Hendrik. »Ich bin ja nur dein bester Freund.«

Ich renne in die Küche und hole zwei dunkelbraune Pizzen aus dem Ofen. *Verdammt.*

»Es gibt Essen!«, rufe ich ins Wohnzimmer.

Mein Vater schaltet den Fernseher ab.

»Da lief gerade so ein interessanter Bericht ...«, sagt er und setzt sich an den Küchentisch.

Interessanter Bericht? Jetzt, wo er nüchtern ist, sieht er fast den ganzen Tag lang fern. Erst das Trinken, jetzt das Fernsehen. Meine Mutter sagt: Süchtig zu sein ist eine Frage der Persönlichkeit. Wer süchtig sein will, sucht sich die Droge.

»Worum ging's denn?«

»Da war so ein Bericht über diese Stadt in Amerika ... warte mal, wie hieß sie gleich.«

Trinken zerstört das Gedächtnis.

Ich stelle Teller und Gläser auf den Tisch. Besteck wird man nicht brauchen, die Pizza ist hart wie Zwieback.

»Ist leider etwas verbrannt.«

Ich gieße uns Mineralwasser ein.

»Macht nichts«, sagt mein Vater und zieht das Holzbrett mit den beiden Schinkenpizzen zu sich heran, nimmt das große Brotmesser und beginnt sie zu zersägen, erstarrt dann kurz.

»Jetzt weiß ich – Celebration.«

»Was?«

»So heißt die Stadt. Eine Planstadt im Bundesstaat Florida. Sie ist 1994 von der Walt Disney Company gebaut worden.«

Ich setze mich. »Wie? So 'ne Art Disneyland?«

»Nein. Richtig zum Wohnen. Perfekt. Äußerlich wie Charlston oder Nantucket, aber ursprünglich gedacht als eine Art hoch technisierte Kleinstadtidylle. Maximal zwanzigtausend Bewohner, jeder hat Arbeit.«

»Das klingt doch gut.«

»Ja, aber wer dort wohnen will, muss sich an die Regeln halten.«

»Welche Regeln?«

»Mit dem Mietvertrag gibt es ein siebzigseitiges Musterbuch. Stell dir das mal vor.«

Mein Vater schiebt die beiden Pizzen in die Mitte des Tisches.

»Wie? Musterbuch?«

»Na, Vorschriften. Ein Musterbuch, in dem drinsteht, was man alles machen kann und darf und was man lassen soll. Dinge, denen man zustimmen muss, wenn man dort wohnen will. Zum Beispiel die Auflage, sich im Jahr neun Monate in der Stadt aufzuhalten. Oder keine großen Veränderungen an den Häusern vorzunehmen. Wie man den Garten zu pflegen hat oder wie die Farbe der Gardinen sein soll.«

Ich breche den Rand von einem Stück Pizza ab und esse den Rest. Wenn man die Augen schließt und vergisst, dass es Pizza sein soll, schmeckt es ganz okay.

»Klingt irgendwie kommunistisch«, sage ich.

Mein Vater nickt. »Ja, das wurde auch kritisiert. Also, eher das Fehlen von demokratischen Strukturen. Die dachten echt, sie können die ideale Stadt erschaffen. Glück durch Disziplin, Regeln, Ordnung.«

»Aha.«

Er beugt sich zu mir herüber. »Glaubst du, dass man damit glücklich wird? Mit Ordnung und Regeln? Habe ich dich so erzogen?«

»Nein«, sage ich. Bei uns ist fast alles erlaubt. Hendrik beneidet mich darum, mein lockerer Dad. Aber manchmal hätte ich nichts gegen etwas mehr Ordnung. Zum Beispiel in der Wohnung, wenn Mama weg ist. Ich mache hier alles allein.

Mein Vater wirft beide Arme hoch, Theatergeste. »Also, die Amis haben doch echt einen Knall. Celebration! Was gibt es in einer Stadt zu feiern, die im Grunde wie ein Internat ist oder ... oder ... ein Knast, ha!«

Das Telefon klingelt. Festnetz. Was bedeutet, dass es eigentlich nur meine Mutter sein kann. Ich stehe auf und gehe in den Flur.

»Hi!«

»Bin ich bei Familie Anders? Hier ist Marion Enzensberger.«

Es ist nicht meine Mutter, sondern die Agentin meines Vaters.

»Wollen Sie meinen Vater sprechen?«

»Ach, du bist es, Vincent. Ja, oder warte, du kannst ihm das eigentlich auch sagen. Da war doch vor ein paar Wochen dieses Casting für den amerikanischen Film?«

Eine rhetorische Frage, also antworte ich nicht. Und eigentlich kenne ich die Antwort, denn wenn sie positiv ist, dann will sie immer mit meinem Vater persönlich sprechen.

»Ja?«

»Leider eine Absage, aber das hat er sicher erwartet. Es waren ja so viele dort. Die waren aber sehr begeistert von ihm. Sag ihm das.«

»Wollen Sie nicht doch mit ihm sprechen?«

»Nein, es ist ja schon spät, du musst ihn jetzt nicht stören. Bestell ihm einfach schöne Grüße.«

Als ich auflege, steht mein Vater hinter mir. »War das Marion?«

Ich nicke. »Wegen dem Casting.«

Er nickt. »Eine Absage, oder?«

»Ja.«

Wir gehen zusammen zurück in die Küche. Als ich mich setze, merke ich, dass ich die Luft anhalte.

»Na ja, wer will schon einen Nazi spielen«, sagt mein Vater und beißt von einem Stück Pizza ab, das zur Hälfte auf den Teller krümelt.

Paulina

Vincent lässt sein Mountainbike in den Sand fallen, ich lehne mein Rad an einen Baum, wir laufen das letzte Stück bis zur Havel. Es ist eine kleine Bucht, am Ufer stehen krumme Bäume und Büsche, dazwischen sind breite, sandige Zugänge zum Wasser. Es ist heiß, die Sonne brennt auf die Wasseroberfläche, etwas abseits spielen zwei Jungs mit einem Frisbee.

»Tolle Stelle«, sage ich.

Vincent blinzelt zur anderen Uferseite, ein Segelboot tuckert vorbei, es ist zu heiß und vor allem zu wenig Wind, um die Segel zu setzen.

»Hier sind meine Eltern immer früher mit uns hingefahren. Ausflug und so. Da drüben ist die Pfaueninsel.«

Er zeigt schräg auf die andere Uferseite. Sie kommt mir ganz nah vor, als könnte man leicht hinüberschwimmen. Ich gehe zurück zu meinem Fahrrad, hole die Decke und den Rucksack und lege beides auf eine Stelle im Schatten. Ich habe ihn angerufen, und jetzt sind wir hier. Kein Wort über Küsse und das Abifest, und sicher werde ich es nicht ansprechen. Gesoffen, gekotzt, geküsst, das ist nicht wirklich mein Leben, und ich will es schon gar nicht breittreten. Über die Küsse würde ich schon gerne reden, der Wahnsinn, aber ich weiß leider nicht, ob ich meiner Erinnerung trauen kann. War das mit Vincent wirklich so großartig? Die Nähe, die Zärtlichkeit? Oder nur die schräge Wahrnehmung auf Jelly Shots, betrunken, vernebelt?

Ich setze mich, sehe an den Strand und vermisse einen Kaffee. Wir hätten etwas zu essen mitnehmen sollen, aber eigentlich war noch nicht einmal geplant, dass wir unser Arbeitstreffen an die Havel verlegen. Ein spontaner Einfall von Vincent.

Er legt seinen Rucksack neben meinen und steht unentschlossen neben der Decke. Er hat mich betrunken und kotzen gesehen und ist trotzdem noch so schüchtern. Irgendwie süß.

Ich lächele zu ihm hoch. »Setz dich! Meine Decke ist auch deine Decke.«

»Okay.«

Er setzt sich auf den Rand, zieht seinen Rucksack ran und kramt einen Schreibblock, Stifte und ein schwarzes Notizbuch aus der Tasche.

Ich zeige auf das Heft. »Was ist das?«

»Ein Notizbuch. Da schreib ich rein, wenn mir was einfällt.«

Ich angele danach, aber er legt sofort seine Hand auf das Buch, sie landet warm auf meiner. Ich sehe ihn an, blinzle, während die Wärme seiner Hand unter meine Haut sinkt.

»Top secret?«

»Äh, ja, aber ich kann dir was zeigen.« Er sieht mich nicht an. »Vielleicht nachher.«

Da er seine Hand nicht wegnimmt, ziehe ich meine langsam unter seiner weg.

»Okay.«

Ich hole die letzten Arbeitsblätter von der Schreibwerkstatt aus meinem Rucksack und lege sie auf die Decke. »Hast du das mit dem dritten Akt verstanden? Wegen meinen Nachprüfungen habe ich gefehlt. Suse hat mir die Arbeitsblätter mitgebracht, aber ... kannst du mir das noch mal erklären?«

Vincent zieht das schwarze Heft zu sich heran und legt es nah an seinen Rucksack, als ob er es vor mir in Sicherheit bringen müsste. Ich drehe eines der Arbeitsblätter so, dass wir beide daraufsehen können, und zeige auf die Dramakurve des dritten Aktes. Eine steil ansteigende Linie, die sogar über den Höhepunkt hinausgeht.

»Höher als der Höhepunkt. Das musst du mir erklären.«

Vincent nickt. »Das andere hast du verstanden?«

»Ja. Der erste Akt ist eine Art Einführung der Charaktere. In dem dann der Anstoß stattfindet und etwas Unerwartetes eintritt, was den Helden zum Handeln bringt. Dann beginnt die Geschichte.«

»Genau.«

»Im zweiten Akt steigert sich dann die Handlung bis zum Höhepunkt, an dem es eine erste Erkenntnis gibt. Oder eine Begegnung, die dann zu einer Beziehung oder Freundschaft wird. Also eigentlich alles gut ist.«

Vincent nickt. »Aber noch nicht wirklich gut.«

»Weil noch etwas fehlt.«

»Was denn?«, sagt Vincent und betrachtet mich mit halb geschlossenen Augen.

»Das wolltest du mir doch erklären.«

Er reißt die Augen auf, als würde er aufwachen.

»Ach ja.« Er tippt auf das Arbeitsblatt. »Also, es fehlt die letzte Erkenntnis. Das, worum es eigentlich geht. Und die Lösung. Deswegen geht es vom Höhepunkt noch mal runter bis zum Ende des zweiten Aktes, zum absoluten Tiefpunkt. Die Neuer hat es so erklärt, also ... wie bei Harry Potter, wenn er am Ende mit seinen Freunden zum Stein der Weisen kommen will und sich im Spinnennetz verfängt und alles aussichtslos erscheint. Also ein Tiefpunkt, bevor dann der letzte große Kampf kommt.«

»Kampf?«

»Oder Kuss.«

»Kuss?«

Vincent wird ganz leicht rot. Jetzt könnte er darüber reden. Doch nichts. »Na ja, wenn es eine Liebesgeschichte ist, dann eben ein Kuss. Oder bei einer Actionstory die letzte große Entscheidungsschlacht, der letzte Kampf vor dem Happy End, dem Finale.«

Oder dem Tod, Bea.

Ich lasse etwas Sand durch meine Hand rieseln. So ganz verstehe ich das noch nicht. Wie kommt man von einem absoluten Tiefpunkt zum Finale? *Wie komme ich aus meiner Trauer heraus, Bea? Bin ich an einem Tiefpunkt? Wird es jetzt besser?*

»Was passiert denn auf dem Weg vom absoluten Tiefpunkt zum Finale?«, frage ich.

Vincent zuckt mit den Schultern. »Also ... Harry Potter hat einfach weitergekämpft bis zum Endkampf.«

Ich lasse den Sand auf eine Stelle rieseln, und ein kleiner Zuckersandhügel entsteht. »Und wenn es eine Liebesgeschichte ist?«

Vincent runzelt die Stirn und starrt auf das Blatt, wo aber nichts weiter steht. »Dann ist der Tiefpunkt vielleicht, wenn sie mit einem anderen zusammen ist.«

»Oder er mit einer anderen«, sage ich.

Wir schweigen. Vincent sieht aufs Wasser. »Hey! Wollen wir schwimmen gehen?«

»Hey! Das ist die Havel!«

Er grinst. »Na und? Es ist verdammt heiß.«

Das stimmt. Ich schwitze, der Schweiß perlt meinen Nacken hinunter, ich spüre die Feuchtigkeit zwischen meinen Brüsten und unter den Achseln. Eine Dusche wäre jetzt ein Traum. In der dreckigen Havel zu schwimmen allerdings eher ein Albtraum. *Keine Option.*

Vincent steht auf, kickt seine Turnschuhe aus, reißt sich sein T-Shirt über den Kopf und zieht seine Baggy aus, die eh schon auf den Hüften hängt. Darunter trägt er eine Boxershorts.

Ich blinzele gegen die Sonne. »Echt jetzt?«

Er lächelt. »Nur kurz abkühlen.«

Ich sehe ihm zu, wie er ans Ufer geht, dann bis zu den Knöcheln ins Wasser watet und mit einem flachen Köpper in die silbrige Wasseroberfläche hechtet. Er krault weit raus, dreht sich dann um und winkt. Ich winke zurück. *Natürlich werde ich nicht ins Wasser gehen, Bea. No way!*

Mein Blick fällt auf Vincents schwarzes Heft. Ich strecke meine Hand aus und lege mich dann auf die Decke, um es unauffällig besser erreichen zu können. Um das Heft ist ein schwarzes Gummiband gespannt, sonst könnte ich es einfach aufklappen und hineinschielen. Neugierig bin ich schon. Doch dann rolle ich mich auf den Rücken, schließe die Augen und betrachte das rote Flackern hinter meinen Augenlidern. Wie ein Feuer. Ich denke an Bea. Bis sie gestorben ist, war das Leben perfekt. Alles war perfekt, unter Kontrolle, sauber, hell, gut. Mit Jan, ich war gut in der Schule, die Beste im Ballett. Jetzt ist da diese Dunkelheit, die Albträume, die Ängste. Vorher hatte ich alles im Griff, jetzt verfolgt mich das Leben, jagt mich, und ich bin ständig hinterher. Sogar in der Schreibwerkstatt, die am Anfang nur Spaß gemacht hat und entspannt war. Jetzt will die Neuer eine ganze Geschichte, und ich habe nichts. Ein Schatten fällt auf mich. Ich öffne die Augen nur einen Spalt und sehe Vincent, der mit tropfenden Haaren vor mir steht. Ohne dass ich es eigentlich will, vergleiche ich ihn mit Jan. Vincents Oberkörper ist athletischer, die Arme und Bauchmuskeln sind trainierter. Er sieht gut aus, auch wenn ich die ganze Zeit versuche, es zu ignorieren. Vincent, der Chaot.

Er schnappt sich sein T-Shirt und tupft sich leicht damit ab, dann wirft er es auf die Decke und setzt sich darauf.

Ich lege einen Arm über meine Augen. »Und? Wie war der Tümpel?«

Er grinst, diesmal frech. »Angenehm, kühl.«

Ich drehe mich auf die Seite, stütze meinen Kopf in die Hand und zeige auf sein Heft. »Zeigst du mir jetzt was?«

Er trocknet seine Hände, bevor er das Buch nimmt. Blättert und legt schließlich ein Lesebändchen in eine Seite. Man merkt, dass ihm das Buch wichtig ist. Er reicht es mir. Er tippt auf die Seite.

»Das hier.«

Was für eine Sauklaue, die Hälfte ist durchgestrichen, ich kann kaum etwas entziffern.

»Hey, jetzt weiß ich, warum die Schreibmaschine erfunden wurde. Wer soll das lesen können?«, sage ich und grinse.

Er greift nach dem Heft, ganz ernst, aber ich halte es fest. So bleiben wir, das Heft zwischen uns. Wir sehen uns in die Augen, seine dunkelblauen Augen. Paralysiert.

»Okay, lies mir vor«, sage ich und lasse los.

Dein Kopf schwer ~~an~~ auf meiner Schulter.
Dein Atem in meinem ~~Nack~~ Ohr.
Lichter ziehen vorbei.
~~Die Nacht ist~~ Wie spät ist es?
Wie lang fahren wir schon?
Wann ~~kommen wir an?~~ sind wir da?
Ich will nicht ankommen.
Immer ~~nur~~ hierbleiben.
~~Bei~~ Mit dir.
Schlafend an meiner Schulter.

Vincent sieht von seinem Heft auf, ich habe das Gefühl, er hält die Luft an.
　Ich lächele. »Das gefällt mir gut.«
　Er atmet erleichtert aus. »Cool.«

Vincent

»Flutschfinger«, sagt Hendrik. Wir sind auf der BUGA in Potsdam und stehen am Bauwagen, einem Minicafé auf dem Gartengelände, ganz in der Nähe des Skateplatzes.
　Ich grinse. »Echt jetzt? Du bist nicht mehr zehn.«
　Er fährt sich durch die Haare und legt einen weißen Streifen Haut auf seiner gebräunten Stirn frei, dort, wo die Sonne nicht hinkommt. »Mit zehn durfte ich das nicht essen. Farbstoff und so. Ich hab da was nachzuholen.«
　»Okay, selber schuld.«
　Wir sind an der Reihe. »Ein Magnum und einen Flutschfinger«, sage ich dem Typen, der im Bauwagen steht.
　Als Hendrik das Eis auspackt, ist der Zeigefinger abgebrochen. »Ey, das reklamiere ich.«

»Nur zu.«

Ich packe mein Magnum aus. Hendrik kommt mit einem neuen Eis zurück und strahlt zufrieden.

»Na, ist die Welt wieder in Ordnung?«

»Yeah!«

Wir legen uns auf die Wiese hinter dem Bauwagen. Bei der Hitze ist es voll, hauptsächlich Familien mit kleinen Kindern, die an den Wasserfontänen spielen. Ihre Eltern sitzen daneben, deshalb sind nur wir auf der Wiese.

Hendrik zeigt mit dem Eisfinger auf mich. »Du da?«

»Ja?«

»Noch drei Wochen, und wir fahren weg. Mann, ich kann's gar nicht erwarten. Wir surfen den Atlantik.«

»Wir rocken Frankreich.«

»Wir reiten die Wellen.«

»Wir rechargen die Zellen.«

»Ey, du Dichter.« Er pikst mir mit dem Eisfinger ins Gesicht, grinst.

»Ey, das ist zum Essen gedacht!«

Ich beiße in mein Magnum, die Schokoschale kracht. Hendrik betrachtet sein Eis, als wäre es ein Wunder.

»Wahnsinn, die Farben. Sollte ich mal meine Hand verlieren, hole ich mir jeden Tag einen Flutschfinger als Ersatz.«

»Na sicher. Und damit verführst du dann die Frauen. Eiskalt.«

Er grinst. »Tja, Vinzi, *ich* verführe die Frauen. Und was ist mit dir?«

Paulina

Ich lasse nicht oft jemanden in mein Zimmer. Selbst Jan war bisher nur ein paar Mal bei mir oben, meist sind wir im Wohnzimmer geblieben, haben ferngesehen oder in der Küche gesessen. Vincent sieht sich zurückhaltend um, höflich. Ich biete ihm meinen Sessel am Fenster an, setze mich an den Schreibtisch, warte, bis der Computer hochgefahren ist, und öffne die Datei. Vincent hat mir etwas von seinen Texten gezeigt, und jetzt will ich ihm etwas von meinen zeigen.

»Bist du bereit?«

Er breitet die Arme aus, lächelt. »Immer!«

Ich hole tief Luft, dann lese ich. »**Es war eine Party bei einem Freund meiner Schwester. Ich bin mit ihr hingefahren, weil ich nicht alleine zu Hause bleiben wollte. Bea hat getanzt und viele Leute getroffen, ich kannte keinen. Weil ich um zwölf Uhr zu Hause sein musste, sind wir um halb zwölf gefahren. Es passierte, nachdem wir losgefahren waren. Das Auto kam von rechts, sie ist ausgewichen und hat eine Laterne gerammt. Mein Airbag hat sich geöffnet, dann erinnere ich mich an nichts mehr. Als die Feuerwehr kam, war ich bewusstlos, ich bin erst im Krankenhaus wieder aufgewacht.«**

Vincent macht ein kurzes Atemgeräusch, ich sehe hoch, sehe ihn an.

»Hm«, sagt er schließlich.

»Hm, was?«

Ich habe etwas geschrieben, das mich wirklich sehr beschäftigt. Belastet. Albträume. Der Unfall. Ich lese ihm den ersten Text vor, der von mir handelt, von Bea und mir, vom Anfang, dem Ende, ich öffne mich, und Vincents Reaktion ist: *Hm?*

»Ich habe darüber geschrieben. Das wollte die Neuer doch«, sage ich und höre selbst, dass es eingeschnappt klingt. »Und du fandest auch gut, dass ich das mache.«

»Ja, hm«, sagt Vincent.

Ich schließe die Datei, springe vom Stuhl auf. »Es gefällt dir nicht. Okay, verstehe.«

»Nein, es ist nur ...« Er zuckt entschuldigend mit den Schultern. »Es klingt wie ein Bericht. Ein Polizeibericht oder so.«

»Wie jetzt?«

»Na, so nüchtern.«

Mir schießen die Tränen in die Augen.

»Hey, ich finde gut, dass du es aufgeschrieben hast!«

»Aber ich kann nicht schreiben?«

»Natürlich kannst du schreiben.«

Ich bin mir nicht mehr sicher. Ich lasse mich auf mein Bett plumpsen, stöhne. »Wie soll ich denn darüber schreiben?«

Ich sehe Vincent an, ich will eine Antwort.

Er zuckt mit den Schultern. »Gefühlvoller?«

Vincent

Ich klappe Foster Wallace zu, das Lesebändchen ist immer noch fast an der gleichen Stelle, ich komme nicht zum Lesen. Ich will es auch gar nicht mehr. Ich drehe mich auf den Rücken, starre an die Zimmerdecke und grinse vor mich hin. Gerade fühle ich etwas, das nicht zu dem verworrenen und abgedrehten Leben in diesem Buch passt. Dem Kifferleben, den verdrehten, schwierigen Gedanken, denn gerade ist alles ganz einfach. Leicht. *Ich bin verliebt.* Paulina, Paulina, Paulina. Ihre großen Augen, die Art, wie sie mich ansieht, wenn sie etwas nicht versteht. Oder die Handbewegung, mit der sie ihre Haare hinter das Ohr legt, ständig, als ob sie sich in Ordnung bringen müsste, dabei fallen die Haare immer sofort wieder zurück. Die Art, wie sie lächelt, glucksend lacht, strahlt, wenn sie glücklich ist.

DU BIST NICHT ALLEIN

Paulina

»Wie stehst du jetzt zu Jan?«, fragt Alisa mit einer Small-Talk-Stimme, die die Arbeit an meinen Haaren noch etwas professioneller erscheinen lässt. So, als wäre ich beim Friseur.

»Ich habe ihn seit dem Abifest nicht mehr gesehen. Er ist im Urlaub, erst mit seinen Eltern, dann mit den Kumpels.«

»Wie kurz?« Alisa hält meine Haare nach hinten und oben. »Bis zum Kinn?«

Ich nicke, und Alisa seufzt. »Deine Haare sind so schön …« Sie lässt sie fallen und breitet sie über meine Schultern aus. »Bist du dir sicher?«

»Ganz sicher.«

Hat Alisa nicht immer gesagt, dass man bei einer Veränderung im Leben seine Frisur wechseln sollte? Den Look?

Alisa setzt die Schere an, ein letzter Seufzer, die ersten braunen Locken fallen auf den Boden. Im ersten Moment bin ich erschrocken, dann erleichtert. Alisa setzt die Schere ab und begutachtet den Zwischenstand. Die eine Seite ist schon kurz, die andere noch lang.

»Noch kürzer«, entscheide ich.

Sie setzt die Schere neu an. »Und was war das mit Vincent?«

»Was meinst du?«, frage ich betont lässig, obwohl mein Herz schneller schlägt. *Mein Gott!*

»Was ich so von der Abifeier gehört habe ...«
»Was denn?«
Alisa wird rot. Wir sehen uns im Spiegel in die Augen.
»Sag schon!«
Alisa ist nicht nur die Stilberaterin unserer Gruppe, sondern auch diejenige, die alle Schulgerüchte aufschnappt.
»Na ja, es liegt auch daran, dass du vorher so lange gefehlt hast.«
»Was jetzt?« Ich verstehe gar nichts mehr. Was hat das damit zu tun?
Alisa wedelt mit der Schere in der Luft herum. »Einige Leute an der Schule denken halt, weil du so lange gefehlt hast ... dass du auf Droge gewesen bist. Und dann auf Entzug. Dass du deshalb gefehlt hast.«
»Hä? Aber wieso? Harte Drogen? Ich?«
Dass man mir einen Alkoholabsturz oder einen Nervenzusammenbruch zutraut, habe ich mir gedacht, aber harte Drogen?
»Weil sie eben denken, dass der Unfall etwas mit Drogen zu tun gehabt hat. Weil du und Bea ... weil ihr feiern wart.«
Ich starre Alisa an, ihr spiegelverkehrtes Gesicht.
»So ist das halt mit den Leuten an der Schule. Sie glauben das, was sie glauben wollen. Das ist einfach eine aufregendere Story als der Unfall. Und deine Ruhepause.«
»Und was sagst du? Erklärst du es ihnen?«
»Egal, was ich sage, sie denken, ich will dich nur verteidigen und beschützen. Aber wenn du dich dann auf dem Abifest vor allen Leuten betrinkst ...«
»Das war eine Ausnahme! Du weißt, dass ich sonst nie was trinke.«

»Ja, klar, *ich* weiß das. Aber wenn du dann noch mit Vincent abhängst, dann denken natürlich alle ...«

»... dass ich kiffe.«

»Genau. Oder sonst was nimmst.« Sie zuckt entschuldigend mit den Schultern. »Natürlich ist das Quatsch.« Und blinzelt unsicher. »Oder?«

Ich drehe mich zu ihr um. Ich bin wirklich empört, dass sogar meine Freundin keine Ahnung hat, was mit mir los ist.

»Ich kiffe nicht. Und er kifft auch nicht, wenn wir zusammen sind.«

Alisa wirft die Hände hoch. »Schon gut. Aber du erzählst uns ja in letzter Zeit nicht mehr viel von dir.«

»Was soll ich denn erzählen?«

Ich drehe mich zurück zum Spiegel. Eine Seite ist lang, die andere kurz.

»Ich bin eben in einem Übergang. Von irgendwo zu ... keine Ahnung.«

Alisa nickt. »Verstehe. Deshalb die Veränderung.«

Vincent

Es ist acht Uhr abends, noch hell.

»Und es ist okay, wenn wir vorbeikommen?«, frage ich.

Eva und Nora sind zurück aus Griechenland, aber ich kenne die beiden eigentlich gar nicht. Und mit Paulina habe ich mich noch nie außerhalb der Arbeitstreffen verabredet.

»Totally!«, sagt Hendrik. »Da kommen bestimmt ganz viele.«

Aber dann sind es doch nur die vier Freundinnen, als wir zu der großen Wiese vor dem Schloss im Babelsberger Park kommen. Sie sitzen auf einer Decke und picknicken.

»Sirtaki, Ouzo, Götter, Finanzkrise! Hier kommen die Picknick-Crasher. Was geht ab in Griechenland?«, ruft Hendrik schon von Weitem.

Wir schieben unsere Räder und lehnen sie an die Bänke vor dem Babelsberger Schloss. Es steht auf einem Hügel, von hier oben sieht man auf die Glienicker Brücke und das Wasser, eine tolle Aussicht, an der ich mich festhalte, während Hendrik den Mädchen zuwinkt.

Sie machen Platz auf der Decke, Hendrik umarmt alle, ich niemanden. Paulina sieht kurz auf, wir begrüßen uns mit einem Nicken. Hendrik setzt sich, es bleibt nur noch ein Platz neben Paulina, also setze ich mich neben sie. Ihr nackter Arm liegt auf ihrem Schoß, ihr T-Shirt ist so tief ausgeschnitten, dass ich ihren Brustansatz sehen könnte, wenn ich hinsehen würde. Ihre Nähe macht mich verrückt.

»Wollt ihr was trinken?«, fragt Nora und hält eine Flasche Sekt und eine Thermoskanne hoch.

»Na, logisch!«, sagt Hendrik und greift nach der Sektflasche.
»Kaffee«, sage ich und nehme mir einen der Plastikbecher.
»Keinen Sekt? Wir feiern!«, sagt Nora.
»Vinzi trinkt nicht«, sagt Hendrik.
»Warum nicht?«, fragt Eva. »Hast du schlechte Erfahrungen damit gemacht?«
»Ist einfach nicht sein Ding«, sagt Hendrik, mein Pressesprecher.
»Ach so«, sagt Eva.
Muss man begründen, dass man nicht trinkt? Yep. Immer.
Nora gießt mir etwas ein, sieht dabei aber zu Hendrik.
»Na, wie geht's?«, fragt Paulina und lächelt mich an.
»Gut. Und dir?«
Sie verzieht das Gesicht. »Mein Vater ist untergetaucht,

meine Mutter ist ständig unterwegs, bis zum Ende der Ferien wird das Zimmer meiner Schwester geräumt, ich habe Albträume wegen dem Unfall und kann nachts nicht schlafen, und diesen Text für das Jubiläumsbuch kriege ich auch nicht hin.«

Sie sieht mich mit großen blauen Augen an, in die ich hineinstürze.

»Wow, das war offen.«

Sie zuckt mit den Schultern. »Warum sollte ich nicht offen sein?«

Ja, warum?

»Und was habt ihr mir mitgebracht?«, sagt Hendrik auf der anderen Seite der Decke, grinst charmant und lehnt sich an Eva. Wenn ich gekifft hätte, wäre ich auch anders. Offener, alberner.

»Türkischen Honig«, sagt Nora und hält ihm einen Streifen weißen Nugat hin.

»Türkisch?«

»Die Türken hatten Griechenland jahrhundertelang besetzt«, sagt Alisa. »Ich habe letztens ein Referat darüber gehalten.«

Paulina beugt sich vor, ihre Haare fallen ihr ins Gesicht, sie sind viel kürzer.

»Der Haarschnitt steht dir gut«, sage ich.

Sie streicht eine Haarsträhne hinter ihr Ohr. »Findest du?«

»Ja.«

»Her mit dem griechischen Honig«, sagt Hendrik, wickelt das Zellophanpapier ab und zieht Stücke von der klebrigen Masse ab.

»Die größte Droge ist Zucker, das wisst ihr doch!«

Er reicht jedem von uns etwas.

»Ich bin süchtig nach Kaffee!«, sagt Eva und gießt sich ihren Becher voll. »Mit und ohne Zucker.«

Mein Handy klingelt, und ich fummle es mit einer Hand aus meiner Tasche, an der anderen klebt ein Stück weißer Nugat. Es ist mein Vater, ich sehe es auf dem Display.

»Vincent? Was ist mit Abendbrot? Wo bist du?«

Seine Stimme ist schleppend. *Verdammt.* Eigentlich hätte ich es mir denken können. *Wenn ich keine Rolle spiele, spielt auch mein Leben keine Rolle*, hat er einmal zu mir gesagt.

»Mit Freunden.«

Er schweigt in die Leitung. Sammelt seine Gedanken, falls da noch etwas zu sammeln ist. Ich denke an Fee und meine Mutter. Noch eine Woche. Hätte er nicht wenigstens bis dahin durchhalten können?

»Ich komme.«

Ich springe auf. »Mein Vater. Ich muss los.«

Wenn ich für ihn koche, wird er weniger trinken. Hoffe ich.

Hendrik blickt auf, runzelt die Stirn, sagt aber nichts.

»Mach's gut«, sagt Paulina und lächelt.

Paulina

»Tja, das ist ihr Zimmer. Oder war«, füge ich schnell hinzu.

Vincent stellt das Skateboard ab, mit dem er gekommen ist, und sieht sich ruhig um. Ich mag, dass er sich immer Zeit lässt, bevor er antwortet, nie sofort ein Urteil fällt.

»Ein schöner Raum.«

Ich zeige auf die Umzugskisten. »Danke, dass du mir hilfst. Ich habe ihre persönlichen Sachen schon eingepackt, und ein Teil der Möbel ist verschenkt. Den Rest holt ein Unternehmen ab.«

»Ist das der Sekretär?«

Ich habe Vincent gebeten, ihn mit mir in mein Zimmer zu

tragen, denn ich will ihn behalten. Es ist der alte Holzsekretär meiner Oma. Er hat einen Aufsatz mit vier Schubladen, aber leider kann man den nicht abnehmen.

»Ja. Die Schubladen sind schon leer, aber er ist immer noch ziemlich schwer.«

Vincent hebt ihn an einer Seite an, nickt. »Stimmt. Wir sollten die Schubladen ganz rausnehmen.«

Ich nehme die Schubladen an der linken Seite, Vincent die an der rechten heraus. Sie sind hinten eingehakt, ich muss sie kippen, dann geht es. Vincent hat mehr Schwierigkeiten.

»Etwas hochziehen«, sage ich.

Die eine Schublade hakt trotzdem.

»Dann lass, wir tragen ihn so.«

»Nein, warte mal«, sagt er und schiebt eine Hand in die Schublade, tastet.

»Was ist?«

Er zieht eine kleine Plastiktüte hervor. An der Tüte kleben zwei Tesastreifen, mit denen die Tüte offenbar irgendwo angeklebt war. Vincent hält sie mir hin, in der Tüte sind Tabletten. Sie sehen harmlos aus, hellblau mit einem aufgedruckten Delfin. Ich brauche einen Moment, bis ich begreife, trotzdem kann ich mit der Information nichts anfangen. Was ist das? *Speed?*

»Wer hat das da hingeklebt?«

Vincent zuckt mit den Achseln und hält mir die Tüte weiter hin.

»Drogen?«, frage ich, obwohl es offensichtlich ist.

Er legt die Tüte auf den Sekretär. »Wusstest du nichts davon?«

Ich spüre wieder den Kloß im Hals. Ich dachte, Bea und ich, wir reden über alles. Aber davon hat sie nie etwas erzählt.

»Was soll ich damit machen?«, frage ich.

Aber natürlich ist das nicht die entscheidende Frage. Eher, warum ich von all dem keine Ahnung hatte. Der Abend, die Nacht, die Rückfahrt. Bea hatte nicht viel getrunken, aber vielleicht war da noch etwas anderes. Mein Herz schlägt wild gegen die Erkenntnis an. Sie wollte leben, so intensiv wie möglich. Langsam ahne ich, was das bedeutet hat.

»Alles okay?«, fragt Vincent.

Schon lange nicht mehr.

Er zeigt auf die Tüte. »Entsorg sie am besten.«

Ich nehme die Tüte, trage sie ins Badezimmer, leere die Tüte über der Kloschüssel. Fünf blaue Delfine, die in einem Wasserstrudel tanzen und nicht nach unten gezogen werden, sondern hartnäckig an der Oberfläche bleiben. Schwimmen wollen.

»Alles weg«, sage ich zu Vincent, als ich zurück ins Zimmer komme, während die Delfine in der Kloschüssel ihre Runden drehen.

Wir tragen den Schreibtisch zusammen in mein Zimmer und stellen ihn neben meinen alten Schreibtisch.

»Wirklich alles okay?«, fragt Vincent.

Ich zittere und setze mich auf mein Bett. »War das Speed?«

Vincent wird das wissen.

Er nickt.

»Hast du das mal genommen?«

Vincent wirft sich auf den hell gepolsterten Sessel am Fenster. In seinen Skaterklamotten sieht er seltsam fremd darin aus.

»Ein Mal.«

»Und? Wie war es?«

Er sieht mich forschend an. »Warum willst du das wissen?«

»Um es zu verstehen?«

Ich will wissen, warum Bea ihr Leben nicht gereicht hat. Der Luxus, die guten Noten, die vielen Lover, das große Taschengeld, ihr eigenes Auto. Ich ihr nicht gereicht habe, die Gespräche mit mir. Was hat denn noch gefehlt?

Vincent steckt die Hände in die Vordertasche seines Hoodies, ich sehe ihn an, warte.

»Es war auf einem Festival. Ein Typ hatte Tabletten dabei und meinte, sie würden die Wirkung verlängern, also vom Kiffen. Jeder hat eine genommen, und dann war ich auf einmal total aufgedreht und irgendwie auch gut drauf. Die Musik, die Leute, alles war so gut, viel intensiver als sonst.«

»Also gut?«

Er zuckt mit den Schultern. »Irgendwie schon.«

»Und warum hast du es nur ein Mal gemacht?«

Er blinzelt. »Wird das jetzt ein Verhör?«

»Nein. Es interessiert mich nur.«

»Okay. Jedenfalls ... als es vorbei war, war es nicht mehr so gut. Ich bin runtergekommen und war schlecht drauf. Die anderen haben einfach nachgelegt. Wie nach einer Fahrt in der Achterbahn. Entweder man will gleich wieder rein, oder einem ist schlecht. Mir war schlecht.«

»Du kiffst auch viel«, sage ich.

»Jetzt nicht mehr«, sagt Vincent.

Ich stehe auf. »Ich will nicht, dass meine Eltern etwas finden. Meinst du, sie hat noch mehr versteckt?«

Vincent steht auf. »Vielleicht. Sollen wir suchen? Ich bin gut darin.«

»Ja, wieso?«
»Einfach so.«

Vincent

Ich kenne das Lokal am S-Bahnhof, den Biergarten, von Paulina aus kann man hinlaufen, ich trage mein Skateboard. Ich bin gerne bei Paulina. Ich mag, wie ordentlich und sortiert ihr Leben ist, wie klar ihre Gedanken sind, ihre Ehrlichkeit.

»Ich lade dich ein, du kannst bestellen, was du willst. Als Dank«, sagt sie.

»War doch kein Ding.«

Sie lächelt. »Doch! War ein Ding. Sehr nett. Alleine hätte ich den Schreibtisch niemals rübertragen können.«

Und sie hätte nie die Tabletten gefunden. Ist sie deswegen vielleicht sauer auf mich, auch wenn sie es sich nicht anmerken lässt? Manchmal werde ich nicht schlau aus ihr.

»Nach drinnen?«, fragt sie.

»Lieber draußen«, sage ich.

Wir setzen uns vor das Lokal auf die Bierbänke an der Straße. Paulina richtet sich entschlossen auf, den Rücken ganz gerade. *Manager-Paulina.*

»Also? Was kann ich für dich bestellen?«, fragt sie.

»Kaffee ist okay.«

Sie legt den Kopf schief, lächelt mich an. »Kein Kuchen? Was anderes?«

Die Bedienung sieht fragend von mir zu Paulina.

»Zwei Kaffee und einen großen Eisbecher«, sagt Paulina.

»Welche Sorten?«

Fragender Blick zu mir.

»Zitrone, Erdbeere ...«, schlage ich vor.

Sie nickt. »Und Schokolade und Vanille.«

Die Bedienung verschwindet mit unserer Bestellung. Wir schweigen, und ich frage mich, was das hier ist. Sind wir jetzt Freunde? Wir verstehen uns gut, manchmal ist es mit Paulina wie mit Hendrik, einfach unkompliziert, entspannt. Also Freunde. Ich darf nur nicht auf ihre Beine sehen, ihren Mund betrachten, in ihre Augen fallen. Megagefährlich.

Die Bedienung bringt zwei Kaffee, stellt einen großen Eisbecher zwischen uns und legt zwei lange Löffel dazu.

Paulina sieht mich an und kichert. »Sie denkt bestimmt, wir wären zusammen.«

Zum Totlachen.

Wir trinken den Kaffee, löffeln gemeinsam aus dem Eisbecher. Ich konzentriere mich auf Erdbeere, Zitrone, Paulina nippt an Vanille, probiert dann Erdbeere, ich muss Schokolade testen. Ich bin eifersüchtig auf den Eislöffel, der ihre Lippen berührt, eifersüchtig auf das Eis auf ihrer Zunge, eifersüchtig auf den Wind, der durch ihre Haare fährt. *Verdammt, ich bin so was von verliebt.*

Paulina deutet auf mein Skateboard, das ich unter den Biertisch gelegt habe.

»Bist du damit schneller als mit dem Rad?«

»Manchmal.«

»Kannst du mir was zeigen? Einen Trick?«

Ich hole das Board unter dem Stuhl hoch, balanciere es aufrecht auf zwei Fingern. Das Pärchen auf der Nachbarbank zieht die Köpfe ein, als ich nah an ihren Tisch komme, ich schnappe es aus der Luft. Paulina lacht. »Ich meinte einen echten Trick.«

Ich stelle das Board auf den Bürgersteig neben die Bänke.

»Kannst du darauf stehen?«

Paulina springt auf. »Natürlich!« Sie lacht und hält mir ihre Hände hin. »Halt mich.«

Ich halte ihre Hände, während sie kichert und auf dem Brett hin- und herwackelt, ich hatte vergessen, wie schwer es ist, nur darauf zu stehen. »Gewicht nach vorne!« Aber sie hat die Balance schon verloren und hält sich an mir fest, als das Brett unter ihr wegrutscht und den Bürgersteig entlangrollt. Ihre Hände um meinen Hals, meine Arme um ihre Hüften. Hundertpro denkt jeder, wir sind ein Paar. *Sogar ich.*

Paulina

Es war Vincents Idee, dass ich auf Papier schreiben soll, mit einem Stift, hier im Park, unter Bäumen. Aber es klappt nicht. Das ist nicht mein Ding.

Ich zerknülle das Papier und werfe es zu Vincent hinüber, der mir gegenübersitzt und in sein Heft schreibt. Ist es für ihn so einfach, all seine Gedanken, all seine Gefühle aufzuschreiben?

»Es geht nicht!«, sage ich, und er sieht auf. »Was sollen die Bäume dazu sagen, wenn ich auf Papier schreibe mit einem Holzbleistift. Sie helfen mir nicht, sie sagen: Wegen dir müssen unsere Kumpels sterben. Benutz lieber dein Handy!«

Vincent grinst. »Dann benutz eben dein Handy.«

Ich nehme mein Handy heraus, gehe zu Twitter.

> *Frozengirl@Bea ich will über dich schreiben, aber du bist unbeschreiblich.*

Ich sehe zu Vincent und frage mich, warum ich ihm so vertraue. Ihm alles erzähle. Nun, fast alles. Ich würde sogar gerne mit ihm über Jan reden. Dass er mir manchmal fehlt, aber eigentlich nicht. Nicht, wenn ich mit Vincent zusammen bin. Vincent, der seelenruhig in sein Buch schreibt, durchstreicht. Wieso weiß er so genau, was richtig und falsch ist? Was er mag und was nicht? Wo es langgeht?

Ich lehne mich an den Baum, strecke meine nackten Beine aus, winke mit den Zehen zu Vincent hinüber, sehe in die Baumkrone, den Himmel.

»Soll ich dir etwas Verrücktes erzählen?«

Vincent blinzelt. »Was denn?«

»Ich twittere noch mit meiner Schwester.«

»Wie jetzt?«

»Ich schreibe ihr Nachrichten an ihren Account, wenn ich an sie denke.«

Er legt sein Buch beiseite, sieht mich ernst an. »Und was antwortet sie?«

Ich muss lächeln. Vielleicht das erste Mal, in einem Moment, in dem ich gleichzeitig über Bea rede. »Nichts. Ich überlege, ob ich den Account lösche. Und den bei Facebook und Instagram. Aber ich habe die Passwörter nicht.«

Vincent streckt die Beine aus, trotz der Hitze trägt er Turnschuhe. »Wenn du ihren Computer noch hast und ihre Mailadresse, dann kannst du ein neues Passwort anfordern und den Account danach löschen. Soll ich dir dabei helfen?«

»Jetzt?«

»Warum nicht?«

Vincent

Wir gehen die Treppe hoch in ihr Zimmer, Paulina läuft vor mir, barfuß, ich folge dem Geruch ihres Shampoos, ihrer Haut, ich bin aufgeregt, obwohl ich weiß, dass wir nur Freunde sind. Wenn überhaupt.

Paulina öffnet die Tür ihres Zimmer, geht gleich zu einer Umzugskiste, holt ein Laptop heraus, stellt es auf den Schreibtisch, klappt es auf, setzt sich noch nicht mal. Alles klar: *Accounts löschen* heißt der Auftrag, auch wenn wir in ihrem Zimmer sind und ihr breites Bett mich etwas nervös macht.

Während sie das Laptop hochfährt, sehe ich mich um, auf dem Boden liegen Ballettschuhe.

»Tanzt du?«

Sie sieht abgelenkt vom Laptop auf. »Ja.«

Ich nehme einen der Spitzenschuhe in die Hand, er ist schmal, hat eine harte Sohle und eine flache Spitze. Ich stelle ihn auf die Spitze, den zweiten daneben, die Vorstellung, dass in den Schuhen Füße stecken – unmöglich.

»Kannst du auf diesen Spitzen stehen?«

Sie dreht sich zu mir um, lehnt sich rückwärts an den Schreibtisch, beugt sich leicht zurück, lächelt.

Ich stecke meine Hände in die Schuhe, tippele hin und her. »Glaub ich nicht.«

Sie legt den Kopf schief, ihr Lächeln wird noch breiter.

»Du willst nur, dass ich es dir zeige.«

Offen gestanden: ja.

»Also, ich finde, es sieht nicht machbar aus.«

Sie setzt sich vor mir auf den Teppich und betrachtet meine kleine Schuhperformance. Rechts, links, ein Sprung, eine Drehung.

»Und du tanzt damit immer auf der Spitze? Echt immer?«

Sie hält mir ihre offenen Hände hin, seufzt, lächelt. *Gewonnen!*

Ich reiche ihr die Schuhe. Ihre Haltung verändert sich, ihr

Rücken wird straffer. *Power-Paulina*. Sie schlüpft barfuß in den ersten Schuh, streckt das Bein, beugt es wieder und bindet sich die breiten schwarzen Bänder um ihr Fußgelenk. Dann zieht sie den zweiten Schuh an, der gleiche Ablauf. Sie reicht mir ihre Hände, und ich helfe ihr beim Aufstehen, bis sie steht, tatsächlich auf den Spitzen, sie ist jetzt fast so groß wie ich.

»Mach was!«

Sie lächelt. »Was denn?«

»Irgendwas.«

Sie macht ein paar trippelnde Schritte auf der Spitze durch den Raum, winkelt das rechte Bein an und legt es hinter den Oberschenkel des linken, führt es erst angewinkelt nach vorne, streckt es dann durch und nach hinten und balanciert sich mit den Armen aus.

»Wow.«

Die Schuhe sind ihr Board. Sie lässt sich – *klack* – zurück auf die Sohle fallen, die Füße leicht ausgestellt, eben wie eine Ballettänzerin, jetzt fällt mir auf, dass sie öfter so steht.

Sie lächelt wieder. »Das ist nicht schwer.«

»Ach ja?«

Sie steht mir gegenüber, reicht mir ihre Hände. Ich stelle mich auf die Spitzen meiner Turnschuhe, ich fühle mich wie ein Breakdancer, mache einen Schritt auf sie zu, sie umarmt mich. Ihr Atem auf meiner Haut, ihre Lippen ganz nah. Für einen Moment denke ich, wir küssen uns, dann lacht sie, lässt mich los, deutet auf das Laptop. »Das ist schwer für mich.«

Verstehe: *back to work*.

Ich setze mich an ihren Schreibtisch, Paulina nennt mir die Namen der Accounts, ich fordere neue Passwörter an, ich lösche den Twitter-Account. Paulina sitzt dabei in ihrem großen Sessel, die Füße an den Körper gezogen, den Kopf auf die Knie gelegt, und sieht mir mit großen und etwas verschreckten Augen zu, daher frage ich bei jedem Schritt.

»Wirklich sicher? Ich lösche jetzt den Instagram-Account.«
Sie nickt.
»Und jetzt lösche ich den Facebook-Account.«
»Okay.«
Noch ein Klick, und ich bin fertig.
»Done!«
Sie streckt die Beine, dehnt sich. »Danke.«
Sie steht auf, die Füße leicht ausgestellt.
»Hast du auch Hunger? Wir können uns was kochen.«
»Okay.«

Die Küche ist riesig. Paulina reißt den Kühlschrank auf, holt Packungen mit frischen Teigtaschen und Salat heraus und legt alles auf den Tisch.

»Die Nudeln müssen nur ein paar Minuten in kochendes Wasser.«

Sie zeigt mir, wo die Kochtöpfe stehen, und beginnt den Salat abzuwaschen. »Tja, jetzt fährst du mit Hendrik weg, und ich habe noch keinen Text. Wie weit bist du denn mit deiner Geschichte?«, sagt sie und grinst zu mir herüber.

Ich hocke vor einem Unterschrank und starre auf eine Kochtopfsammlung, die Hälfte davon sieht nagelneu aus.

»Ich habe keine neue Geschichte. Und schon gar keine lange«, sage ich und wähle einen mittelgroßen Topf aus. »Aber die Neuer meinte ja, wir können auch kurze Sachen abgeben.« Jetzt noch Wasser einfüllen.

Ich gehe an die Spüle. »Ich müsste da mal kurz ran.« Paulina lehnt sich beiseite, unsere Körper streifen sich, als ich den Topf mit Wasser fülle. Ich spüre ihre Nähe überdeutlich, sinnlich, warm.

Sie lacht. »Ich habe noch nicht einmal einen kurzen Text.«

Ich stelle den Topf auf eine Induktionsplatte. Auch der Herd sieht neu aus. Kocht hier überhaupt jemand?

»Hey, Abmachung: Wir geben zusammen ab«, sagt sie und zupft Blätter vom Salatkopf.

»Also gleichzeitig?«

Sie hält ein Salatblatt wie ein Blatt Papier hoch. »Und vorher zeigen wir uns, was wir geschrieben haben. Einverstanden?«

»Ich weiß nicht, ob ich überhaupt was abgebe.«

Paulina wirft das Salatblatt nach mir. »Hey, wieso treffen wir uns dann?«

Ja, warum?

Sie droht mit weiteren Salatblättern. »Also, was jetzt?«

Ich grinse. »Okay, Deal! Wir zeigen uns unsere Texte, bevor wir sie abgeben.«

NEUN

SORRY

Paulina

»Schön, dass Sie alle kommen konnten«, sagt Zander und bietet meinen Eltern und mir einen Platz in der Sitzrunde an. Vier gleiche Stühle, niemand wird bevorzugt. Wir setzen uns, meine Eltern rechts und links von mir, als müssten sie mich beschützen.

Es ist schon eine Weile her, dass sie und ich zusammen an einem anderen Ort waren als in unserem Haus. Das letzte Mal war das im Krankenhaus an einer Krankenbahre, als ich nach dem Unfall wieder aufgewacht bin. *Da habe ich es erfahren.*

Zander setzt sich. Er trägt einen besonders scheußlichen Pullover mit grauen und grünen Streifen, und ich frage mich, ob er allein wohnt und warum niemand ihm sagt, wie altmodisch er sich kleidet. Oder dass es Sommer ist und ein T-Shirt vollkommen ausreichend wäre.

Zander lächelt. »Ich habe Sie um eine begleitende Gruppensitzung gebeten, weil die Schule sich vor den Ferien bei mir gemeldet hat. Genauer gesagt, Frau Berger, Paulinas Tutorin. Paulina hat ja lange gefehlt, sie wurde versetzt, aber Frau Berger hat im Grunde versprochen, ein wenig mehr Erklärungen über Paulinas Situation nachzuliefern. Eine Stellungnahme von mir, ihrem behandelnden Arzt, wäre ihr das Liebste, weil Offiziellste.«

Meine Mutter richtet sich auf. »Aber doch nichts Vertrauliches?«

»Nein, es geht nur darum, deutlich zu machen, dass Paulinas Ruhepause nur mit dem Trauma des Unfalls zusammenhängt. Nicht jeder ihrer Fachlehrer kennt sie gut genug, um das einschätzen zu können. Frau Berger sagte, sie hätte Ihnen eine Mail geschrieben?«

»Ach ja«, sagt meine Mutter und sieht zu meinem Vater, der nur mit den Schultern zuckt. Es ist Schlimmeres in letzter Zeit passiert, als eine Mail zu vergessen.

»Nun, das kann vorkommen, auch Sie sind ja mit betroffen«, sagt Zander. »Das ist Frau Berger durchaus klar, deshalb hat sie mit mir gesprochen. Immerhin hat sie mich Ihnen als Therapeuten vorgeschlagen.«

»Und ... warum haben Sie uns dann heute eingeladen?«, fragt mein Vater, der sich in diesem Stuhlkreis deutlich unwohl fühlt.

»Ich wollte wissen, ob dieses, hm, Gutachten in Ihrem Sinne ist, und natürlich wollte ich mit Ihnen darüber sprechen, bevor wir es an die Schule herausgeben.«

Er reicht jedem von uns ein A4-Blatt. Ich lese schnell und mit klopfendem Herzen. Was ist, wenn ich viel kränker bin, als ich dachte? Aber der erste Abschnitt handelt nur davon, was ich nicht bin. Keine Schulverweigerin, niemand mit einem Drogenproblem.

»Überlebensschuld?«, sagt mein Vater und blickt auf.

»Ja«, sagt Zander ganz sicher. »Das ist ein Symptom der posttraumatischen Belastungsstörung. Der Unfall.«

»Und wie äußert sich das? Woran erkennen Sie es?«

Zander schlägt ein Bein über das andere. »Paulina hat Schlaf-

und Konzentrationsschwierigkeiten. Bei einem posttraumatischen Symptom kommt es oft zu sozialem Rückzug, es gibt Gefühle von Betäubtheit und emotionaler Stumpfheit, Stimmungsschwankungen, Dinge, die ich zwar nicht sehr ausgeprägt, aber in Ansätzen auch bei Paulina erkenne.«

»Aber sie trifft sich doch mit ihren Freunden«, sagt meine Mutter und sieht dann fragend zu mir.

Zander folgt ihrem Blick. »Es geht weniger darum, was Paulina macht, als was sie dabei empfindet. Die Lebensfreude sollte zurückkehren. Das ist wichtig.« Er lächelt mir zu. »Ich sehe zum Beispiel sehr deutlich, dass dir die Ferien gutgetan haben.«

»*Ich* sehe sehr deutlich, dass Sie die Überlebensschuld für Paulinas Hauptproblem halten«, sagt mein Vater. Das Wort gefällt ihm nicht und mir auch nicht so richtig. *Schuld?*

Zander nickt. »Ja, das tue ich. So, wie ich Paulina erlebe, fragt sie sich, warum sie – noch dazu vollkommen unverletzt – überlebt hat und ihre Schwester sterben musste. Das belastet sie sehr und hat Auswirkungen auf ihre Selbstwahrnehmung.«

Meine Eltern sehen zu mir, auf einmal bin ich unsicher.

Bea war die bessere Tochter. Netter, freundlicher, offener, unkomplizierter. *Oder?* Natürlich frage ich mich, warum nicht ich gestorben bin. Denn wer hat das entschieden?

»Warum musste Bea überhaupt sterben«, sagt meine Mutter, und Tränen schießen ihr in die Augen.

Zander räuspert sich vorsichtig, sieht von meinem Vater zu meiner Mutter. »Ich weiß, der Schmerz über Ihren Verlust sitzt tief. Sie sollten aber nicht vergessen, dass Sie noch eine Tochter haben, die jetzt Ihre Hilfe braucht.«

Vincent

Hendrik zieht am Glasrohr, legt erst den Kopf zurück und sieht mich dann mit glasigen Augen an. »Du hilfst ihr beim Zimmerausräumen, bei ihrem Text, und nach den Ferien geht sie zurück zu ihrem Superboyfriend Jan, und du bist nur noch Luft für sie.«

Wir sitzen uns gegenüber, zwischen uns die Bong, eine Session, die wir sonst zu zweit abgehalten haben, aber jetzt bin ich raus, und das ganze Ritual kommt mir seltsam vor. Es ist eindeutig nicht so witzig, nüchtern zu bleiben, wenn sich jemand neben einem bekifft. Oder betrinkt.

Hendrik mustert mich grinsend. »Hey, bist du etwa verliebt? Ich meine ... so richtig?« Er starrt mir mit weit geöffneten Pupillen in die Augen. »Hast du etwa Liebeskummer?«

Ich sage nichts. Das ist keine Sache, über die ich – wenn überhaupt – mit einem bekifften Hendrik reden will.

Er lehnt sich wieder zurück, wirft den Kopf in den Nacken, lacht, kichert. »Yeah, Alter, du hast Liebeskummer, ich seh's doch genau. Kleine rote Herzen tanzen über deinem Kopf und singen: *Love is in the air!*«

Er schiebt mir die Bong hin, aber ich schüttele den Kopf.

»Immer noch enthaltsam? Immer noch Pro-Pisser? Du weißt, dass ich dann deine Portion mitrauchen muss.«

Er nimmt einen weiteren Zug. Draußen scheint die Sonne, aber wir sitzen drinnen in seinem Zimmer. Nach der Scheidung seiner Eltern ist Hendriks Mutter mit ihm in eine Vierzimmerwohnung gezogen, und das Haus mit dem Garten und dem Pool, in dem wir sonst den ganzen Sommer verbracht haben, wurde verkauft. Ich habe mich immer noch nicht daran gewöhnt.

Ich sehe zu Hendriks leerem Rucksack, der am Bett lehnt, daneben liegen ein Schlafsack und eine Isomatte. Ich freue mich auf die Reise, raus hier, surfen, skateboarden, das Wasser, die Sonne.

»Was packst du ein?«

Er bläst mir etwas Rauch ins Gesicht. »Die Frage ist, was ich nicht einpacke. Verdammt klein, so ein Rucksack.«

Ich grinse. »Die Bong wirst du da nicht reinbekommen.«

»Ja, Mist noch mal.« Er hustet, verzieht das Gesicht.

»Alles okay?«

»Ja, sicher!«

Hendrik zieht pfeifend die Luft ein, sein Gesicht ist auf einmal kalkweiß. Wir haben kaum was gegessen, weder gestern Abend, als wir mit ein paar Leuten vom Skateplatz unterwegs waren, noch heute Morgen. Ich denke an den Spaßcocktail, den sich Hendrik am Morgen aus Obst und Restalkohol gemixt hat, vielleicht keine so gute Idee.

»Was ist?«

Schweißperlen bilden sich auf seiner Stirn.

»Was trinken?«

Ich springe auf, laufe in die Küche und fülle ein Glas mit Leitungswasser. Als ich zurückkomme, liegt Hendrik leicht zusammengerollt am Boden. Er zittert und schwitzt. Ich kenne das von ihm, nur nicht so schlimm. Er hatte schon einmal einen unguten Trip, zu viel schlechtes Dope geraucht, aber damals war es schnell vorbei, nur ein kurzer Moment.

Ich hocke mich neben ihn. »Hey, sag doch was!«

Ich nehme sein Handgelenk, fühle den Puls, ohne dass ich weiß, was das eigentlich soll. Sein Puls rast. Panik. *Was soll ich machen?* Jemanden anrufen! Seine Mutter. *Ruhe bewahren.*

Ich hole mein Handy aus der Tasche und starre auf das Adressregister, bis mir auffällt, dass ich die Handynummer seiner Mutter nicht kenne. Außerdem ist sie bei der Arbeit. *Krankenwagen?* Vielleicht ist es gleich vorbei. Harmlos. Aber was, wenn es das nicht ist? Meine Mutter? Sie und Hendriks Mutter sind beste Freundinnen, sie kommt sicher sofort, hilft, entscheidet. Ich wähle, doch auf ihrem Handy meldet sich nur die Mailbox.

Hendrik richtet sich leicht auf, immer noch blass, immer noch schwitzend. *Was soll ich machen?*

»Ich hole ein Taxi, wir fahren in die Notaufnahme.«

Hendrik sagt nichts, was schlimmer ist, als wenn er protestieren würde. Wirklich? Krankenhaus? Ich wähle die Nummer des Taxiunternehmens, meine Hände zittern so stark, dass ich kaum die Tasten treffe.

Als ich etwas später mit Hendrik auf der Straße bin, weiß ich nicht mehr genau, wie ich ihn dorthin bekommen habe. Gestützt, getragen, er lässt sich auf den Bordstein fallen, wo er sitzen bleibt, bis das Taxi kommt.

Es ist derselbe Taxifahrer, der auch gekommen ist, als ich mit Paulina unterwegs war, ein verrückter Zufall. Er mustert mich kritisch, als ich die hintere Wagentür öffne und Hendrik hineinhelfe.

»Das nächste Krankenhaus, Notaufnahme.«

Während der Fahrt lehnt sich Hendrik an mich, die Augen geschlossen. *Bewusstlos?* Ich schlage ihn leicht ins Gesicht, damit er zu sich kommt. *Noch mehr Panik.*

Der Taxifahrer hält direkt vor der Notaufnahme. Die Summe, die er mir nennt, sagt mir nichts, ich halte ihm einen Fünfzigeuroschein hin und bekomme etwas zurück, was ich nicht nachrechne. Erst, als ich nach der Anmeldung mit Hendrik auf einem Stuhl in der Notaufnahme sitze, entspanne ich mich etwas. In Sicherheit, wir warten. Vermutlich gibt es dringendere Fälle. Menschen, die verbluten, sterben, also wird es mit Hendrik nicht so schlimm stehen, sage ich mir in einer Endlosschleife.

»Um wen geht es?«, fragt eine Schwester, als wir endlich an der Reihe sind. Sie sieht Hendrik in die Augen und dann zu mir. »Drogen?«

Ich nicke. Ich helfe ihm aufzustehen und begleite ihn bis in ein Behandlungszimmer, dann werde ich zurückgeschickt.

Im Warteraum nehme ich mir eine Autozeitung, blättere darin, ohne etwas wahrzunehmen, und frage mich, wer hier ernsthaft die Ruhe hat, so etwas zu lesen, während er auf seine Angehörigen wartet. Blutend, verletzt, vielleicht lebensgefährlich. Und dann fragt man sich, welches Auto man kaufen sollte, wie viel PS es hat, eine Servolenkung oder Airbag? Das ist doch verrückt. Ich lege die Zeitung weg, googele auf meinem Handy, ich brauche wichtigere Informationen. *Hanf als Rauschmittel.* Zu viele Informationen. Versuche mit Mäusen und vom Militärdienst freigestellten Hanfbauern im Zweiten Weltkrieg in den USA, oder von Afghanistan, das der weltgrößte Lieferant von Cannabis ist, zusammen mit Marokko, oder wie gefährlich es für die Psyche und das Gehirn ist, unter siebzehn zu rauchen. *Soll mich das beruhigen?*

Jemand tippt mir auf die Schulter, ich schrecke hoch. Eine Krankenschwester.

»Wir brauchen noch die Krankenkarte deines Freundes. Er meinte, du wüsstest, wo die ist. Willst du noch kurz zu ihm?«

»Ja.«

Ich folge der Schwester in den Behandlungsraum, dann lässt sie uns allein.

Hendrik liegt auf einer Art Bahre, den Kopf hochgestellt. Er grinst schief.

»Hey, wie geht's?«

Er fährt sich durch seine verschwitzten Haare und grinst. »Ging schon mal besser.«

»Kannst du gleich gehen?«

»Logisch. Brauche nur 'nen Moment.«

»Die wollen deine Krankenkarte sehen. Wo ist die denn?«, frage ich.

Er schließt kurz die Augen, öffnet sie dann wieder.

»Weißt du ... also ...« Er kichert. »Ich hab bei der Aufnahme deinen Namen angegeben.«

»Meinen Namen? Wieso?«

»Meine Mutter ... du weißt doch. Die rastet total aus.«

»Also meine Krankenkarte?«

»Ja.«

»Was haben die denn festgestellt?«

Er wirft die Hände hoch. »Keine Ahnung, ich habe offenbar einen Knall. Aber das wird schon. Die haben mir was gegeben. Zum Runterkommen. Du weißt ja, dass die Symmetrie stimmen muss, oder?« Er sieht mich mit flackerndem Blick an.

Etwas bewegt sich in mir. Verrutscht in meiner Brust, sinkt tiefer in den Magen. Ein flammendes Gefühl von Angst. Ich weiß nicht, ob mein bester Freund noch normal ist. Das mit der Symmetrie war immer schon seltsam, warum spricht er jetzt davon?

»Wie jetzt?«

»Na, wenn 'se dir Blutdruck an dem einen Arm abnehmen ... verstehste?«

Nicht so richtig. Hendriks seltsamer Blick, als ob er weit weg wäre. Ganz woanders. Ich bin mir auf einmal sehr sicher, dass sie ihn nicht gehen lassen werden. Nicht ohne Theater.

»Ich dachte, das mit der Symmetrie gilt nur für die Sachen, die du machst«, sage ich vorsichtig.

Er runzelt die Stirn. Jetzt könnte er lachen, obwohl das kein Witz war. Das würde mich beruhigen, Hendrik, der Witzbold.

»Nee, nee. Das gilt für alles. Das Universum. Du weißt doch.«

Absolut nicht.

»Also was jetzt?«, sage ich und hole meine Krankenkarte raus. Eigentlich will ich keine Erklärung mehr hören. Jedenfalls keine abgedrehte. Hendrik streckt die Hand nach der Karte aus. Ich zögere. Ich will nicht der Vincent Anders sein, der hier verrückt im Bett liegt. Ich bin doch gesund, oder? Aber ich reiche ihm die Karte. Hendrik ist mein Freund. Für ihn tue ich alles.

Er lächelt erleichtert. »Danke, Alter.«

»Was ist mit deiner Mutter?«, frage ich.

Er grinst. »Meine Mutter? Keine Ahnung. Ich bin doch jetzt ... Anders!«

Auf der Straße vor dem Krankenhaus hole ich mein Handy heraus, wähle, warte.

»Vincent?«

»Mama? Ich muss mit dir reden.«

Paulina

Ich höre die Träger die Treppen runterlaufen. Meine Mutter hat alles in Kisten verpackt, sich um den Rest gekümmert, die

Möbel werden einer wohltätigen Organisation gespendet, und den Transport übernimmt *Synanon*, weil man die unterstützen muss, sagt meine Mutter.

Ich sitze stocksteif in meinem Zimmer, ich traue mich nicht, in Beas Zimmer zu gehen, nachzusehen, wie leer es jetzt ist, aber dann bin ich doch neugierig.

Staub liegt dort, wo das Bett stand, die Wände sind dreckig. Vorher habe ich das nie bemerkt. Das Fenster steht offen, die Sommerluft strömt in den Raum. *Bea ist ausgezogen*, sagt eine Stimme in mir, als gehöre sie jemand anderem.

Ich trete ans Fenster. In der Auffahrt parkt ein kleiner weißer Laster. *Synanon – Leben ohne Drogen* steht darauf. Zwei Typen in Trägerhemden und Jeans laden den Wagen voll mit Beas Sachen. Haben die früher Drogen genommen?

Na sicher.

Mein Handy klingelt. »Hast du schon gehört?«, sagt Eva. »Hendrik ist im Krankenhaus. Kreislaufzusammenbruch, nach einer Kiffersession.«

»Was? Woher weißt du davon?«

»Ich habe ihn angerufen. Er hat mir alles erzählt und ... eine Menge wirres Zeug. Hat Vincent dir nichts gesagt? Er war dabei.«

»Nein«, sage ich.

»Komisch, ihr seid doch dauernd zusammen.«

Mein Puls schießt hoch. Vincents bester Freund ist im Krankenhaus. »Eva? Ich muss Schluss machen.«

»Okay.«

Ich schalte das Handy aus und renne die Treppe hinunter.

»Ich fahr noch mal weg. Ich bin zum Abendessen nicht da«, rufe ich meiner Mutter zu, die regungslos in der Eingangshalle steht.

Vincent

Fahnen flaggen sich auf.
Fangen sich unter.
Ein Lauf durch Watte.
Ein Kampf durch Honig.
Salzmeer, Sandluft.
Rauch in meinem Gehirn.
Aufspülen, rausfühlen.
In andere Meere tauchen.
Versticken, erstehen.
Das Ganze.
Ein Zug, ein Flug.
Landung, Bruch.
Krankenhaus.

Ich starre auf die Worte, die aus mir herausgebrochen sind. Ungeordnet, bruchstückhaft, ich kann mich nur so ausdrücken. Und der Einzige, der das versteht, der mich wortlos versteht, liegt im Krankenhaus, in einer Abteilung, in der die Ärzte keine Kittel tragen und mit ihren Patienten wie mit kleinen Kindern reden. Zusammen mit vor sich hin murmelnden Patienten, die im Bademantel durch die Gänge schlurfen und jeden nach einer Zigarette anschnorren. Ich kann ihn nicht länger als eine halbe Stunde besuchen, ist Irrsinn ansteckend? Die sind verrückt, aber Hendrik doch nicht.

Paulina

Vincents Adresse kenne ich, obwohl ich noch nie bei ihm war. Normalerweise überrasche ich niemanden oder mich selbst mit so einer spontanen Entscheidung. Zwei Mal nehme ich auf dem Weg das Handy heraus und überlege, ob ich Vincent anrufen soll, dann entscheide ich mich doch dagegen.

Als ich schließlich vor Vincents Haus stehe, pocht mein Herz so heftig, dass ich ein paar Minuten warten muss, bis es sich etwas beruhigt hat.

Ich stelle mein Rad an den Gartenzaun, schließe es ab, klingle. Einmal, zweimal und nichts. Mein Herzschlag verlangsamt sich noch weiter. Er ist nicht zu Hause, denke ich, doch dann springt eine Gegensprechanlage an, und ich höre knarzende Geräusche.

»Ja?«

Eine tiefe Männerstimme.

»Äh, ich wollte zu Vincent.«

»Im Garten.«

Der Türöffner schnarrt, ich drücke das Gartentor auf.

Das Grundstück liegt einige Meter über dem Straßenniveau. Ich gehe ein paar Stufen, laufe vorbei am Eingang und dann in den Garten. Erst denke ich, Vincent ist nicht da, dann entdecke ich ihn an der Terrasse, vornübergebeugt bei den Stufen.

»Vincent?«

Er schießt hoch und sieht sich um.

»Ich habe von Hendrik gehört. Wie geht es ihm?«

Erst jetzt bemerke ich die kleine Schnapsflasche, die er in der Hand hält. Er bemerkt meinen Blick, hebt die Flasche kurz hoch, lächelt schräg.

Ich gehe näher. »Ich dachte, du trinkst keinen Alkohol.«

Er zuckt mit den Achseln und setzt sich auf die Terrasse, wo noch zwei kleine, halb leere Schnapsflaschen stehen. Irgendwas ist seltsam.

»Hast du getrunken?«

Er schüttelt stumm den Kopf, und ich setze mich neben ihn. Ich sehe auf den schlecht gemähten Rasen, höre die aufgeregt zwitschernden Vögel und warte auf eine Erklärung.

Vincent stellt die Flasche ab, ein leises »Klonk« auf den Betonstufen der Terrasse. Er sieht mich an, sein Blick ist gequält, so kenne ich ihn nicht.

»Die sind nicht von mir.«

Ich richte mich auf und deute auf die Flaschen. »'tschuldigung, das sieht aber nicht danach aus.«

Vincent schweigt.

»Was ist hier los?«

»Mein Vater.«

»Wie, dein Vater?«

»Er trinkt. Richtig.«

Ich atme aus, hole Luft und versuche ruhig zu bleiben. »Warum sagst du mir das erst jetzt? Und was ist mit Hendrik? Eva hat mir erzählt, dass er einen Drogenabsturz hatte. Ihr habt zusammen gekifft?«

»Ja.«

»Ich dachte, du kiffst nicht mehr!«

»Das stimmt.«

»Ach ja?«

»Es ist eben ... kompliziert.«

»Kompliziert? Hendrik ist im Krankenhaus, das ist ... ganz schön mies. Und wann – bitte schön – wolltest du mir das erzählen? Ich habe dir alles, alles von mir und meiner Familie erzählt. Wie ich drauf bin, meine Probleme. Ich dachte, wir vertrauen uns. Ging es nicht darum? Beim Schreiben und auch sonst, dass man sich öffnet?«

Vincent sagt nichts, aber ich muss reden.

»Wenn ich dich frage, sagst du immer, es ist alles okay.« Ich zeige auf die Schnapsflaschen, den Garten. »Ist das hier okay?« Ich beuge mich zu ihm. »Sag was, Vincent.«

Nichts. Vincent legt den Kopf in seine Hände. Weint er?

Ich höre ein Auto vorfahren und Türen klappen. Eine Kinderstimme ruft. Kurz darauf kommt ein kleines Mädchen hinter das Haus gerannt, ich kenne sie nicht. Ich vermute, es ist seine Schwester, er hat nie von ihr erzählt.

»Vinzi, wir sind wieder da!«

Er steht auf, die kleinen Schnapsflaschen kullern die Terrassentreppe hinunter.

Sie fliegt in seine geöffneten Arme, und er dreht sich mit ihr. Sie juchzt glücklich, während ich stumm danebensitze.

Sie lächelt. »Und, Vinzi? Wie geht es dir?«

»Gut«, sagt Vincent.

Lügner.

»Wir sind zurück«, sagt seine Mutter, die jetzt auch in den Garten kommt, und setzt eine Tasche auf den Rasen. Sie nickt mir kurz zu, dann fällt ihr Blick auf die umgekippten Schnapsfläschchen, und sie erstarrt.

Ich stehe langsam auf. Ich habe keine Ahnung, was vorgeht, aber mir ist klar, dass hier einiges nicht stimmt.

»Ich geh dann mal«, sage ich.

Vincent setzt seine Schwester vorsichtig ab. Er öffnet den Mund, doch es kommt kein Ton heraus, als wäre er stumm, und ich verlasse den Garten, ohne mich noch einmal umzusehen.

Vincent

Ich will Paulina hinterher, aber Fee hält mich fest.

»Wo ist Papa?«, sagt sie und zerrt mich Richtung Haus.

Mein Herz hämmert im Technobeat. Ich muss mit Paulina reden. *Ihr alles erklären.* Aber da ist auch die Panik, dass jetzt alles rauskommt, überall, und diese ganze fette Blase von Heimlichkeiten und Versteckspielen in die Luft fliegt, platzt, und sich die ganze Scheiße über mein Leben verteilt. Aber ist das nicht sowieso schon passiert?

Meine Mutter scannt die Anzahl der Fläschchen, sieht zu mir, schweigt, dann geht sie zu Fee. »Hast du Lust auf ein Eis? Wir können in ein schönes Eiscafé fahren.«

»Juhu«, jubelt Fee und schiebt ihre Hand in meine. »Was nimmst du für Sorten, Vinzi?«

Ich kann nicht nachdenken, mein Kopf hat mit Paulina den Garten verlassen, jeder Gedanke ist bei ihr, mein Herz stolpert unfähig vor und zurück. Ich kann sie verstehen, sie hat mir alles von sich erzählt, und ich habe alles verschwiegen. Ich habe mich einfach daran gewöhnt, Dinge zu verstecken. Wie mein Vater. Er die Flaschen, ich die Geschichten, die ich täglich erlebe. Das geht niemanden etwas an, sagt meine Mutter. Nur uns.

»Zitrone und Erdbeere ... und Schokolade«, sage ich und denke an Paulina. Ich kann nicht über all das hier sprechen. Sie muss das verstehen. Wir reden nie darüber. *Never.*

Meine Mutter nimmt die Tasche wieder auf, trägt sie zum Auto, stellt sie in den Kofferraum, verstaut sie, auch Fees Koffer. Ich ahne, was das bedeutet.

Ich schnalle Fee auf ihrem Kindersitz an, schlage die Tür zu.

»Er ist da«, sage ich über das Autodach hinweg zu meiner Mutter, die zur Fahrerseite geht.

Meine Mutter nickt. »Ich weiß, aber ich kann das nicht mehr. Steig ein. Wir fahren zu Oma.«

»Und Schule?«

»Ich kann dich fahren, das sind nur zwanzig Kilometer von Steglitz aus, also machbar.« Sie fährt sich durch ihr Haar. »Steig ein.«

»Und was ist mit Papa? Ich kann nicht zu Oma. Ich habe Schule und ...«

Da ist noch Paulina. Ich kann jetzt nicht weg.

Sie seufzt. »Einverstanden. Ich sage Fee, dass du noch etwas vorhast. Und ich rufe täglich an.«

Sie steigt ein.

Ich beuge mich hinunter zu Fee, klopfe leicht gegen das Fenster und lächele.

»Viel Spaß!«, sage ich leise, obwohl ich weiß, dass sie mich durch die Scheibe nicht hört.

IRREN IST MENSCHLICH

Paulina

»Und? Wie geht es dir heute? Wie waren die Ferien?«, fragt Zander freundlich.

Ich denke an Vincent. Seit ich bei ihm zu Hause war, haben wir uns nicht mehr gesehen, nicht mehr gesprochen.

»Gut.«

Zander lächelt aufmunternd.

»Und wie ist es mit deinen Freudinnen?«

Nora sagt, ich soll abwarten, Eva sagt, ich soll mit Vincent reden, Alisa sagt, vergiss den Typen.

»Sie sind zurück.«

»Und das Schreiben? Kommst du voran?«

Überhaupt nicht. Seit ich Vincent nicht mehr treffe, habe ich nichts mehr geschrieben. Keinen Satz, keine Zeile, kein Wort.

»Na ja.«

»Und was ist mit den Medikamenten? Du hast mir gesagt, dass du sie in den Ferien nicht gebraucht hast. Und jetzt?«

»Ich nehme wieder eine Tablette täglich. Leider.«

Ich bin nicht stolz darauf, aber Schule ist Stress.

Zander beugt sich vor. »Paulina. Sieh die Medikamente als Freunde an, die dich unterstützen.«

Na klar, die Pille, dein Freund und Helfer.

Ich ziehe die Beine an, mache mich klein auf seinem Sessel.

»Und wie unterscheiden Sie zwischen Freunden und Nichtfreunden? Zwischen Drogen und Nichtdrogen. Wann ist ein Medikament dein Freund und wann ein Feind?«

Dr. Zander nimmt die Brille ab und massiert mit Daumen und Zeigefinger die Stelle, auf der die Brille auflag.

»Willst du darüber reden?«

»Ja.«

»Hm. Also erst einmal denke ich, dass ein guter Freund dich unterstützt und ein schlechter Freund dich nur ausnutzt.«

Er setzt die Brille wieder auf, sieht mich an. »Eine Droge oder ein Medikament ist dein Feind, wenn du sie aus den falschen Gründen nimmst. Weil du dich nicht gut fühlst, weil du einen Mangel ausgleichen willst.«

»Und was ist, wenn ich einfach Spaß haben will? Was ist daran falsch?«

Dr. Zander legt den Kopf schief. »Nimmst du Drogen? Ist es das? Willst du welche nehmen?«

»Nein. Es ist nur ... ich habe Speed in Beas Zimmer gefunden.«

Zander schweigt einen Moment.

»Wissen deine Eltern davon?«

»Nur ... ein Freund. Werden Sie ihnen davon erzählen?«

»Nein. Was du mir sagst, ist vertraulich und bleibt in diesem Raum. Mich interessiert nur, wie es dir damit geht? Wie fühlt es sich für dich an?«

Ich vergrabe mich noch weiter im Sessel.

»Schlecht. Ich habe das Gefühl, Bea hatte ein Leben, was sie vor uns versteckt hat. Ein geheimes Leben, mit Drogen und Partys.«

»Und jetzt bist du enttäuscht?«

»Ich dachte, ich kenne sie«, platze ich heraus.

Ich dachte auch, ich kenne Vincent.

Zander sieht aus dem Fenster, als müsste er sich auftanken, dann wieder zu mir. »Paulina, ich denke, Bea wollte dich schützen, indem sie dir nichts erzählt hat. Diese Kombination wirst du immer wieder finden, wenn es um Drogen geht. Drogen und Geheimnisse, Drogen und Lügen. Egal ob legal oder illegal, Drogen zu nehmen oder von ihnen abhängig zu sein, ist ein Makel in unserer Gesellschaft. Darüber spricht man nicht. Weil es gesetzwidrig ist, aber auch, weil man Angst hat, Schwäche zu zeigen. Vielleicht war Bea nicht so stark, wie du gedacht hast.«

Vincent

Auf dem Küchentisch stehen fünf Weinflaschen, zehn Bierflaschen, eine Flasche Schnaps und ein voller Aschenbecher. Mein Vater hatte Besuch, Schauspielkollegen, die trinken alle, sagt er, also ist es normal, und wenn er sie einlädt, dann kann er trinken, soviel er will. Ich öffne das Fenster, lasse Luft herein, räume die Flaschen weg, leere den Aschenbecher. Mein Vater ist zu seinem alten Ablauf zurückgekehrt, die tägliche Trinkerei, Kneipe und dann zu Hause. Jetzt, da meine Mutter und Fee weg sind, lässt er sich allerdings noch mehr gehen, ich mache alles allein. Ich habe noch zehn Minuten, dann muss ich los zur Schule. Kein Frühstück. Der Kühlschrank ist leer, wir haben kein Brot mehr, ich nehme mir einen Apfel, niemand kauft ein, wie soll ich das auch noch neben der Schule schaffen?

Als ich an der Schule ankomme, regnet es. Ich stelle mein Rad ab, schnappe meinen Rucksack und setze die Kapuze meines Hoodies erst in der Halle ab. Ich bin trotzdem klitschnass. *Verdammt.*

»Vincent!«

Eva kommt auf mich zu, und mein Puls rast in die Höhe. Ist Paulina in der Nähe? Nein, Eva ist allein. Sie ist kein bisschen nass, als ob sie sich in die Schule gebeamt hätte, vermutlich ist sie gefahren worden.

»Wie geht es Hendrik?«, fragt sie.

»Er ist noch im Krankenhaus, aber es geht ihm schon besser.«

Auf der psychiatrischen Station. Mit Medikamenten so ruhiggestellt, dass er in Zeitlupe redet, blass, zu dünn.

»Wann wird er entlassen?«

»Weiß nicht.«

Wenn er sich erholt hat. Vielleicht.

Eva nickt. »Okay, was machen wir dann mit dem Theaterstück? Unser *Kabale und Liebe*, er hatte doch diese ganzen Ideen. Meinst du, wir sollen das Weitere einfach ohne ihn entscheiden? Soll ich ihn mal besuchen?«

Auf keinen Fall!

»Ich sag ihm einfach Bescheid, okay?«

Es klingelt zum Unterricht.

Eva sieht zum Eingang. »Hast du Paulina gesehen? Ihr habt doch jetzt zusammen Schreibwerkstatt.« Sie deutet auf meinen nassen Hoodie. »Bestimmt ist sie auch klitschnass.«

»Oder gefahren worden.«

»Ganz sicher nicht.«

»Ganz sicher nicht?«

»Na, du weißt doch ...«

Weiß ich?

»Der Unfall.«

Ich nicke, obwohl ich gerade erst begreife. Der Unfall. Das Abifest, ihre Weigerung, in das Taxi zu steigen.

»Ich muss los.«

»Viel Spaß beim Schreiben!«, ruft mir Eva hinterher.

Die erste Schreibwerkstatt nach den Ferien, die Gruppe ist geschrumpft, die meisten haben ihre Texte abgegeben und kommen nicht mehr. Paulina ist noch nicht da, ich hoffe, sie kommt, sie muss kommen, alles andere interessiert mich nicht. Ich setze mich, ohne Text und ohne Ruhe, mich auf irgendetwas anderes einzulassen, übermüdet, hungrig, erschöpft. *Ich muss mit ihr reden.*

Frau Neuer kommt in den Raum und schwenkt fröhlich eine Mappe. Ist sie eigentlich immer gut drauf?

»Da sind alle Texte drin, die ihr mir abgegeben habt. Danke!«

Okay, ein Text von mir ist nicht dabei. Hat Paulina einen abgegeben? Denkt sie noch an unsere Abmachung, dass wir uns unsere Geschichten vorher zeigen? Wohl kaum.

Die Neuer setzt sich zu uns in den Kreis und legt die Mappe auf ihren Schoß. »Ich bin mit all euren Texten sehr zufrieden. Ich habe sie nachgesehen und gebe sie euch heute wieder, damit ihr euch meine Anmerkungen ansehen könnt. Mir ist übrigens aufgefallen, dass die meisten von euch immer noch ein wenig Schwierigkeiten mit der Dramaturgie ihrer Geschichten haben.« Sie legt die Mappe ab, steht auf und geht an die Tafel. »Daher möchte ich euch heute noch ein weiteres Hilfsmittel vorstellen, das eurer Schreiben unterstützen kann.«

Sie schreibt *Reise des Helden* an die Tafel und malt einen waagerechten weißen Strich über alle drei Tafelhälften. Ich habe keine Ahnung, wieso das hilfreich sein soll. Am liebsten würde ich wieder gehen.

»Die Heldenreise besteht aus zwölf einfachen Stationen.«

Die Tür öffnet sich. Paulina. Sie reißt ihre Kapuze runter, ihre Haare fallen ihr nass ins Gesicht. Ich nicke ihr zu, sie nickt zurück, setzt sich aber neben Suse. Sind wir jetzt wieder da, wo wir vor den Ferien waren? Einfach nur Leute im selben Kurs? Auf einmal scheint es aussichtslos, sie auch nur anzusprechen.

»Dieser Strich ist die Reise des Helden, also ein Zeitstrahl«, sagt Frau Neuer und begrüßt Paulina mit einem Nicken. »Die Reise des Helden kann man – genau wie die Drei-Akte-Struktur – wunderbar für die Gliederung von Geschichten nutzen.«

Alles, was sie sagt, rauscht einfach durch meinen Kopf. Heldenreise? Ein Held? Wer soll das sein?

»In der Literatur und besonders im Film wird die Heldenreise sehr oft benutzt. Heute möchte ich euch diese zwölf Stationen gerne vorstellen. Ja, Suse?«

»Braucht denn eine Geschichte immer einen Helden oder eine Heldin?«

Die Neuer nickt in die Runde. »Gute Frage, was denkt ihr?«

Ich denke, dass ein Held jetzt aufstehen und mit Paulina den Kursraum verlassen würde.

»Nein«, sagt Pit. »Ich kann doch auch eine Geschichte über unseren Briefträger erzählen.«

»Oder über mich selbst«, sagt Suse.

Pit grinst. »Superwoman!«

»Richtig«, sagt die Neuer. »Der Held eurer Geschichte muss nicht immer ein Held im klassischen Sinn sein. Natürlich kann es auch der Briefträger sein oder man selbst. Denkt an den Hobbit.«

Ich denke nicht an den Hobbit, sondern an Paulina. Und an Hendrik. Meinen Helden, der immer alles anspricht, alles raushaut. Der immer gut drauf ist, kein Problem, jemand, der alle Grenzen austestet und jetzt im Krankenhaus liegt. Ich denke an den Text, den ich schreiben sollte, aber nicht schreiben kann. Ich denke an Foster Wallace und *Unendlicher Spaß*, an seine verrückten Helden, drogen- und karrieresüchtig, kriminell. Ein Autor, der vielleicht ein Genie ist, lustig, aber tief im Innern depressiv. Der sich das Leben genommen hat, weil das Leben für ihn nicht so witzig war, wie er es dargestellt hat. Die seitenlangen Anmerkungen, die verrückte Zeitrechnung, hat überhaupt irgendjemand dieses Buch zu Ende gelesen? Ist alles so kompliziert wie in *Unendlicher Spaß* oder so einfach, wie die Neuer sagt – drei Akte oder zwölf Schritte, die Dramaturgie des Lebens, und der Held ist am Ziel?

»Vincent?«

»Ja?«

»Kommst du bitte an die Tafel?«

Paulina

Ich weiß, dass ich auf Frau Neuer achten sollte, das, was sie sagt, und die Unterteilungen, die Vincent auf der weißen Linie macht, aber ich sehe nur seine nassen Haare und denke an den Tag an der Havel. Sein Gedicht, seine Art, das Leben zu sehen. In einzelnen Snapshots, ohne Ordnung, das Chaos wird zum Muster.

Eigentlich bin ich sauer auf ihn, wieso hat er mir nichts von seiner Familie erzählt, seinen Eltern, seiner Schwester, seinen Problemen? Aber da ist noch ein anderes Gefühl, das die letzten Wochen stärker geworden ist. Ich mag ihn. Sogar sehr. Er hat sich in mein Herz geschlichen, leise und unauffällig. Nicht so, wie ich es sonst kenne, sondern ganz anders, und ich bin selber überrascht.

»Seht ihr«, sagt Frau Neuer und deutet auf die Tafel, den weißen Strich und die ersten Unterteilungen. »Diese ersten vier Stationen des Helden auf seiner Reise sind gut mit dem ersten Akt der Drei-Akte-Struktur zu vergleichen. Paulina? Ist dir das klar?«

Ich schrecke hoch. Auf einem Ohr habe ich zugehört, der Rest war weit weg.

»Ja, also, die erste Station des Helden ist sein Aufbruch aus der gewohnten Welt«, versuche ich mich zu erinnern. »Die zweite Station: Der Held will eine Aufgabe erfüllen. Die dritte Station ...« Ich passe.

»Er zweifelt, ob er die Aufgabe schaffen kann«, springt Suse ein. »Station vier: Er erhält einen Auftrag, oder es gibt einen Mentor, der ihm hilft.«

Vincent schreibt die Erklärungen an die ersten vier Striche auf der Kreidelinie. Seine Handschrift ist abolut unleserlich, Frau Neuer wollte ihn also nur beschäftigen, und ich bin froh darüber, denn so kann ich ihn ansehen, ohne dass es auffällt.

Sie zählt die Gruppe durch. »Das passt genau, denn jetzt machen wir zu den nächsten Stationen eine Übung und gehen dafür am besten alle raus auf den Schulflur.«

Wir folgen ihr vor die Klasse.

Im Schulgebäude ist es still, nur ein leises Murmeln hinter den anderen Türen. Mal wieder ein Experiment, obwohl es mir lieber wäre, einfach nur still auf meinem Stuhl zu sitzen.

»Stellt euch in einer Reihe auf«, bittet Frau Neuer. »Hinter Suse, aber mit etwas Abstand zueinander.« Als Vincent sich in die Reihe stellen will, winkt sie ihn zu sich. »Du bleibst hier bei mir.«

Ich stelle mich auf die letzte Position der Reihe, irgendwie fühle ich mich besser, wenn ich möglichst weit weg von Vincent stehe. Außer Gefahr.

»Wartet mal.« Frau Neuer verschwindet in der Klasse.

»Hast du deinen Text schon fertig?«, fragt Pit, der neben mir steht.

»Nein, ich arbeite noch daran.«

In Wirklichkeit arbeite ich nicht daran. Schriftsteller würden es vielleicht Schreibblockade nennen, aber ich sitze einfach nur fest. Ich verstehe den Hinweis von Frau Neuer, etwas zu schreiben, was mich wirklich angeht, aber es fällt mir schwer, über Bea und den Unfall zu schreiben, alles ist neblig, und je näher ich den Erinnerungen an den Abend, die Nacht, den Unfall komme, desto panischer werde ich.

»Worüber hast du denn geschrieben?«, frage ich Pit.

»Über eine Ameise, die ihr Ameisenvolk verlässt und in einem alten Honigglas lebt.«

»Oh«, sage ich und weiß nicht, ob ich das großartig oder todlangweilig finden soll.

Vincent lehnt an der Wand vor unserem Kursraum, die Arme verschränkt.

»Hey«, sagt Pit und nickt unauffällig in Vincents Richtung. »Und hast du schon gehört?«

»Was?«

»Sein Freund ...«

»Hendrik?«

»Ja, der hat sich abgeschossen. War ja irgendwie klar, so viel, wie die beiden gekifft haben.«

»Woher weißt du das?«

Pit sieht mich überrascht an. »Na, das ist doch kein Geheimnis.«

»Und wer hat dir das erzählt?«

Pit zuckt mit den Schultern. »Spricht sich halt rum.«

Ich denke daran, was über mich geredet wird. Geschichten, die sich wie stille Post verbreiten, sich verändern und am Ende vollkommen verdreht sind. Natürlich redet Vincent nicht über seinen Vater oder Hendrik. Alles wird herumgetratscht, vergrößert, verzerrt, seine Geschichte genau wie meine Geschichte. Woher sollte er wissen, dass er mir trauen kann? Kann er mir trauen? Ich rede über fast alles.

Frau Neuer kommt zurück und teilt Zettel aus.

»Jeder oder jede von euch steht jetzt für eine der Stationen fünf bis zwölf der Reise des Helden. Lest euch genau durch, was eure Station ausmacht. Dann legt den Zettel weg und versucht es gleich mit eigenen Worten zu sagen.«

Ich überfliege den Zettel. Wie ironisch, dass ich immer nur Anfänge schreibe und jetzt das Ende der Heldenreise darstelle.

»Und du bist unser Held«, sagt Frau Neuer zu Vincent.

Vincent stößt sich von der Wand ab und folgt ihr an den Anfang der Reihe. Er sieht müde aus, erschöpft, fertig, und mein Herz zieht sich zusammen. Er sollte mir egal sein, aber das funktioniert nicht.

»Du hast die ersten vier Stationen schon hinter dir, also den Aufbruch in die neue Welt«, sagt Frau Neuer. »Jetzt beginnt deine Reise. Jeder in der Reihe steht für eine Station auf deinem Weg zum Ziel.«

Vincent stellt sich vor Suse. »Station fünf: Du gehst los. Die Reise beginnt«, sagt sie.

Während Vincent die Reihe entlanggeht, denke ich an Bea. Ihre Geschichten, ihr Lachen, wie sehr ich sie bewundert und dabei gar nicht richtig gesehen habe. Ihre Wünsche, ihre Ziele, ihre Pläne, ihre Heldenreise.

»Station sechs. Du triffst auf Feinde und Freunde.«

Ich wollte nicht, dass sie auszieht, weggeht.

»Station sieben. Du triffst deinen Gegner.«

Ich habe mich an sie gekettet, sogar auf der Party, auf der ich niemanden kannte und so lange gequengelt habe, bis sie mich nach Hause gefahren hat. Oder fahren wollte.

»Station acht. Der Kampf und der Sieg über den Gegner.«

Waren das die Drogen? Hat sie den Kampf verloren?

Vincent macht einen weiteren Schritt. »Station neun. Der Held hat den Schatz erobert, mit dem er nun zurückkehren kann.«

»Was für einen Schatz?«, fragt Tanja.

»Geld, eine neue Entdeckung oder auch eine Erkenntnis«, sagt Frau Neuer.

Vincent macht einen Schritt weiter in der Reihe. »Station zehn. Der Held tritt den Rückweg mit neuem Wissen an.«

»Ich hoffe, das passiert heute nach dieser Stunde!«, sagt Frau Neuer und lacht.

Mein Herzschlag beschleunigt sich. Vincent kommt immer näher, er ist nur noch eine Position von mir entfernt.

»Station elf. Der Held bringt seinen Schatz zurück in seine Alltagswelt«, sagt Pit.

Noch ein Schritt, und Vincent steht vor mir.

Mein Hals ist trocken.

»Paulina?«

»Station zwölf«, sage ich. »Der Held ist am Ziel.«

Vincent

»Hey, Alter, der Held hat sein Ziel erreicht«, sagt Pit und legt seinen Arm um meine Schulter, als wären wir beste Freunde. Ich habe jetzt keine Zeit für seine Spielchen. Ich muss mit Paulina reden. Ich sehe ihr nach, wie sie zurück in die Klasse geht. Ich werde sie abfangen, wenn sie zurückkommt.

»Tja, ich muss dann mal los«, sage ich zu Pit, aber er hält mich nur noch mehr fest, zieht mich leicht an sich.

»Sag mal, ich hätte ja Hendrik gefragt, aber der fehlt ja schon länger. Woher bekommt ihr eigentlich euer Dope?«

Ich zucke ungeduldig mit den Schultern. Ich muss passen. Dass ich ein paar Dinge weiß, heißt nicht, dass ich sie ausplaudern werde.

Pit flüstert. »Äh ... dealst du auch?«

Ich habe noch nie gedealt und Hendrik auch nicht.

»Nope. Tut mir leid«, sage ich.

»Echt Mann, keinen Tipp für mich?«

Wenn Pit etwas nachdenken würde, könnte er leicht darauf kommen. Idealer Verteilerplatz, richtige Einstellung zum Geschäft, da kommen nur wenige infrage. Aber ich traue Pit nicht, und ich habe auch keine Lust, Werbung für Dope zu machen. Hendrik wollte immer, dass wir eine Hanfplantage im Garten anlegen, aber ich war dagegen. Am Ende bin ich wie mein Vater, der seine Drogen versteckt, sein ganzes Leben versteckt? Nein, danke.

Paulina kommt aus der Klasse gerannt. Sturmschritt.

Ich lege Pits Arm von meiner Schulter. Ich muss meinen Rucksack noch aus der Klasse holen. Aber wenn ich renne, kann ich sie erwischen, bevor sie die Schule verlässt. »Hör mal, ich muss jetzt echt los.«

»Ja, okay, schon klar.« Pit grinst. »Und bestell Hendrik gute Besserung, wenn du ihn siehst.«

»Mach ich.«

Ich spurte zurück in die Klasse, schnappe meinen Rucksack.

»Warte, Vincent!«

Die Neuer stellt sich mir in den Weg. Bestimmt, weil ich noch keinen Text abgegeben habe. Geht nicht. Nicht mein Ding. *Sorry.*

»Ich muss los ...«

»Hier!«

Sie hält mir ein Taschenbuch hin. Es ist so schwarz wie mein Notizbuch, nur kleiner und dicker. Ich sehe auf den Titel.

»*Crank?*«

Warum quatschen mich auf einmal alle auf Drogen an?

»Ja, entschuldige, das soll keine Anspielung sein.« Die Neuer wedelt abwehrend mit ihrer freien Hand. »Das Buch handelt von Crystal Meth, aber deshalb wollte ich es dir nicht zeigen.« Sie schlägt es auf, deutet auf eine Seite. Kurze Sätze und Worte.

»Gedichte?«, frage ich ungeduldig.

»Nicht ganz.«

Sie blättert weiter, zeigt auf eine Seite, in der aus Sätzen und Worten Bilder entstehen. Ein Pfeil, ein Dach.

> Verdammt,
> was soll das?
> Warum in aller Welt,
> zeigt sie mir dieses Buch?

»Ich dachte, weil du doch meintest, du kannst keine ganze Geschichte schreiben. Die Autorin hat für dieses Buch eine eigene Form gefunden, vielleicht entspricht dir das eher als die

Drei-Akte-Struktur oder die Heldenreise.« Sie reicht mir das Buch. »Ich kann es dir leihen. Ich dachte, es könnte dich motivieren oder inspirieren. Ich würde immer noch gerne einen Text von dir haben, egal in welcher Form.«

Ich schnappe mir das Buch. Ich muss los.

»Egal in welcher Form?«

»Ja, natürlich. Literatur kann viele Formen annehmen. Du hast noch eine Woche Zeit.«

Ich nicke.

No way.

Draußen ist es warm, es nieselt leicht, ich habe Paulina verloren. Entweder ist sie schon weg oder noch irgendwo in der Schule, dann warte ich eben. Oder? Ich stehe unschlüssig herum und hole schließlich mein Handy heraus, ich werde ihr eine SMS schreiben. Die Sonne kommt raus, es riecht nach nasser Erde. Ich lade sie zu einem Kaffee ein, ich erkläre ihr alles, ich kriege das hin.

»Hey, du da!«

Ich sehe auf. Jan steht an den Kotflügel eines schwarzen Porsches gelehnt und nickt mir zu.

Was macht der hier?

Ich gehe näher. »Ja?«

»Du bist doch mit Paulina in diesem Kurs, oder?«

Er will zu Paulina, natürlich. Ist das seine Karre? *Kann nicht sein.*

»Weißt du, ob sie schon weg ist?«

Ich zucke mit den Schultern. Keine Ahnung. Echt nicht. Meine spontane Antwort wäre: Sie ist sehr weit weg, eigentlich unerreichbar.

»Du willst sie abholen? Mit dem Auto?«, frage ich.

Jan sieht mich an, als ob ich beschränkt wäre.

»Sieht so aus, oder? Was dagegen?«

»Nein, nur ... Paulina kann nicht Auto fahren.«

Genervter Blick. »Weiß ich. *Ich* fahre.«

Ich weiß nicht, warum ich ihm das alles erkläre, vielleicht, damit er wegfährt und ich mit Paulina reden kann.

»Nee, ganz im Ernst. Sie wird nicht einsteigen. Wegen dem Unfall.«

Er starrt mich an, kurz verunsichert, irritiert, dann nur noch cool. »Das lass mal meine Sorge sein.«

»Okay.«

Ich gehe vom Parkplatz zu den Fahrradständern vor der Schule. Ich brauche nicht auf Paulina zu warten, es wartet schon jemand auf sie. Ihr Freund.

Paulina

In der Cafeteria stellt Anton schon die Stühle hoch, aber Eva, Nora und Alisa sitzen noch an einem Tisch zusammen.

»Sommer-Contest!«, ruft Nora mir zu.

Drei Unterarme liegen nebeneinander auf dem Tisch, und ich lege meinen daneben. Normalerweise hat Alisa jedes Jahr die hellste Haut, sie geht fast nie in die Sonne, um ihren Pfirsichteint zu schützen, aber dieses Jahr bin ich es. Kein Urlaub in Italien, viel zu viel Zeit im Haus, in meinem Zimmer.

»Tja, Pauli«, sagt Nora.

»Griechenland, das gilt nicht«, sagt Alisa. »Ihr habt vermutlich nur am Strand gelegen.«

»Mit Eva?« Nora lacht. »Wir haben jeden verdammten Tempel besichtigt, jeden Steinkrümel der Antike angesehen, für den Strand war gar keine Zeit. Wir sind auf der Akropolis gegrillt worden, so sieht es aus.«

»Ich war am Strand«, sage ich.

Alle sehen zu mir, starren mich an.

»Na ja, die Havel. Gilt vielleicht nicht.«

»Wieso warst du an der Havel?« Alisa hebt ihre Augenbrauen. »Etwa schwimmen?«

»Mit Vincent.«

Meine Freundinnen schweigen und wechseln Blicke. Eigentlich war ich diejenige, die bestimmt hat, dass nicht mehr über ihn geredet wird.

»Aha, mit Vincent«, sagt Nora.

»An der Havel«, sagt Eva.

»Vergiss den Typen«, sagt Alisa und zieht mich mit.

Wir verlassen mit den letzten Schülern das Schulgebäude.

»Schau mal, Pauli, da ist Ken!«

Nora deutet auf den Parkplatz vor der Schule, wo Jan steht und winkt. Ich habe keine Ahnung, was er hier will, ich dachte, es wäre aus. Er lehnt an einem schwarzen Sportwagen, wir gehen näher.

»Hey, Jan.«

Er lächelt. »Hey, Paulina. Ich habe meinen Führerschein.« Er stößt sich vom Wagen ab, fährt sich durch sein Haar.

»Gratuliere. Super.« Ich deute auf den Wagen. »Jetzt deiner?«

Er grinst. »Leider nein, nur geliehen.«

»Hm.«

»Ich dachte ... hast du Lust auf eine kleine Fahrt?«

Nora kneift mich in den Arm. Alisa und Eva sehen sich an. Ich weiß, ich muss mit Jan Schluss machen. Jetzt.

»Jan, sorry, ich kann nicht mitfahren. Tut mir leid.«
Er sieht mich verblüfft an.
»Wieso nicht?«
»Wegen ... dem Unfall.«
Jan macht eine Kopfbewegung zu den Fahrradständern. »Dann hat der Typ also recht.« Ich folge seinem Blick und sehe Vincent, der sein Rad aufschließt.
Nora zupft mich am Arm. »Lass uns gehen.«
»Nein«, sage ich zu ihr. »Fahrt ohne mich los.«
Sie gehen zögernd weiter zu den Fahrradständern, aber ich muss das jetzt klären.
Jan geht auf mich zu, fasst mich bei den Schultern. »Hey, Baby, warum hast du mir das nicht erzählt?«
Ich erinnere mich daran, wie beschützt ich mich immer bei Jan gefühlt habe. Wie sicher. Vorher. Aber das ist jetzt vorbei.
Ich deute auf das Auto. »Nur reinsetzen, okay?«
Jan nickt begeistert und öffnet mir die Beifahrertür. Ich steige ein und sinke in den tiefen Sportsitz, ich bin nur einmal damit gefahren, als mich Jans Vater damit nach Hause gebracht hat. Der Wagen riecht nach Leder und Zigarettenrauch, fremd und erwachsen.
Durch die Windschutzscheibe sehe ich Vincent auf sein Mountainbike steigen, umdrehen und abfahren. Die tief sitzende Baggypants, die hervorblitzende Boxershorts, sein weiter Hoodie mit dem Logo auf dem Rücken, seine sportlichen Bewegungen. Am liebsten würde ich mit ihm fahren.
Jan geht um den Wagen, steigt ein. Ich drehe mich zu ihm. »Es tut mir leid. Ich hätte eher mit dir reden sollen.«

Vincent

Ich schließe unsere Wohnung auf und halte die Luft an. Seit meine Mutter ausgezogen ist, geht das schon so. Ich habe Angst, dass mein Vater irgendwo in der Wohnung liegt, wenn ich nach Hause komme. Bewusstlos, oder sogar tot, an seiner Kotze erstickt. Wenn ich ihn dann nur vor dem Fernseher hängen sehe, werde ich wütend, dass ich mich um ihn sorge, während es ihm anscheinend vollkommen egal ist, wie es mir geht.

»Hey«, sage ich und lege meinen Rucksack an der Couch ab. Auf dem Couchtisch stehen Bierflaschen, kein Schnaps. Die Einstimmungsphase. Mein Vater sieht zu mir, seine Augen sind rot, ich frage mich, ob er geweint hat oder ob das nicht mehr vorkommt, wenn man so viel trinkt wie er.

»Wo ist deine Mutter? Hat sie vor, wiederzukommen?«

Ich habe es ihm schon ein paarmal erklärt. »Sie ist bei Oma, mit Fee.«

»Urlaub?«

Ich hatte gehofft, dass meine Mutter ihm das alles erklärt hat.

Mein Vater steht leicht schwankend auf, kommt zu mir, legt seine Hände auf meine Schultern. »Jetzt sind wir beide hier allein. Nur die Männer. Ist schon richtig so.«

Was soll ich dazu sagen?

»Komm, setz dich, wir trinken was zusammen.«

Er weiß, dass ich nichts trinke, aber er vergisst es einfach immer wieder, genauso wie seine Schwüre, mit dem Trinken aufzuhören.

Ich setze mich, stehe dann auf, gehe in die Küche und hole Apfelsaft und Selters, gieße mir ein Glas ein und komme zurück. Mein Vater setzt die Bierflasche ab, schüttelt sie leicht, sie ist leer. Er tut so, als wäre das wichtig, die Flaschen leer zu machen, nur dass immer neue volle Flaschen nachkommen.

Ich setze mich auf den Sessel der Sitzgruppe.

»Was haben wir denn zum Essen?«, fragt er.

»Nichts«, sage ich und nehme einen Schluck von der Apfelschorle, die meinen leeren Magen verätzt.

»Hast du nicht eingekauft?«

»Nein.«

Ich zahle den Einkauf von meinem Taschengeld, meine Mutter will immer mal vorbeikommen, schafft es aber nicht oder will es nicht. Ich will auch nicht mehr. Ich lasse den Kopf zurückfallen, schließe die Augen. Fee und meine Mutter sind weg. Hendrik ist krank. In den letzten Wochen gab es Paulina, aber jetzt gibt es niemanden mehr.

LIEBE

Paulina

»Und? Wie findest du es?«, fragt meine Mutter.

»Schön.«

Beas Zimmer ist weiß gestrichen, die Holzdielen sind frisch abgezogen. Es riecht nach Wandfarbe und dem Wachs, mit dem der Boden versiegelt worden ist. Wir machen ein paar Schritte durch den Raum, der mir renoviert vollkommen fremd ist.

»Das Zimmer ist heller und größer als deins.«

Meine Mutter sieht mich fragend an.

Ich weiß nicht. Ist es gut, in Beas Zimmer zu ziehen?

»Kann ich noch etwas darüber nachdenken?«

»Natürlich.«

In meinem Zimmer brauche ich einen Moment. *Bye, Bea.*

Ich setze mich an den Sekretär, schlucke hart. Jetzt, wo ihr Zimmer aufgelöst ist und ihre Accounts, ihr Handy entsorgt und ihre persönlichen Sachen entweder verpackt oder weggebracht worden sind, ist es zum ersten Mal real. Ich zittere, seit einer Woche nehme ich die Pillen nicht mehr. Zander hat mich ermutigt, irgendwann sollte ich wieder lernen, ohne sie klarzukommen. Lieber Sport machen, mich gesund ernähren, den Stress in Grenzen halten und schreiben. Auch das hält Zander für eine Therapie, etwas, das mir helfen kann, mit Beas Tod klarzukommen. Okay. Ich klappe das Laptop auf, erstelle eine neue Datei, starre auf die Fläche auf meinem Bildschirm. Ein weißes Display, ein weißes Rauschen auch in meinem Kopf, das weiße Zimmer, die weißen Wände, das weiße Licht. Bisher hatte ich immer Anfänge, jetzt fällt es mir schwer, zu beginnen. Zwölf Stationen der Heldenreise. Bea war meine Vertraute, meine Heldin. Und alles, was ich über sie erfahren habe, waren Dinge, die ich nicht wissen wollte. Dass sie Speed genommen und getrunken hat. Und mich wahrscheinlich auf die Party nur mitgenommen hat, weil ich unbedingt mitwollte. Wie soll ich eine Geschichte über sie schreiben, wenn mir immer klarer wird, wie wenig ich über sie weiß?

Der Bildschirm springt in den Ruhemodus, alles wird schwarz. Bea ist tot. Gestorben. Es ist dunkel. Ich klappe das Laptop zu, lege meine Arme auf das kalte Metall und den Kopf darauf und weine. Endlich.

Als ich den Kopf wieder hebe, kommt es mir vor, als ob Stunden vergangen sind. Ich sehe aus dem Fenster, die Bäume, die Blätter, jedes Jahr wieder, egal, was passiert. Es geht immer weiter, auch wenn man selber nicht mehr da ist, das ist doch beruhigend, oder? Ich ziehe den Schreibblock zu mir heran, den ich hier vor Wochen abgelegt habe, nehme einen Bleistift und sehe auf das Papier, das sehr geduldig wartet, bis ich beginne.

Liebe Bea,
große Schwester, Vorbild. Ich sitze hier in Deinem leeren Zimmer und frage mich, wie ich das machen soll. Ohne Dich. Manchmal kommt es mir so vor, als wärst

Du nur mal kurz weggegangen oder zu einem Austauschsemester im Ausland, irgendwann kommst Du zurück, in Dein Zimmer und wir reden. Du fehlst mir. Ich rede mit Dir, ständig, obwohl Du nicht da bist. Ich warte auf Dich, täglich, obwohl Du nicht da bist. Ich vermisse Dich. Der Psychiater, der mich behandelt, sagt, ich fühle mich schuldig, weil Du gestorben bist und ich lebe. Er sagt, es ist schwer, wieder Vertrauen in eine Bindung zu haben, wenn ein Mensch gestorben ist, den man sehr geliebt hat. Manchmal träume ich davon, dass wir beide tot sind. Und zusammen. Dann könnten wir wieder reden. Ich könnte Dir von Jan erzählen, du kennst ihn ja, dem ich immer etwas vorgemacht habe. Weil ich wollte, dass es so wie vorher ist, aber alles hat sich verändert, auch meine Gefühle für ihn. Ich habe es ihm viel zu spät gesagt. Und dann rege ich mich auf, wenn andere mir nicht die Wahrheit sagen. Wie der Junge, mit dem ich in der Schreibwerkstatt bin. Nein, Du kennst ihn nicht. Ich denke aber, Du würdest ihn mögen. Er fährt Skateboard, und er liest Bücher, die so dick sind, dass man sie nicht in einer Hand halten kann. Er nimmt mich immer mit nach draußen, obwohl ich lieber drinnen bin, aber mit ihm ist es anders, die Sonne scheint heller, die Luft ist weicher, mit ihm ist alles neu. Er schreibt in ein kleines Notizbuch, Songtexte oder Gedichte, und manchmal liest er mir eins davon vor. Sie sind wild, anders, großartig. Er kann gut zuhören, und er schwimmt in der Havel, dieser dreckigen Plörre, und, ja, er sieht gut aus. Ich glaube, ich habe mich verliebt.

Ich setze verwirrt ab. *Verliebt?* Wirklich? Etwas zieht sich in mir zusammen. Ja, verliebt. Es ist, als ob jetzt, da ich Bea losgelassen habe, endlich Platz ist für dieses Gefühl.

Vincent

Als ich am Morgen aus meinem Zimmer komme, fällt mir als Erstes auf, dass in der Küche noch Licht brennt, im Flur, im Wohnzimmer. Kein gutes Zeichen.

»Papa?«

Er liegt auf der Wohnzimmercouch, schläft, also hat er es gestern nicht mehr in sein Bett geschafft.

»Hey, du musst aufstehen.« Ich schüttele ihn leicht. »Die Einschulung ist in einer halben Stunde, sie warten bestimmt schon.«

Ich weiß, wie wichtig es für Fee ist, dass er kommt.

Mein Vater rührt sich nicht, der Mund steht halb offen, auf einmal bekomme ich Panik, denke an Hendrik, das ist doch nicht normal? Ich habe lange geschlafen, immerhin ist Sonntag, und gedacht, er wäre längst auf, es ist doch schon Mittag. Ich rüttele fester an seiner Schulter, der Kopf fällt locker nach hinten, der Körper ist ein einziger schlaffer Sack. Ich reiße das Hemd auf, zwei Knöpfe fliegen ab, er stinkt nach Alkohol. Hebt sich seine Brust? *Atmet er noch?*

Er stöhnt kurz, murmelt, sabbert. So schlimm war es noch nie, am Vormittag, und ich habe keine Ahnung, wie ich ihn in einer halben Stunde nüchtern bekommen soll.

Wasser! Ich renne in die Küche, fülle eine leere Weinflasche mit kaltem Wasser, renne zurück ins Wohnzimmer, kippe ihm das Wasser über den Kopf. Er öffnet die Augen, überrascht, aber auch gleichgültig.

»Vincent? Bist du das?« Seine Sprache ist verwaschen, alt.
Nein, der Weihnachtsmann hat Geschenke gebracht.
Was denkt er denn?

»Heute ist die Einschulung. Fee, deine Tochter. Du musst aufstehen!« Er blinzelt, das Haar hängt ihm strähnig ins Gesicht.

»Duschen, rasieren!«, befehle ich, ich habe keine Geduld für langes Zureden.

Ein Geschenk habe ich schon, er muss sich nur um sich kümmern, aber auch das ist zu viel. Ich setze mich neben ihn, ziehe mein Handy aus der Tasche und starre auf das Display. Wen soll ich anrufen? Meine Mutter und Fee sind bestimmt schon auf dem Weg zur Schule. Hendrik hat mir schon einmal geholfen, meinen Vater zu entnüchtern, aber das hat Stunden gedauert, außerdem ist er selber nicht fit. Für einen Moment überlege ich, Paulina anzurufen. Einfach nur, damit ich mit jemandem reden kann, egal über was, jemand, der normal ist, mich kennt. Mein Finger schwebt über ihrem Namen, dann gehe ich auf Abbruch. Das hier ist allein unser Problem, allein mein Problem.

»Im Anzug auf dem Skateboard, das sieht man auch nicht alle Tage«, ruft mir eine ältere Dame zu, als ich von meinem Board springe, es hochflippen lasse und auffange.

Ich renne in die Schule, hier bin ich auch sechs Jahre zum Unterricht gegangen, also kenne ich mich aus.

Die Aula ist so überfüllt, dass diejenigen, die später gekommen sind, schon am Rand stehen. Auf der Bühne laufen Kinder mit Schildern herum und führen etwas für die Schulanfänger auf. Ich schiebe mich etwas weiter in den Saal und scanne den Raum ab. Irgendwo muss meine Mutter mit Fee sitzen.

Fee entdeckt mich, reißt ihren Arm hoch und winkt. Verdammt, ganz auf der anderen Seite der Aula. Ich laufe geduckt vor der Bühne entlang, vorbei an meinen alten Grundschullehrerinnen, die missbilligend zischen, als ich mich auf den Platz am Ende der vierten Reihe schiebe, den Fee für mich frei gehalten hat. Da ist noch ein weiterer Platz, und Fee sieht mich fragend an.

»Er schläft noch«, sage ich.

»Er ist betrunken«, sagt Fee ruhig.

Ich nicke. Es hat längst keinen Sinn mehr, sie anzulügen, warum sollen Lügen sie besser schützen als die Wahrheit?

Ich lege das Skateboard vor meine Füße und den Rucksack ab. Oben schaut das Ende der Schultüte heraus, die ich für Fee besorgt habe. Sie ist kleiner als die, die sie in der Hand hält, trotzdem starrt sie mit leuchtenden Augen auf das Glitzerpapier.

»Für mich?«

»Yep!«

Auf der Bühne singt jetzt ein Schulchor etwas darüber, wie schön es ist, zur Schule zu gehen. Fee freut sich auf die Schule, und ich frage mich, wann das bei mir aufgehört hat. Wann das Leben nicht mehr so viel Spaß gemacht hat wie vorher. Ich will wieder zurück, wieder Spaß haben am Leben, es genießen.

»Gleich bin ich dran!«, flüstert Fee, und richtig, die Schüler werden alphabetisch aufgerufen. Etwas, das ich in meiner Schullaufbahn zu hassen begonnen habe, immer der Erste zu sein, beim Checken der Anwesenheitsliste, bei der Notenverteilung, beim Sport, beim Tafelamt.

»Fee Anders!«

Aber jetzt ist es schön, Fee als Erste auf die Bühne gehen zu sehen, mit ihrem neuen Kleid, ihr Strahlen, die Begeisterung mitzuerleben. Sie bekommt eine Sonnenblume und stellt sich an die Seite.

Meine Mutter beugt sich über die zwei freien Sitze zwischen uns zu mir. »Was war los?«

Ich zucke mit den Achseln. Was immer los ist.

»Ich konnte ihn nicht aufwecken.«

Sie nickt. »Danke, dass du gekommen bist.«

Paulina

Frau Neuer möchte uns einen Kaffee in der Schulcafeteria spendieren, es ist das letzte Treffen der Schreibwerkstatt vor dem Schuljubiläum in einer Woche, und das ist ein Grund zu feiern, auch wenn der Kurs deutlich geschrumpft ist, ich zähle gerade mal fünf Leute. Vincent ist nicht da, obwohl er der einzige Grund ist, warum ich gekommen bin.

»Er hat seine eigenen Probleme«, sagt Nora. »Mit Hendrik, und seinem Vater. Du brauchst niemanden, der dir Probleme macht.«

Richtig, denn ich habe meine eigenen Probleme. Aber genau darum passen wir vielleicht so gut zusammen.

Anton schenkt Kaffee in Becher und schwatzt Frau Neuer, die wir ab jetzt Susanne nennen sollen, eine Ladung Muffins auf. Sie bringt sie auf einem Tablett zusammen mit dem Kaffee an die zwei Tische, die wir zusammengeschoben haben.

»Das war eine schöne Zeit mit euch«, sagt sie und lächelt. »Morgen werden die letzten Änderungen am E-Book gemacht. Alle, die eine Geschichte beigesteuert haben, sollen auch auf der Bühne etwas vorlesen.« Sie sieht zu Suse. »Weißt du schon, ob du das mit der Theateraufführung hinbekommst?«

»Nein, wir haben aber morgen Generalprobe, dann bespreche ich das.«

Frau Neuer sitzt neben mir. »Und, Paulina? Wenn du mir noch einen Text schickst, dann könnten wir ihn einbauen. Etwas Zeit ist noch. Oder soll ich einen deiner anderen Texte nehmen?«

»Nein, auf keinen Fall.« Ich drehe den Kaffeebecher in meiner Hand und schiele alle paar Minuten zum Eingang der Cafeteria, ob Vincent noch kommt. »Ich fand den Kurs aber gut. Ich habe viel gelernt.«

»Das freut mich. Wo ist eigentlich Vincent?«

»Ich weiß nicht?«

Sie steht auf. »Noch einen Kaffee?«

»Nein, danke.«

Frau Neuer geht zum Tresen, ich sehe ihr nach, und mir wird klar, dass ich ihr nie einen Text abgeben wollte. Ich dachte, ich kann mich in der Schreibwerkstatt verstecken, ich habe gehofft, dass niemand merken wird, dass ich mich nur ausruhe, nichts tue und einfach in Ruhe gelassen werden will. Seltsamerweise ist das Umgekehrte passiert. Kein Kurs war bisher so überraschend und interessant und aufregend.

»Paulina?«

Pit kommt von der anderen Seite um den Tisch gelaufen und hockt sich neben mich. »Hey!«

»Was?«

Er senkt seine Stimme. »Weißt du hier Bescheid?«

»Was meinst du?«

Er deutet zum Tresen, wo Frau Neuer steht und einen Kaffee kauft.

»Die Preise?«

»Kaffee eins fünfzig?«

Er verdreht die Augen und senkt die Stimme noch etwas weiter. »Hast du schon mal bei Anton Dope gekauft?«

Ich brauche einen Moment, bis ich kapiere, dass es eine ernsthafte Frage ist. »Wie bitte?«

»Hey, ich will nur sichergehen, dass er mich nicht ablinkt.«

»Okay, verstehe, Pit«, sage ich möglichst ruhig und flüstere idiotischerweise sogar, als wären wir Komplizen. »Ich habe noch nie Dope gekauft.«

Er nickt. »Ach, so. Sorry, ich dachte …«

»Denk weniger.«

Vincent

»Tja, ich komme in den Club«, sagt Hendrik und grinst.

»Wie jetzt?«

»Abstinente-Pro-Pisser. Ich dachte, du bist der Vorsitzende.«

»Echt jetzt? Wöchentlich?«

»Täglich. Deine Mutter hat es meiner wärmstens empfohlen.«

Ich grinse und halte Hendrik die Hand zum High five. »Hältst du das durch?«

Er schlägt ein und streicht dann über die Decke des Krankenhausbettes. »Das ist erst mal der Deal.«

Auf dem Flur ruft jemand laut und singt.

»Und? Wie war das hier so?«, frage ich.

»Interessant. Wusstest du, dass die Regierung Außerirdische auf uns angesetzt hat, um unser Gehirn zu scannen? Und dann werden wir mit Handys auf die Erde zurückgebracht, die unsere Gehirntätigkeit kontrollieren und unsere Verdauung. Alles geht durch den Dickdarm. Echt, Mann.« Er grinst. »Und wusstest du, dass sie uns hier mit Kamillentee vergiften?«

Ich sehe ihn an. »Verarschst du mich?«

Er lässt sich zurück auf das Bett fallen, lacht sich schlapp.

»Ey, du Affe, damit spaßt man nicht!«

Er kichert. »Wow, du hättest dein Gesicht sehen sollen.«

Ich schlage ihn auf die Schulter, und er lacht nur noch mehr, bis der Typ im Nachbarbett sich räuspert. Okay, die Irren sollte man besser nicht verärgern.

»Hendrik?«

Wir sehen hoch, seine Mutter steht in einem Trainingsanzug in der Tür, sie ist Sportlehrerin, vermutlich kommt sie direkt aus der Schule.

»Bist du so weit, können wir gehen?«

Hendrik schießt hoch, salutiert. »Zu Befehl!«

Seine Mutter sieht erst ihn an, dann mich, ich grinse entschuldigend. So ist Hendrik. Auch wenn er gesund ist, ziemlich durchgeknallt.

»Wir sind fertig«, sage ich sachlich, und sie lächelt erleichtert.

Ich trage Hendriks Tasche, seine Mutter ein Rezept, das sie in der Apotheke vor dem Krankenhaus einlöst. Wir warten draußen.

»Ich steige jetzt auf Pillen um«, sagt Hendrik und lächelt schief.

»Wie lange musst du die nehmen?«

»Bis ich nicht mehr abdrehe.«

Ich stelle die Tasche zwischen meinen Füßen ab, wir warten in der Sonne.

Hendrik grinst. »Wird schon wieder.« Er blinzelt. »Ich habe gehört, deine Mutter ist ausgezogen? Bist du jetzt allein mit deinem Vater?«

»Ja.«

»Und?«

»Wird nicht gerade besser.«

Im Klartext: Er säuft mehr als je zuvor.

»Und was ist mit Paulina?«

Ich denke daran, wie sie mit Jan im Porsche gesessen hat. *Ihrem BestBoy.*

»Ist wieder mit ihrem Freund zusammen.«

Hendrik seufzt. »Verdammt. Ihr wart echt gut zusammen.«

Hendriks Mutter kommt zurück, wir gehen zum Auto. Er steigt ein, ich stelle seine Tasche in den Kofferraum.

»Vincent?«

Hendriks Mutter hält mir meine Krankenkarte hin. »Hier, ich habe das klargestellt, es ist alles geklärt. Und ich glaube, ich habe dir noch gar nicht dafür gedankt, dass du Hendrik zur Notaufnahme gebracht hast.«

»Ist doch selbstverständlich.«

Sie lächelt. »Nein, ist es nicht. Wie geht es Marion und Fee?«

»Okay.«

»Ich hoffe, es wird alles gut. Es ist richtig, dass Marion jetzt an sich denkt, an euch und wieder Ordnung in euer Leben bringt.« Sie wühlt in ihrer Sporttasche, zieht einen Flyer hervor und reicht ihn mir.

»Kannst du ihr das geben?«

»Klar.«

Sie schlägt den Kofferraum zu. »Grüß die beiden von mir.«

Paulina

Frau Neuer hat mich in dem Kursraum allein gelassen, und ich habe keine Ahnung, was sie von mir will. Ich habe ziemlich deutlich gemacht, dass ich keinen Text abgeben werde, und außerdem ist die Zeit dafür auch schon um.

»Hey!« Vincent steht in der Tür des Kursraumes. »Hat Frau Neuer dich auch hierher bestellt?«

»Susanne«, sage ich.

Er starrt mich ungläubig an.

»Wir sollen sie duzen.« Ich habe es bisher noch nicht ein Mal geschafft, Du zu ihr zu sagen, aber Vincents Gesicht war den Spruch wert.

Er setzt sich auf einen Stuhl, legt sein Skateboard ab. Ich freue mich, ihn zu sehen. Zwischen uns bleiben zwei Plätze frei. *Sicherheitsabstand.*

Sein Blick wandert im Raum herum, dann zurück zu mir.

»Kommen noch andere Leute?«

Ich zucke mit den Schultern.

»Was will sie von uns?«

»Keine Ahnung.«

Wir schweigen. Es ist nach Schulschluss und so still im Raum, dass wir uns atmen hören. Ich sehe auf mein Handy, er sieht auf sein Handy. Wir tippen auf den Displays herum, tun beschäftigt, aber ich für meinen Teil scrolle nur die Wettervorhersagen für halb Europa herunter und nehme nichts wahr, noch nicht mal das echte Wetter draußen. Vorhin hat es geregnet, oder?

»Es soll in der nächsten Woche warm werden.«

»Aha«, sagt Vincent.

»Richtig warm. Also heiß.«

»Hm.«

Ich höre entsetzt meiner Stimme zu, die Small Talk macht. Eigentlich wünsche ich mir eine Aussprache mit Vincent, doch statt einem richtigen Gespräch rede ich nur lauter Unsinn. Reden ist Silber, Schweigen ist Gold. Ein Spruch, der mir noch nie eingeleuchtet hat, aber auf einmal Sinn macht. Denn die Worte spielen keine große Rolle, weil da noch etwas anderes ist, das es mir schwer macht, klar zu denken. Ein Gefühl, als ob die Luft zwischen uns knistert, etwas, das es fast unmöglich für mich macht, mit Vincent in einem Raum zu sein. Etwas, das immer stärker wird, je öfter wir uns sehen, oder bemerke ich es erst jetzt, seit ich die Pillen nicht mehr nehme?

»Entschuldigt bitte.« Frau Neuer stürmt mit einem Stapel Papier in den Raum und lässt ihn erschöpft auf das Pult fallen.

»Kein Ding, Susanne«, sagt Vincent, und ich muss grinsen.

»Okay!« Frau Neuer setzt sich vor uns auf einen Stuhl. »Schön, dass ihr da seid. Ihr beide gebt ja keine Texte ab, oder?«

Ich sehe zu Vincent, er zu mir, wir schütteln beide den Kopf.

»Ja, ich kann nur sagen, dass das sehr, sehr schade ist.«

Wir legen eine gemeinsame Schweigeminute ein, in der Frau Neuer uns Zeit gibt, unsere Meinung zu ändern, was nicht geschieht.

»Tja, nun gut. Ich habe euch hierher gebeten, da ich geplant habe, dass alle Autoren aus unserer Schreibwerkstatt auf dem Jubiläumsfest etwas aus ihren Texten vorlesen. In der Aula, auf der Bühne, es wird festlich werden. Nun spielen aber Pit und Suse im Theaterstück die Hauptrollen, und da das Theaterstück einmal vor und einmal nach den Lesungen gespielt wird, wäre das zu viel Stress für die beiden. Daher ist meine Frage, ob ihr nicht etwas aus den Texten von Suse und Pit vortragen könnt?«

Von mir aus.

»Okay«, sagt Vincent zögernd, ich nicke.

Frau Neuer steht auf und kramt in dem Papierstapel. »Tja,

verrückt, da machen wir ein E-Book, und ich habe die ganze Zeit mit Papier zu tun.« Sie lacht und zieht zwei Texte aus dem Stapel. Beide sind nur wenige Seiten lang. Sie hält in jeder Hand einen. »Wer will was?«

Vincent greift blind zu, ich bekomme den anderen Text, er ist von Pit.

»Ihr sucht euch einfach eine Stelle heraus, die euch gefällt, oder sprecht vielleicht noch mal mit Suse und Pit. Ihr lest etwa fünf bis zehn Minuten. Alles klar?«

Wir nicken. Ich überlege, ob ich »Ja, Susanne« sagen soll, aber dann schweige ich doch lieber.

Vincent stopft den Text in seinen Rucksack. Wir stehen alle auf.

»Okay, ich bin schon spät dran, dann bis in einer Woche«, sagt Frau Neuer, schnappt ihren Papierstapel und verlässt eilig den Raum.

Vincent und ich lassen uns Zeit.

»Du hast also keinen Text abgegeben«, sagt Vincent, als wir durch die leeren Schulgänge bis zum Ausgang laufen.

»Du auch nicht«, sage ich.

»Meine Sachen sind ihr bestimmt viel zu chaotisch«, sagt er.

»Und meine sind zu kühl.«

Er lächelt. »Hey, das war doch nur der erste Versuch.«

»Ich finde deine Texte gar nicht chaotisch«, sage ich.

»Wir können uns immer noch unsere Texte zeigen«, sagt Vincent.

»Okay.«

Draußen schlägt uns die Hitze entgegen.

»Wie geht es Hendrik?«, frage ich.

»Besser.«

»Ich verstehe, dass du nicht über …«, ich mache eine vage Bewegung mit den Händen, »… all das reden wolltest. Willst!«

Die Alkoholsucht deines Vaters. Den Drogenabsturz von Hendrik.

»Am Ende wird das nur herumgetratscht.«

Er zuckt mit den Schultern. »Ach ja?«

»Stört dich das nicht?«

Vincent bleibt stehen, zögert, dann sagt er leise: »Was über mich geredet wird, ist mir egal. Es ist nur wegen meiner Schwester. Sie weiß noch nicht …«

»… dass das Leben ziemlich hart sein kann?«

»Genau.«

Vincent

AL-ANON. FAMILIENGRUPPEN.
FÜR ANGEHÖRIGE UND FREUNDE VON ALKOHOLIKERN.
ANFÄNGERMEETING: 19 – 20.30 UHR

Meine Mutter faltet den Flyer wieder zusammen und sieht mich an.

»Wollen wir?«

Nein, ganz und gar nicht. Schon wenn ich die Leute sehe, die vor uns in das DRK-Gebäude gehen, möchte ich nur noch weglaufen. Schlecht sitzende Anzüge, spießige Frisuren, protzige Autos und humorlose Gesichter.

»Komm, wir hauen ab!«, sage ich zu meiner Mutter und grinse. Irgendwann war sie mal cool und jung, ich kenne die Bilder von ihr und meinem Vater bei der freien Theatergruppe, wir passen hier nicht hin, das hier wird nicht funktionieren. *Niemals.*

Sie zögert kurz und stößt dann die Tür zum Gebäude auf. »Komm! Ein Versuch. Danach können wir entscheiden, ob wir wiederkommen.«

Ich bleibe stehen. Anderthalb Stunden meines Lebens. Draußen scheint die Sonne, und ich soll jetzt da reingehen und mich volllabern lassen?

»Pardon, können wir vorbei?«

Ich trete zur Seite. Ein Paar um die vierzig mit einem Mädchen in meinem Alter schiebt sich an uns vorbei und betritt das DRK-Gebäude. Sie sehen etwas netter aus als der Rest, und ein Buch fällt mir auf, das das Mädchen dabeihat. Es steckt in der Seitentasche ihrer Jacke, ich kann den oberen Rand sehen und erkenne es sofort. Salinger. *Der Fänger im Roggen.*

»Okay«, sage ich zu meiner Mutter. »Ein Versuch.«

»Sicher kennen die meisten von Ihnen die Anonymen Alkoholiker«, sagt der Typ, der mit uns in der Runde sitzt und das Gespräch leitet. Insgesamt sind es etwa zwanzig Leute, aber außer dem Mädchen und mir nur noch ein Typ, der jünger ist.

»Al-Anon-Familiengruppen sind Selbsthilfegemeinschaften, die sich ausschließlich an Angehörige und Freunde von Alkoholikern richten.« Der Gruppenleiter trägt Jeans und Turnschuhe und dazu ein Hemd, was ich immer schon für eine seltsame Kombination gehalten habe. Ist man nun lässig oder formal?

»Für Betroffene bieten sie Trost und Hilfe. In unseren Gruppen vertreten wir die Meinung, dass der Alkoholiker die Folgen seines Handelns selbst tragen muss und dass die Angehörigen aufhören sollten, ihm die Konsequenzen seines Suchtverhaltens abzunehmen.«

Ich sehe zu dem Mädchen. Es hat lange blonde Haare, die sie wie zum Schutz in ihr Gesicht fallen lässt. In der Vorstellungsrunde, in der jeder nur kurz seinen Namen sagt und warum er hier ist, spricht sie so leise, dass ich den Namen kaum verstehe. Dina.

»Ist doch schön, dass jemand in deinem Alter da ist«, sagt meine Mutter leise.

Dann kann jeder etwas sagen, der etwas sagen will. *Perfekt, ich werde schweigen.*

Aber Dina redet und ihre Mutter. Dinas Bruder ist älter und trinkt. Gelegentliches Komasaufen, nach der Schule hat er keine Ausbildung bekommen, jetzt trinkt er regelmäßig, wohnt noch zu Hause, und Dinas Noten werden ständig schlechter, erzählt ihre Mutter. Obwohl ich nicht vorhatte, mich in die Gruppe reinzuhängen, lehne ich mich vor und höre zu, was Dina zu sagen hat.

»Er war schon immer das schwarze Schaf in der Familie. Er war früher oft krank. Er denkt, er findet nie einen Ausbildungsplatz.«

Sie verteidigt ihn, und ich muss daran denken, wie meine Mutter meinen Vater immer verteidigt: Dein Vater ist Schauspieler, die trinken immer nach der Vorstellung, und manchmal gerät es außer Kontrolle. Wenn er keine Rollen hat, dann leidet er, er ist schließlich Künstler, sensibel. Und so weiter. Aber ich verteidige meinen Vater auch, wenn Hendrik fragt: Er ist eben locker, er will sich nur entspannen, er muss nach der Vorstellung runterkommen, er bekommt das schon wieder in den Griff. Es ist nur eine Phase.

Ich dachte, es wären geniale Erklärungen, aber wenn ich sie aus dem Mund von jemand anderem im Kreis höre, klingen sie wie schlechte Ausreden. Vorwände, um denjenigen, der trinkt, nicht zur Rede zu stellen. Oder einfach in Ruhe zu lassen, wegzugehen. Wie meine Mutter.

»Al-Anon ist nicht an irgendeine Sekte oder Konfession oder eine politische Gruppierung gebunden«, erklärt der Gruppenleiter nach der Vorstellungsrunde. »Al-Anon hat nur ein Anliegen: den Familien von Alkoholikern zu helfen. Dies geschieht, indem wir selbst, wie auch die Anonymen Alkoholiker, die Zwölf Schritte praktizieren.«

»Genauso wie die Heldenreise«, sage ich zu laut, und alle starren mich an. Ich werde rot, und das Mädchen mit den blonden Haaren kichert leise. *Wow, Wahnsinn. Mein erstes Meeting, und schon habe ich mich zum Idioten gemacht.*

»Finde ich gar nicht«, sagt Dina, als wir nach dem Treffen zusammenstehen und reden, weil meine Mutter beschlossen hat, Kontakte zu knüpfen, und richtig, ihre Eltern sind die sympathischsten Leute an diesem Abend.

»Was hast du mit Heldenreise gemeint?«

»Ach, das ist so eine Art Methode, mit der man Drehbücher oder Geschichten schreiben kann.«

Sie sieht mich fragend an. »Und warum hast du gesagt, die Heldenreise wäre genauso?«

»Ich dachte nur ... es sind auch zwölf Stationen, genau wie die Zwölf Schritte bei den Anonymen Alkoholikern oder Al-Anon.«

Sie runzelt die Stirn. »Ja, aber ich denke, diese Schritte bei Al-Anon sind anders. Ich habe mir das durchgelesen. Da geht es darum, dass man sich Gott anvertraut, sich seine Fehler eingesteht und versucht, sie mit jedem Einzelnen wiedergutzumachen.« Sie lächelt. »Glaubst du an Gott?«

Nicht so richtig.

»Was für einen Gott?«, frage ich vorsichtig.

Sie sieht mich mit großen Kulleraugen an. »Du meinst, welche Religion?«

»So ähnlich.«

Das Gespräch nimmt keine gute Richtung. Ich bin nicht der Gott-Typ. Weder so erzogen, noch habe ich viel Ahnung von all dem. Ich glaube schon an was, aber eher an das große Ganze. Gute.

»Hm, Fehler wiedergutmachen? Hast du schon eine Liste?«, sage ich deshalb schnell und lache. »Also, meine Liste, die wäre echt lang.«

Sie lacht nicht. »Es kann sehr heilsam sein, sich einer höheren Macht anzuvertrauen.«

Ich mache eine vage Handbewegung Richtung Himmel. »Das tue ich täglich.« Ich hoffe, Skaten und Erdanziehungskraft gelten in diesem Zusammenhang.

»Hey, du liest Salinger, oder?«, sage ich, um das Thema noch etwas weiter weg von Religion zu bringen. *Der Fänger im Roggen* ist eins meiner Lieblingsbücher.

Sie zieht das Taschenbuch aus ihrer Jackentasche. »Das müssen wir in der Schule lesen, aber ehrlich gesagt finde ich es etwas langweilig.«

»Ja?«

Sie lächelt leicht verlegen, und mir wird klar, dass das Einzige, was wir gemeinsam haben, ein alkoholsüchtiger Angehöriger ist.

ZWÖLF

WIR

Paulina

Die Bäume werfen große Schatten über die Wege, es ist so kühl, dass ich mir eine Strickjacke wünsche, obwohl mir gerade auf dem Rad noch viel zu warm war.

»Weißt du noch, welche Reihe?«, frage ich meinen Vater, und er nickt.

Das Grab liegt im hinteren Teil des Friedhofs. Meine Mutter ist schon da und zupft ein wenig Unkraut aus den Blumen. Sie hat es gestaltet, vom Grabstein bis zur Bepflanzung, streng geometrisch. Magentafarbene Blumen und ein Rahmen aus Buchsbäumen.

Sie kommt zu mir, umarmt mich, begrüßt meinen Vater kurz.

»Schön gemacht«, sagt mein Vater.

Ich sehe auf das Grab. Es gefällt mir, aber wenn ich an Bea denke, an alles, was ich jetzt über sie weiß, dann passt dieses Grab nicht zu ihr. Diese Ordnung war nur äußerlich, innerlich war sie anders. Und ich bin es auch. Im Umbruch, in Unordnung, auf der Suche nach einer neuen Struktur, einer neuen Ordnung. Dem Sinn im Chaos.

Wir stellen uns vor das Grab und sehen auf den schlichten hellen Grabstein. Ich stelle mir vor, dass ich irgendwann danebenliege, aber dann wird mir klar, dass das noch eine ganze

Weile dauern wird. Ich habe mein Leben noch vor mir, und das ist gut.

»Wie geht es mir dem Autofahren?«, fragt mein Vater.

»Jan hat angeboten, mit mir zu üben. Konfrontationstraining.«

»Hm. Seid ihr noch zusammen?«

»Nein.«

Mein Vater nickt zu der Pflanze in meiner Hand, die wir in der Friedhofsgärtnerei gekauft haben. Ich zögere. Es ist eine gelbe Sonnenblume, und sie passt nicht in das Farbkonzept meiner Mutter.

Na und? Ich stelle sie mitten in die anderen Blumen, zentral. Eine leuchtende Sonne.

Für dich, Bea.

Vincent

»Ey, Alter, die machen noch einen verdammten Heiligen aus dir.« Hendrik faltet die Hände und starrt mit einem verklärten Blick nach oben an die Zimmerdecke. Dazu rappt *Worst Behavior* von *Drake* aus Hendriks Speakern, was auf einmal wie eine Predigt wirkt.

»Keinen Heiligen, höchstens einen Gläubigen.«

»Von mir aus!« Er reißt einen Arm hoch. »Scheiße, da klebt immer noch der Slim-Flummi, den du vor Jahren da hingeklatscht hast.«

Ich sehe zu der eingetrockneten Gummimasse an der Decke, eigentlich nur noch ein blassgrüner Fleck. Irgendwann war das mal eine fluoreszierende Schleimmasse, mit der wir uns attackiert haben.

»Ich sage nicht, dass ich jetzt zur Kirche renne, ich geh nur regelmäßig in diese Gruppe. Das ist alles.«

Hendrik sieht zu mir. »Glaube – ist Opium für das Volk. Okay. Und jetzt erzähl noch mal von dem süßen Mädel in deiner neuen Gruppe.«

Er sitzt in Jogginghose auf seinem Bett, obwohl er schon wieder ganz fit ist, und ich auf einem Stuhl davor. Ich beuge mich vor, sehe ihm in die Augen, normal große Pupillen. Hendrik kann auch ohne Dope ein Spinner sein. *Gut zu wissen.*

»Es ist nicht *meine* Gruppe, es ist eine Gruppe, und es ist echt gar nicht so schlecht, da hinzugehen.«

Er grinst. »Wegen Dina.«

»Nein.«

»Ach ja, stimmt ja, du bist in Paulina verliebt. Stumm und leidend.«

Ich schieße vor und drücke Hendriks Schultern auf sein Bett, aber schon während ich ihn runterdrücke, muss ich lachen.

»Ey, können wir einfach mal ganz normal darüber reden?«

Hendrik bekommt einen Lachanfall, und ich lasse ihn los.

»Worüber? Über Paulina oder deine Psychogruppe?«

Ich kapituliere. Er wedelt im Liegen abwehrend mit den Händen, setzt sich dann auf, tatsächlich ernst.

»Ich sage ja nur, wenn du noch weiter wartest, dann wird sie irgendwann Jan heiraten und drei Kinder kriegen und einen fetten Hintern.«

»Danke für das Bild.«

»Gerne. Denn weißt du, du musst einfach mal runter von der Standspur. Nicht unbedingt auf die Überholspur, aber du solltest dich langsam in den Verkehr einreihen. Okay? Rede mit ihr. Und zwar richtig.«

Wir schweigen.

»Und ich finde es gut, dass du zu dieser Gruppe gehst«, sagt

Hendrik mitten in die Stille. »Im Krankenhaus musste ich auch in so eine Gruppe gehen, wo jeder von seinen Drogenproblemen erzählt hat. Und, ey, weißt du, was die uns erzählt haben?«

Ich lasse mich auf dem Stuhl zurückfallen. »Keine Ahnung.«

Hendrik richtet sich auf. »Man kann von allem abhängig werden.«

»Echt?«

Ich sehe eine unendliche Liste vor mir: Nutella, Joggen, Sex, Telefonieren, Diäten, Internet, Games, Krieg, Töten ...

»Yep. Es gibt nur eine Sache, von der du nicht abhängig wirst, weil du dir davon nie eine Überdosis verpassen kannst.«

»Was?«

Er grinst. »Rat mal?«

»Sag.«

Hendrik springt auf, reißt die Arme hoch. »Musik!«

»Echt?«

»Also, wenn wir jetzt nicht mehr kiffen, dann werden wir uns mit Musik volldröhnen.«

»Okay. Und was wird mit der Bong?«

»Da setze ich einen Goldfisch rein.«

Er lässt sich zurück auf sein Bett fallen. »So. Und nun zum nächsten Punkt auf der Liste. Wenn du ab heute hier pennst – wo legen wir dann die Matratze hin?«

»Die Symmetrie ist wichtig?«

Er grinst. »Klar, da hat sich nichts geändert. Das ist ein Naturgesetz.«

Paulina

Alisa hat uns gestylt. Wir tragen schwarze Kleider, auch, weil jede von uns irgendwann einmal auf der Bühne stehen wird und Alisa entschieden hat, dass man mit Schwarz nie etwas falsch machen kann.

»Regie, Drehbuch, Kostüme. Beim letzten Vorhang müssen wir raus«, erklärt sie Eva und Nora, die eigentlich dachten, sie können im Hintergrund bleiben. »Und du, Pauli, trägst einen Text vor, da ist Schwarz auch eine gute Wahl.«

»Ja, die Ameise, die ihren Haufen verlässt, da ist Schwarz ganz sicher die richtige Wahl«, sage ich und schwenke den Text von Pit. Wir lachen.

Ich taste aufgeregt nach dem anderen Stück Papier, das ich gefaltet in der Tasche meines Kleides habe und heute Vincent geben werde. Ein Text, mehr nicht, sage ich mir, obwohl ich es besser weiß, denn es ist viel mehr als nur ein Text, es ist mein Abschiedsbrief an Bea und – ein Liebesbrief an Vincent.

Vor der Schule stehen schon Grüppchen, meist Eltern mit ihren Kindern, und alle sind festlich gekleidet.

»Schau mal!«, sagt Eva und nickt zu einer Gruppe. Es ist Vincent mit seiner Mutter und seiner Schwester. Sie stehen mit einer anderen Familie zusammen, Mutter, Vater und eine sehr blonde Tochter in unserem Alter.

»Seine neue Freundin?«, fragt Nora, und mir wird klar, dass ich Vincent vorher noch nie mit einem Mädchen gesehen habe.

»Sie sieht gut aus, aber ein wenig langweilig«, bemerkt Eva.

»Zu dünn«, sagt Nora.

»Kein Style«, sagt Alisa.

»Lasst mal«, sage ich und sehe auf die Uhr. »Wir müssen.«

Als wir die Schule betreten, fühle ich mich taub und gleichzeitig verletzt. Ich hätte mich nie verlieben dürfen. Ich nehme den Brief unauffällig aus meinem Kleid und werfe ihn in der Halle in den nächsten Mülleimer.

Vincent

»Turnschuhe zum Anzug?«, sagt Dina und kichert. »Das ist so cool. Du hast es so gut, deine Mutter ist so locker.«

»Ja«, sage ich und denke daran, dass mein Vater jetzt allein zu Hause wohnt und ich nicht mehr auf ihn aufpasse. *Tolle Freiheit.*

»Meine Eltern erlauben mir gar nichts«, sagt Dina.

Ich nicke abwesend und sehe zu Paulina, die mit ihren Freundinnen in die Schule geht.

»Gleich beginnt das Theaterstück«, sage ich und sehe mich nach meiner Mutter um, die im Gespräch offenbar die Zeit vergessen hat.

Fee rennt auf mich zu.

»Geht es los?«

»Ja«, sage ich und winke meiner Mutter zu, die aufgescheucht nickt.

Wir sind fast die Letzten, die in die Aula kommen. In der ersten Reihe sind die Plätze für die Schreibwerkstatt reserviert, weil wir gleich nach dem Theaterstück unsere Präsentation haben. Ich sehe Hendrik in der ersten Reihe und setze mich zu ihm.

»Wie war die Generalprobe?«, frage ich.

»Chaotisch. Weißt du, dass *Kabale und Liebe* eigentlich eine strenge Symmetrie hat? Entsprechung und Gegensatz in Inhalt und Form.« Er wirft theatralisch die Hände hoch. »Ich hatte so große Pläne!«

»Aber dann ist dieser großartige Regisseur ausgestiegen. Warum eigentlich noch mal?«, sage ich und grinse.

Hendrik schubst mich mit der Schulter, und ich lache.

»Künstler sind sensibel, schon klar.«

»Apropos Künstler. Dein Vater hat übrigens gestern noch angerufen. Festnetz«, sagt Hendrik.

»Okay«, sage ich knapp. Jetzt hat er wohl kapiert, dass ich so schnell nicht wiederkomme. Und wenn er telefoniert, dann ist er auf jeden Fall noch am Leben.

Die Leiterin der Theater AG kommt auf die Bühne, es wird ruhig im Saal.

»Ich freue mich, dass die Aula voll ist«, sagt sie. »Wir zeigen heute ein besonderes Theaterstück. Die Schüler der Theater AG haben das Stück selbst umgeschrieben und auch alleine Regie geführt, die Kostüme und das Bühnenbild hergestellt, und natürlich schauspielern sie auch.«

Es wird applaudiert.

»Danach wird es eine kurze Pause geben und dann eine Lesung der Schreibwerkstatt, also bitte bleiben Sie hier.« Der Vorhang öffnet sich. »Und jetzt viel Vergnügen bei *Liebe und Kabale*.«

»Lampenfieber«, sagt Hendrik, als wir in der Pause vor der Bühne mit den anderen aus der Theater-AG zusammenstehen.

»Bekifft«, sagt Eva empört.

Hendrik hebt beide Hände. »Von mir hat er das Gras nicht.«

»Aber er hat gut gespielt«, sagt Nora.

»Vielleicht etwas zu lange Suse geküsst«, bemerkt Alisa.

Ich kann mich an der Diskussion nicht beteiligen, da ich selber gerade Lampenfieber habe. Gleich müssen wir lesen. Paulina steht bei ihren Eltern. Ich sehe mich nervös nach den anderen aus der Schreibwerkstatt um. Sammeln wir uns vorher noch einmal? Zugegeben, früher hätte ich das Gleiche wie

Pit gemacht, einfach ein wenig geraucht, bevor ich auf die Bühne muss. Und seltsam, wie wenig es mir jetzt fehlt.

Suse kommt zu uns, noch die Schminkreste im Gesicht, und wir gratulieren ihr.

»Deine Luise hat gerockt«, sagt Hendrik.

»Hey, hast du einen Moment?«, frage ich Suse. Wir stellen uns etwas abseits der Gruppe.

»Ich lese doch gleich aus deinem Text. Ich dachte mir, der Anfang ist gut, oder soll ich lieber aus der Mitte lesen?« Es ist ein Kurzkrimi. »Ich will nicht zu viel spoilern.«

»Lies den Anfang, wo sie die Leiche finden.«

Ich ziehe die eingerollten Seiten aus meiner Anzugjacke, und sie tippt auf einen Absatz auf der zweiten Seite.

»Bis dahin.«

»Okay.«

Wir warten in der ersten Reihe, die ganze Schreibwerkstatt, wer drankommt, soll nach vorne gehen, vortragen und sich danach wieder setzen.

»Nervös?«, fragt Hendrik, der sich einfach wieder mit in die erste Reihe gesetzt hat.

Frau Neuer kommt auf die Bühne, hält eine kleine Rede, lobt uns alle, empfiehlt das Jubiläumsbuch und hält eine Printversion hoch, die der Schulverein gesponsert hat. Sie bedankt sich bei uns und ruft als Erstes Tanja auf.

Es geht alles sehr schnell, denn jeder liest nur einen kurzen Abschnitt. Paulina ist vor mir dran und liest aus Pits Geschichte. Eine Ameise, die den Ameisenhaufen verlässt. Hendrik beugt sich zu mir. »Wetten, die hat er nicht nüchtern geschrieben?«

»Man muss nicht kiffen oder saufen, um kreativ zu sein«, sage ich und beobachte Paulina, die sich gerade wieder in die erste Reihe setzt. Nur noch zwei vor mir, dann bin ich dran.

Paulina

Es wird gelacht, als ich Pits Geschichte vorlese. Damit habe ich nicht unbedingt gerechnet, und weil der Dialog zwischen der Ameise und einem Maikäfer witzig ist, lese ich sogar etwas weiter, als ich geplant hatte. Wer hätte gedacht, dass Pits seltsame Geschichte die meisten Lacher bekommt? Ich nicht. Ich setze mich wieder und sehe mich kurz um. Meine Eltern sind da, ein paar Reihen hinter mir, sie winken und sitzen sogar nebeneinander, ich winke zurück.

»Gleich kommt Vincent«, sagt Nora aufgeregt, die weiß, dass ich Vincent den Brief nach der Lesung geben wollte, der ich aber nicht gesagt habe, dass meine Liebesbotschaft jetzt irgendwo zwischen Bananenschalen und fettigen Pausenbroten in einem Mülleimer in der Schuleingangshalle liegt.

»Ach ja?«, sage ich.

In der Pause muss ich ihr erklären, dass ich mich zurückgezogen habe.

Ich schiele zu dem blonden Mädchen, das sich kerzengerade hinsetzt, als Vincent auf die Bühne geht. Blond und blühend. Vermutlich hat sie weniger Probleme und passt besser zu ihm.

Vincent liest Suses Text. Ich mag seine Vorlesestimme, ruhig und konzentriert, auch wenn ich von dem Inhalt nicht viel mitbekomme, denn ich kämpfe noch mit einer Mischung aus Eifersucht und Liebeskummer und sehe statt auf die Bühne lieber woanders hin.

Eva, die auf der anderen Seite neben mir sitzt, stößt mich an, als Vincent endet, und ich klatsche mechanisch. Ich erwarte, dass er wieder von der Bühne kommt, doch er beugt sich zu Frau Neuer, die auf der Bühne geblieben ist, und spricht mit ihr. Keine Ahnung, warum, es müssen noch vier Leute aus unserer Gruppe lesen.

Frau Neuer tritt ans Mikro. Sie strahlt. »Liebes Publikum. Vincent hat keinen Text zu unserem Buch beigesteuert, was sehr schade ist, aber er hat angeboten, jetzt noch ein Gedicht von sich vorzulesen, worüber ich mich sehr freue.« Sie nickt in Vincents Richtung, und das Publikum applaudiert.

Was?, gestikuliert Nora, und ich ziehe die Schultern hoch. Keine Ahnung. Wollten wir uns die Texte nicht vorher zeigen?

Vincent tritt ans Mikro. Jeder kann spüren, wie aufgeregt er ist, noch mehr als vorher. Er räuspert sich laut, das Mikro fiept kurz auf, das Publikum lacht, aber nun hat er die volle Aufmerksamkeit, auch von mir. Er zieht ein sauber gefaltetes Blatt aus der Brusttasche seines Jacketts und faltet es auf.

»Also, ich möchte einen kurzen Text von mir vorlesen. Eher ein Gedicht. Eigentlich ein Rap«, sagt er und schweigt.

Gemurmel im Saal. Er sieht kurz auf, dann wieder auf das Blatt.

»Es ist Paulina gewidmet.«

Alle Augen der ersten Reihe schnellen zu mir, Nora zwickt mich, mir wird heiß, im Saal wird aufgeregt getuschelt, geraunt, jemand ruft:

»Go, Vincent!«

Mir gewidmet?

»Waaas?«, raunt Eva und grinst. »Das ist ja so romantisch.«

Vincent wartet, bis die zischelnde Aufregung sich gelegt hat, räuspert sich, diesmal vorsichtiger. Langsam legt sich die Aufregung im Raum, nur mein Herz schlägt so heftig, dass ich mich frage, ob Nora und Eva es neben mir auch hören. *Für Paulina!*

Schon bei Vincents ersten Worten herrscht absolute Ruhe im Raum, er beginnt leise, seine Stimme zittert, dann ist er ganz sicher.

```
            Wie machst du das?
         Ich kann vor dir nicht sein.
             Kippe in deine Augen.
          Verschwinde in deiner Haut.
            Deine Hände nehmen mich
                  auseinander.
               Jede Berührung
              eine Verbrennung.
         Deine Nägel in meinem Haar.
         Deine Lippen an meinem Hals.
           Dein Atem in meinem Ohr.
                Mein Herz in
               deinen Händen.
                 Ich kann
                 ohne dich
                nicht sein.
```

Die Ruhe bleibt noch einen Moment, dann johlt die erste Reihe los, es wird geklatscht, gepfiffen. Überall ist Aufruhr. Hendrik springt auf und pfeift auf zwei Fingern, das blonde Mädchen steht und applaudiert. Frau Neuer macht ein Zeichen, dass ich auch aufstehen soll, aber ich bleibe sitzen, vollkommen erstaunt und noch nicht ganz in der Lage, zu begreifen, was gerade passiert ist.

»Das war eine Liebeserklärung«, flüstert Nora in mein überraschtes und leeres Gehirn.

Vincent steht paralysiert auf der Bühne, auch er wirkt überrumpelt von dem Applaus und der Begeisterung. Ich erwarte, dass er von der Bühne kommt, in die erste Reihe, vielleicht zu mir, doch er dreht sich um und geht schnell hinter die Bühne.

»Wow«, sagt Alisa und lehnt sich weit hinter Nora vor. »Das hatte Stil.«

»Wo ist er hin?«, fragt Eva.

Ich zittere vor Aufregung. Auch im Saal kehrt erst langsam Ruhe ein. Livia geht auf die Bühne und erwartet, dass man ihr zuhört, aber überall wird noch diskutiert.

»Ruhe!«, bittet Frau Neuer. Es wird gezischelt, langsam beruhigt sich der Saal, und Livia beginnt zu lesen.

Ich stehe auf, meine Beine sind aus einem sehr unberechenbaren Material, aber sie tragen mich bis zum Ausgang der Aula. Auf dem Gang lehne ich mich an die Wand und atme einen Moment tief durch, schließe kurz die Augen.

»Er ist ein Künstler«, höre ich eine dunkle Stimme, die mir irgendwie bekannt vorkommt. Ich öffne die Augen und sehe einen Mann in einer Jeans und T-Shirt und einem zerknitterten Jackett. Er sieht ein wenig heruntergekommen aus. »Mein Sohn«, sagt er stolz, ich nicke abgelenkt.

Wo ist Vincent?

Vincent

Applaus, Geschrei, Jubel. Ich habe mir das anders vorgestellt. Stiller, intimer und nicht so spektakulär. *Was ist das?* Ich dachte, ich lese, und es gibt einen höflichen Applaus, und ich setze mich. Danach hätte ich mit Paulina reden können, über das Schreiben, Fiktion und Realität, und natürlich hätte sie verstanden, dass sie in meinem Rap gemeint ist, nur sie. Doch die Begeisterung und der Aufruhr im Saal überfordern mich komplett, ich will nur weg. Hendrik hat gesagt, ich soll mich öffnen, etwas riskieren, aber er hat mir nicht gesagt, was dann passieren kann.

Ich weiche Frau Neuer aus, gehe hinter die Bühne und renne dann, raus aus der Schule, über den Sportplatz, bis ich an der niedrigen Mauer neben den Tischtennisplatten ankomme und mich fallen lasse. Mein Herz hämmert, und ich weiß noch nicht einmal genau, ob es Angst oder Begeisterung ist, Jubel oder Scham. Eine verrückte Mischung aus allem. Eigentlich interessiert mich nur eine Sache:

Was denkt Paulina?

Aber zurück in die Aula zu gehen, um das herauszufinden, ist keine Option. Mich in Luft aufzulösen, wäre eindeutig mein größter Wunsch, davon abgesehen vielleicht noch unsichtbar werden.

»Vincent?«

Sie ist gerannt, und sie ist nur etwas außer Atem. Klar hat sie mich gefunden. Gut trainiert, denke ich, als sie vor mir steht, Ballett, aber das sind nur Gedanken, die meine Angst unter Kontrolle halten, mich ablenken sollen, bis ich weiß, was sie von mir will. Bis dahin halte ich die Luft an.

»Hey!« Sie setzt sich, lächelt.

»Das war ein tolles Gedicht.«

Ich atme vorsichtig aus.

»Ja?«

Sie nickt, grinst und streckt fordernd ihre Hand aus.

»Mein Text gegen deinen Text. So war das doch besprochen.«

Erst jetzt bemerke ich den halb zerknüllten Papierball mit Fettflecken in ihrer anderen Hand, den sie mir jetzt mit einem Lächeln reicht.

»*Das* ist dein Text?«

Sie streicht den Bogen glatt, aber da ist nicht viel zu machen.

»Mit der Hand geschrieben?«, frage ich überrascht.

»Extra«, sagt sie.

Ich suche meinen Text, in der Aufregung habe ich ihn irgendwohin gesteckt, finde ihn schließlich in der Seitentasche meines Jacketts und reiche ihn Paulina.

»Für dich.«

»Abgetippt!«, sagt sie und sieht mich fragend an.

Wir schweigen.

»Damit man es besser lesen kann«, füge ich überflüssigerweise hinzu, und mehr, um die Stille zu füllen, denn es ist ja wohl klar. Wir tauschen die Blätter, sie beugt sich sofort über mein Gedicht und liest. Ich sehe auf das verknitterte, fettige Stück Papier in meiner Hand.

Kaum zu glauben, dass es von der perfekten Paulina ist.

Wir lesen schweigend, ich höre sie atmen und halte wieder die Luft an. Langsam wird es eine schlechte Angewohnheit, mein Leben steht still, dann atme ich erleichtert aus.

»Und?«, sagt Paulina leise, weil ich den Text still für mich ein zweites Mal lese, um ganz sicherzugehen.

»*... Er schreibt in ein kleines Notizbuch, Songtexte oder Gedichte, und manchmal liest er mir eins davon vor. Sie* sind wild, anders, großartig. Er kann gut zuhören, und er schwimmt in der Havel, dieser dreckigen Plörre, und, ja, er sieht gut aus. Ich glaube, ich habe mich verliebt.«

Ich sehe auf. »Der Text ist gut und ... echt jetzt?«

Sie lächelt. »Yep.« Sie rückt etwas näher, blinzelt frech. »Da wäre nur noch eine Sache ...«

Ihr Augen sind weit und blau, und ich hoffe, sie sagt jetzt nicht, dass wir nur zusammen sein können, wenn ich mit Skaten aufhöre oder in Schönschrift schreibe. *No way.*

»Weißt du noch, das Abifest?«

»Ja?«

»Als wir uns geküsst haben?«

Sie erinnert sich also. »Du warst ... etwas betrunken«, sage ich.

»Ja, aber ich habe nichts vergessen. Ich bin mir nur nicht sicher, ob alles, also das Küssen, wirklich so gut war, wie ich es in Erinnerung habe.«

Wow, die ehrliche Paulina.

Ich atme tief ein. Normalerweise würde ich nichts sagen, aber dann denke ich an Hendrik, die Standspur und dass ich dort nicht ewig stehen möchte, also sage ich: »Es gibt eigentlich nur eine Möglichkeit, das herauszufinden.«

Sie nickt. »Das denke ich auch.«

Meine Lippen nähern sich ihren, ich rieche ihr Haar, durch das ich meine Finger gleiten lassen kann, ihre Haut, die ich endlich berühren darf, ich spüre ihre Lippen, die ich küssen werde. Immer wieder.

Nach einem langen Kuss lösen sich unsere Lippen zitternd voneinander, und Paulina nickt zufrieden. »Wusste ich es doch. Du bist schweigsam, du bist ein Dichter, und du bist ein richtig guter Küsser.«

»HEY!«

Wir sehen auf.

»Ihr da!«, brüllt Hendrik quer über den Sportplatz.

Paulinas Freundinnen winken, alle rennen auf uns zu.

Hendrik stützt sich außer Atem auf die Oberschenkel. Mein bester Freund, noch nicht ganz wieder fit.

»Mensch, wir haben schon gedacht, ihr nehmt euch zusammen das Leben«, schnauft er.

Paulina grinst. »Hatten wir vor. Wir konnten uns aber nicht auf die Methode einigen.«

Hendrik sieht mich an, ich kenne den Blick. Paulina ist cool, sagt er, und ich nicke.

Hendrik lächelt. »Schade, das wäre eine richtig gute Geschichte geworden.«

Eva lacht. »Oder ein Gedicht.«

»Oder ein Song«, sagt Alisa.

»Wir machen ein Theaterstück daraus!«, ruft Nora dazwischen.

»Oder wir gehen jetzt feiern«, sagt Hendrik und reißt die Arme hoch.

»Es lebe die Kunst.«

DANKSAGUNG

Dieses Buch ist zu großen Teilen während eines Aufenthaltsstipendiums auf Schloss Wiepersdorf entstanden, in einer traumhaften Umgebung, unter besten Arbeitsbedingungen. Ich möchte mich daher sehr beim Ministerium für Wissenschaft, Forschung und Kultur des Landes Brandenburg bedanken, das mich für dieses Stipendium ausgewählt hat. Bei meinen Mitstipendiaten muss ich mich für sehr viel Inspiration bedanken, ihr habt mich wieder zum Zeichnen gebracht. Danke!

Die Ermunterung von Claudia Müller und Markus Niesen von Oetinger TB war der Anstoß, mit diesem Buch und Thema überhaupt zu beginnen. Danke, für euer Vertrauen in mein Schreiben und meine Energie.

Ein großer Dank geht wie immer an Uwe, Isa, Lenny und Amber. Ihr habt mich beim Schreiben des Buches wie immer sehr elegant unterstützt. Ich bin extrem froh, Teil dieser kreativen WG zu sein, die Familie genannt wird, aber eigentlich viel mehr ist. Dass es am Ende wohl doch eher ein Buch über Kreativität und Kunst als über Drogen geworden ist, habe ich vor allem euch zu verdanken. Yeaho!

Ein Super-extra-Dank geht an dich, Amber. Danke, dass du Vincents grandiose Rap-Texte geschrieben hast. Erst war es nur eine Idee, dann konnte ich auf deine Mitarbeit nicht mehr verzichten. High five!

Eine Danksagung, die ich selten genug schreibe, kann nicht enden, ohne dass ich meinen Lesern danke. Ihr seid sehr unterschiedlich, sehr selbstbewusst und sehr fordernd. Danke und – bleibt so.

OETINGER TASCHENBUCH

GEFÄHRLICHE
VERWECHSLUNG

Katrin Bongard
Schattenzwilling
272 Seiten I ab 14 Jahren
ISBN 978-3-8415-0279-7

Teresa ist ziemlich verunsichert, als ein Freund ihrer Eltern mit seinen Zwillingssöhnen Kai und Adrian zu Besuch kommt. Vor zwei Jahren war Teresa in Adrian verliebt, doch seitdem hatten sie keinen Kontakt mehr. Nun sitzt Adrian im Rollstuhl, und Teresa fühlt sich stark zu Kai hingezogen – und schämt sich dafür. Doch ist Kai wirklich Kai? Und ist Adrian wirklich Adrian? Als plötzlich mehrere Tiere auf dem Hof ihrer Eltern sterben, wird es für Teresa bedrohlich ...

www.oetinger-taschenbuch.de

OETINGER TASCHEN BUCH

GELIEBTER MÖRDER?
EIN THRILLER

Antonia Michaelis
Der Märchenerzähler
448 Seiten I ab 14 Jahren
ISBN 978-3-8415-0247-6

Abel ist ein Außenseiter, ein Schulschwänzer und Drogendealer. Wider besseres Wissen verliebt Anna sich in ihn. Denn es gibt noch einen anderen Abel: den sanften und traurigen Jungen, der für seine Schwester sorgt und ein Märchen erzählt, das Anna tief berührt. Doch die Grenzen zwischen Realität und Fantasie verschwimmen langsam. Was, wenn das Märchen gar kein Märchen ist, sondern grausame Wirklichkeit?

www.oetinger-taschenbuch.de

OETINGER TASCHENBUCH

ATEMRAUBEND
UNHEIMLICH

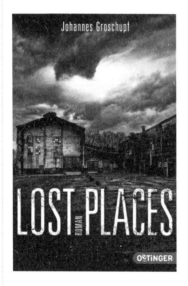

Johannes Groschupf
Lost Places
240 Seiten I ab 14 Jahren
ISBN 978-3-8415-0248-3

Sie sind wie Katzen in der Nacht: Chris, Moe, Steven, Lennart und Kaya. Im nächtlichen Berlin erkunden sie verfallene Krankenhäuser, stillgelegte Fabriken, leer stehende Häuser. Doch die verlassenen Plätze bergen nicht nur Charme, sondern auch Schrecken. Als die fünf Jugendlichen in einem uralten Haus eine Leiche entdecken, wird es plötzlich richtig gefährlich ...

www.oetinger-taschenbuch.de